**PREMIÈRE IMPRESSION**

Dédiée à la relève littéraire, la collection «Première Impression» offre aux auteurs émergents un espace de création unique pour faire leur entrée dans le monde des lettres québécoises.

Une collection dirigée par
Isabelle Longpré

GUY MOUTON

CONFIDENCES EN TROMPE-L'ŒIL

Catalogage avant publication de Bibliothèque et Archives nationales du Québec et Bibliothèque et Archives Canada

Mouton, Guy
Confidences en trompe-l'œil
(Première impression)
ISBN 978-2-7644-0749-3
I. Titre. II. Collection: Première impression.
PS8626.O95C66 2010   C843'.6   C2010-940411-4
PS9626.O95C66 2010

 Conseil des Arts du Canada   **Canada Council for the Arts**

Nous reconnaissons l'aide financière du gouvernement du Canada par l'entremise du Programme d'aide au développement de l'industrie de l'édition (PADIÉ) pour nos activités d'édition.

Gouvernement du Québec – Programme de crédit d'impôt pour l'édition de livres – Gestion SODEC.

Les Éditions Québec Amérique bénéficient du programme de subvention globale du Conseil des Arts du Canada. Elles tiennent également à remercier la SODEC pour son appui financier.

Québec Amérique
329, rue de la Commune Ouest, 3ᵉ étage
Montréal (Québec) Canada H2Y 2E1
Téléphone: 514 499-3000, télécopieur: 514 499-3010

Dépôt légal: 1ᵉʳ trimestre 2010
Bibliothèque nationale du Québec
Bibliothèque nationale du Canada

Mise en pages: Andréa Joseph [pagepxress@videotron.ca]
Révision linguistique: Céline Bouchard et Luc Baranger
Direction artistique: Louis Beaudoin
Adaptation de la grille graphique: Renaud Leclerc Latulippe
Photographie en couverture: Photocase

©2010 **Éditions Québec Amérique inc.**
www.quebec-amerique.com

Imprimé au Canada

GUY MOUTON

CONFIDENCES EN TROMPE-L'ŒIL

ROMAN

QUÉBEC AMÉRIQUE

À Claire

Mémoire :
Faculté de conserver et de rappeler
des états de conscience passés et ce
qui s'y trouve associé ; l'esprit, en tant
qu'il garde le souvenir du passé.
« Ce qui touche le cœur se grave
dans la mémoire »
Voltaire

Le Petit Robert, 1977

CHAPITRE 1

On développe parfois certaines habitudes. De ces petits gestes que l'on répète, de ces gestes sans importance. Par exemple, Jacques Melançon aime dormir la fenêtre ouverte, hiver comme été, tout en sachant fort bien que le premier bruit matinal suffira à provoquer son éveil. Il en est conscient, mais il aime se lever à bonne heure, sensible à la douceur de l'aube. Un séjour de plusieurs mois comme veilleur de nuit avait à l'époque changé la routine de son corps au point où il s'était découvert une âme de lève-tôt.

Autour de lui, l'appartement est petit, dénué de luxe, sans radio ni télé. Jacques n'y est ni heureux, ni malheureux ; il ne pense pas en ces termes. Il vit seul, divorcé de sa femme depuis plusieurs années, sans jamais communiquer avec elle. Quand son horaire le lui permet, il se rend le plus discrètement possible à proximité de la porte d'entrée de l'école que fréquente sa fille Julie et de très loin, il jette vers elle un bref regard, sans jamais chercher à lui parler, se contentant de la deviner tout en poursuivant son chemin d'un pas régulier. Elle fêtera ses quatorze ans le mois prochain, n'a pas parlé à son père depuis l'âge de trois ans et ne garde de lui aucun souvenir précis. Jacques soupçonne que sa mère n'a jamais embelli les quelques traces confuses qui auraient pu subsister en sa mémoire. Reste-t-il de lui une vague photo dans le fond d'un tiroir ou dans une boîte oubliée?

Son père gardait tant de photos à l'époque; Jacques le revoyait, l'œil rieur se soulevant du viseur de la caméra, étudiant l'expression de l'un ou l'autre de ses enfants ou de ses invités, toujours à prendre une personne en photo, jamais un paysage, jamais une nature morte, mais le portrait d'un semblable, cherchant à découvrir, à s'émerveiller, à surprendre, à immobiliser le temps, à saisir le mystère d'un regard, d'un sourire, d'un geste. Et sans jamais brusquer, réussissant à détendre même les plus récalcitrants, ceux qui refusent habituellement de s'abandonner à la lentille d'un photographe, ceux qui croient bêtement que la beauté n'existe pas chez eux. Jacques regrettait de ne pas avoir suivi les cours de photographie que monsieur Melançon avait offert de lui payer. Les séances communes dans la chambre noire lui avaient permis de passer des heures joyeuses dans l'intimité du regard de son père. Dommage d'avoir raté l'occasion de poursuivre cette relation en perfectionnant l'art de la photographie. Avant son décès, son père avait-il réussi à donner une photo de lui à la petite?

Monsieur Melançon était décédé au moment où Jacques purgeait sa peine de prison. On lui avait accordé pour l'occasion une sortie de huit heures. Il quitta alors le pénitencier au petit matin pour se rendre très tôt au salon funéraire où l'on avait déjà procédé à l'incinération qu'avait demandée son père. Il ne restait de lui qu'une urne sombre devant laquelle on avait placé une photo que Jacques ne connaissait pas, le montrant quelques années plus tôt, sans traces de la maladie. Il sortit bien avant l'arrivée des autres membres de la famille pour se diriger vers le quartier de l'église où devait être célébrée une messe. Il attendit en retrait, loin de l'entrée principale, à l'abri des regards, puis une fois le service religieux commencé, il entra par une porte de côté, se tenant derrière une imposante colonne, présence presque imperceptible pour les parents et amis. Il regarda longuement le profil de Julie, surpris par le calme de cette enfant de cinq ans, puis il se retira discrètement. Plus tard, lorsque la foule se fut dispersée pour le retour à la vie, il s'approcha de la fosse encore ouverte dans le cimetière et s'agenouilla devant la tombe de son père, pleurant doucement, sans un mot.

— Jacques?

La voix de son frère Paul-André l'appela derrière lui; il était revenu sur ses pas sachant que Jacques viendrait, l'attendant patiemment. Jacques porta rapidement une manche à ses yeux pour les assécher et jeta une poignée de terre dans la fosse étroite.

— Ça va?

— Oui. Ça va. Je savais que tu viendrais quand les autres seraient partis. Je t'ai vu à l'église, mais je n'ai pas voulu déranger.

— Julie va bien?

— Oui. J'ai pas la chance de lui parler autant que je voudrais, mais je sens qu'elle grandit bien. Entre ton ex et moi, rien n'a changé, on se voit très rarement. Je lui rappelle de mauvais souvenirs, alors les occasions de voir ta fille sont assez rares. Tu rentres quand?

— Je devrais déjà être parti. Il a souffert?

— Non. Il est mort dans son sommeil. Un peu trop seul je crois. Il n'aurait jamais dû fermer son studio de photographe. Son commerce ne rapportait rien, mais il voyait encore quelques clients. C'est pas facile d'être photographe avec une vue qui décline. Ses dernières lunettes ne l'aidaient plus. À la fin, il souffrait plus de la perte graduelle de la vue que de sa maladie.

— Dans ses dernières lettres, son écriture était de plus en plus grosse. Puis il a arrêté de m'écrire. Il était incapable de lire les miennes, mais sa voisine de palier acceptait de les lire à haute voix.

— …

— Je dois partir.

— T'as même pas le temps de prendre un petit café? As-tu un message pour Julie?

— Non. Pas de message. Merci.

Après sa libération, Jacques n'avait pas cherché à revoir qui que ce soit, autre que Paul-André. Personne à part lui ne s'était présenté aux jours de visite. Personne n'avait écrit à part son père. Jacques avait posté des lettres à sa fille aux deux semaines, sachant bien que sa mère les intercepterait et les détruirait, mais il gardait l'espoir qu'une de ses lettres puisse lui tomber entre les mains. Les amis d'autrefois, quant à eux, s'étaient rapidement dissipés dans le brouillard dès son arrestation et il ne garda en mémoire que leur absence et leur silence. À sa sortie de prison, tous les anciens ponts avaient été coupés. Commença alors une suite ininterrompue de petits boulots. Il accepta de tout faire, les emplois à temps partiel, les petits chantiers, les travaux au port de Montréal, les jobs de préposé aux pires heures de la semaine dans les dépanneurs, doublant les heures lorsque les salaires étaient trop bas.

Il travaille aujourd'hui comme gardien de jour dans un musée, un métier qui lui permet de vivre, de faire quelques maigres économies placées dans un fonds spécial pour Julie, de manger, de payer le loyer de son petit appartement sur la rue Lajeunesse, de payer sa carte mensuelle pour le réseau de transport, bien qu'il ne se résigne jamais à utiliser le métro. Jacques aime voir le ciel par la fenêtre d'un autobus, un ciel parfois gris, parfois un ciel de nuit, mais il déteste l'effet de cloisonnement que lui procure le métro. Grâce à son travail, il vit entouré de grandes œuvres d'art, bien qu'il ne s'intéresse ni à la peinture ni à la sculpture. Il se laisse rarement toucher par les tableaux ou les bronzes qui meublent son quotidien, pas plus qu'il ne réussit à se laisser atteindre par les hommes ou les femmes autour de lui.

Les murs de son appartement sont blancs et nus. Jacques n'y a rien accroché. Un appartement totalement anonyme. On ne trouverait rien dans les poches de son pantalon, à part un peu de monnaie et quelques billets de banque ; aucun papier ne traîne dans les tiroirs. Le facteur ne passe que rarement pour livrer une facture que Jacques paye alors directement à la banque – en argent liquide. Il brûle les reçus de paiement et jette leurs cendres prestement à la toilette. Si on le lui demandait, il ne saurait expliquer cette manie de ne rien laisser derrière lui, pas la moindre trace. À peine trouve-t-on un livre ou deux sur sa table de chevet, des livres empruntés à la bibliothèque municipale : un roman et un livre du rayon photo.

Jacques affectionne surtout les romans noirs de science-fiction, ceux qui permettent une évasion certaine, le plus loin possible de son quotidien. Il lit cependant tous les livres sur la photographie, autant ceux qui parlent de technique et de méthodologie, que ceux qui résument une œuvre, un regard. Il lit ces livres de la première à la dernière page, soucieux de chaque détail.

Il aime commenter les photos de chaque livre, en faire la critique à voix basse avec son père. «Tu aurais aimé celle-ci, papa. Elle ressemble un peu à ce que tu faisais, avec ses angles très découpés, ses ombrages très noirs, tu trouves pas? Les contrastes sont un peu exagérés, tu les aurais adoucis, non? Mais c'est une photo qui va chercher un aspect intéressant du caractère de cette femme, qui nous amène à poser d'autres questions. Je la sens sous pression, impatiente, elle n'est pas en confiance devant l'objectif… Son regard est ailleurs, ses yeux cherchent, elle regarde peut-être derrière moi. J'aurais aimé être là, lui demander ce qu'elle attendait. Je ne vois aucune joie sur son visage. Je la sens inquiète ou troublée. Mais je fabule, je sais. Toi aussi, papa, tu fabulais à l'époque. Tu cherchais quelque chose, tu rêvais sans savoir ce que tu souhaitais vraiment, et tu as cherché sans cesse, jusqu'à ce que ta vue t'abandonne.»

●●●

La salle du musée était totalement déserte. À heure fixe, un veilleur de nuit circulait lentement, son pas de plus en plus lourd avec l'approche de l'aube. Le veilleur ne pensait à rien et aucune émotion ne semblait le traverser; ses pas marquaient le temps. Virginio ne percevait rien chez lui. Il vivait cette absence, ce vide avec ennui, regrettant les longues nuits d'autrefois, ces moments de discussions animées, fiévreuses et interminables, ces heures où l'on cherchait à repenser les choses, à modifier le cours du temps, à refaire l'ordre de la pensée ou, si l'on se retrouvait seul chez soi, à polir un dernier poème pour une trentième fois avant de le mettre de côté au petit matin.

Il parvenait rarement à se remémorer le texte exact de certains de ses poèmes en langue toscane, ceux qu'il en vint à détruire graduellement, impubliables, ceux qu'il n'avait jamais partagés, ceux qui parlaient de lui de façon trop intime, qui révélaient trop de sentiments inavouables envers ces jeunes femmes qu'il ne regardait d'abord que de trop loin, trop brièvement, ces jeunes femmes dont il parlait sans savoir, qu'il ne pouvait qu'imaginer. Puis plus tard, pour celles qu'il avait regardées de trop près, dont il parlait en sachant trop de choses, toujours inavouables. Avec le passage du temps qu'il n'habite plus, il écoutait maintenant la pensée des femmes d'aujourd'hui, somme toute pas très différentes de celles qu'il avait connues à son époque. Certaines s'arrêtaient devant lui, devant cette toile du peintre flamand, devant son image qui avait traversé les siècles, mais sans reconnaître la présence de Virginio qui hantait la salle comme il avait hanté toutes les salles où la toile avait voyagé, sans en comprendre la raison, sans parvenir à échapper à ce sort injuste, mais surtout incompréhensible, sans logique et sans vérité. Virginio Cesarini se retrouvait prisonnier du volume clos qui encerclait le bref espace autour de la toile, perméable à la brève présence des visiteurs, à leurs pensées du moment, à leurs émotions et à leur vulnérabilité, avant de se retrouver à chaque fermeture du musée avec les traces de leurs réflexions, à tenter de déchiffrer ce qu'il avait découvert, ce qui l'avait touché, mais sans jamais comprendre pourquoi il se trouvait là, la nature du sort qui lui avait été infligé, cette pénitence, cette peine qu'il subissait toujours, près de quatre cents ans après sa mort.

La langue parlée par ses visiteurs ne le préoccupait pas car il ne les entendait pas, mais leurs émotions, leurs pensées lui étaient perceptibles. Il aimait surtout les retrouver dans un état de légère fatigue, lorsqu'ils s'asseyaient sur un des deux grands bancs installés au centre de cette salle, face à son portrait ou alors face à cette toile de monsieur Auguste Renoir qui restait pour lui un inconnu. Il arrivait parfois qu'un passant décide de s'asseoir devant la toile du jeune Flamand pour regarder Virginio dans cette pose surprenante, assis sur cette chaise en bois, la tête tournée vers sa droite, la main tendue pour appuyer une phrase au milieu d'une discussion avec un interlocuteur invisible. Poser sagement pour l'artiste avait ennuyé Virginio, son geste le trahissait ; il avait préféré poursuivre une conversation animée plutôt que de s'arrêter dans une pose statique. Mais le ton et le sujet de ses échanges avec les visiteurs semblent avoir inspiré le peintre, car il s'était attardé dans cette toile au mouvement et à la vivacité de la conversation, même si le regard de Virginio ignore la présence même du Flamand.

« J'étais ainsi, animé par le savoir, la connaissance, les échanges, les découvertes. Je brûlais les heures, je brûlais ma santé, mes bronches, mes poumons. Je ne souffrais pas d'une maladie si grave, je le vois aujourd'hui, mais mon époque ne connaissait pas les secrets de la médecine nécessaires à ma guérison, pas encore. On improvisait, on cherchait sans trouver. On croyait aux vertus des plantes, mais avec de rares succès.

Aujourd'hui, je regrette la perception limitée que j'ai de mes visiteurs et à laquelle je suis réduit. Je ne garde de tous mes sens qu'un si vague souvenir. Je ne vois pas mes visiteurs, évidemment, mais je sens leurs traits, je sens leurs expressions, je devine leur âge. Et je peux écouter la voix de leur âme. Je les entends dérouler leur pensée, je sais la lire à de très rares exceptions. J'ai perdu le sens de l'odorat comme tous les autres et je n'ai gardé que l'illusion du parfum de certaines femmes. On peut regretter ce parfum longtemps après la mort.

Par ailleurs, si je ne sens pas le climat de cette ville, j'en remercie le ciel ! J'ai passé ma vie à souffrir du froid, de l'humidité, des courants d'air inconfortables ;

j'aurais voulu être berger, pouvoir me couvrir de peaux et de laine! Mon père était riche, notre famille vivait fort aisément, mais nos maisons étaient construites avec la science de cette époque. Rome est une ville bien située, mais l'humidité des semaines d'hiver au milieu de ces murs de pierre savait vous glacer! Le confort ne s'invente pas. On ne pouvait que chauffer et chauffer encore plus, sans savoir retenir la chaleur bien long-temps! Je ne sais reconnaître les saisons, mais je sens quand les visiteurs frissonnent toujours du froid de l'extérieur en hiver. Le climat, ici, semble plus sévère qu'à Rome.

Je sais reconnaître Jacques, un des gardiens de jour qui arrive. Je l'aime bien, sauf quand son esprit s'attarde sur la "photographie"; je ne sais absolument pas de quoi il parle. Comment dire, je crois qu'il veut peindre les gens sur un tableau, enfin ce n'est pas ça, mais presque. Lorsque certains visiteurs se présentent, son intérêt s'éveille et son regard, me semble-t-il, les scrute attentivement, il les étudie et découvre des angles de vue qu'il aimerait utiliser; il regrette leur départ lorsqu'ils quittent la salle et ne s'attardent pas plus longtemps, ou lorsqu'ils quittent une position qui le surprenait pour en adopter une autre plus banale. Cela semble une façon pour lui de s'approcher de ses frères humains.

Il ne regarde jamais la toile du peintre flamand. Peut-être est-ce moi qui l'ennuie? Mais il ne s'attarde pas sur celle de monsieur Renoir non plus, qui présente, je l'ai senti dans les réactions de plusieurs visiteurs, une toute jeune fille dans les couleurs chatoyantes d'un jardin d'été. Cette œuvre rappelle à Jacques le souvenir d'une petite fille qu'il ne voit plus et s'y attarder rouvre en lui la cicatrice d'une blessure à l'âme.

Si je me concentre sur lui, sur sa présence, je vois très bien le vide immense qui l'entoure, le gel qui recouvre son cœur, sauf quand il croise une image qui éveille en lui le souvenir de son père.

Je n'ai du mien que des souvenirs très vagues. Je n'étais que le quatrième garçon de la famille et l'attention de mon père se portait naturellement vers l'aîné, vers mon frère qui allait devenir le chef de la famille Cesarini et avec qui il passait beaucoup de temps, lui donnant ses conseils, l'emmenant avec lui pour visiter les domaines dont il hériterait plus tard. Mon père faisait beaucoup de politique, surtout de celle qui pouvait augmenter les revenus de la famille. C'était un homme public, très près de la direction de Rome.

À tous ses enfants, il assura les moyens d'une bonne éducation. Ce fut très important pour moi. Après une enfance passée près de ma mère Livia, je me retrouvai très jeune entouré de pères jésuites. Comme j'étais d'une santé fragile et que je n'étais pas porté vers le jeu des armes ou des batailles sportives comme mes autres frères, je me mis à étudier sans relâche, curieux de tout, des langues, des mathématiques, de la philosophie, et plus tard de l'étude des astres. Passionné du savoir, mais grâce à ma mère Livia, passionné également par la poésie, par la recherche de la perfection, de la beauté d'une strophe.

Je n'ai jamais eu d'enfant comme mon ami le gardien. Soyons honnête, je n'en désirais pas. Je n'ai pratiquement rien connu des joies de l'enfance et quand j'ai connu les femmes, je dois avouer ne pas avoir désiré recevoir d'elles un enfant. À aucun moment ai-je cru que mon destin croisait celui de la paternité.

Plus tard, je parvins à contribuer autrement au pouvoir de la famille Cesarini; mon père et mon frère aîné furent surpris, mais fort satisfaits de me voir atteindre si rapidement le centre du pouvoir de Rome, sans argent, sans titre ni santé, mais par le seul apport de ma plume et de mes relations. Tous les gens en vinrent à me connaître ou à désirer me connaître. Néanmoins, me voici aujourd'hui, hantant la salle d'un musée de Montréal, sans moyen de communiquer avec quiconque, sans comprendre quel est ici mon destin. »

●●●

La journée s'annonçait radieuse. Chantal sortirait bientôt et Laurent le savait, nul besoin de demander. Elle inventerait une raison, une rencontre avec une amie, un magasinage important, un essayage ou une réparation, qu'importe! Elle sortirait bientôt pour ne rappeler qu'en fin de journée, pour laisser un message alors qu'elle le saurait en consultation: «Comme le temps avait passé, elle avait rencontré par hasard cette amie d'autrefois et elles voulaient continuer à causer autour d'une bouchée, il pouvait se commander quelque chose n'est-ce pas?» Peu importe, elle n'y serait pas de la journée. Il la regardait du coin de l'œil, sans parler. Elle se maquillait avec application, soulignant lourdement certains traits comme à ces moments où elle ne voulait courir aucun risque, cherchant à séduire au premier coup d'œil, sans ambiguïté.

Laurent l'avait connue cinq ans plus tôt, à une époque critique de sa vie, une période d'interrogations, un moment où elle le surprit par sa jeunesse, son enthousiasme, le rythme de sa course. Lui qui, d'une consultation à la suivante à son cabinet de médecin, ne savait plus prendre la mesure du temps, ne savait plus comment trouver l'énergie pour alimenter sa vie. Une seule soirée, magique avait-il cru, et il avait sans réflexion décidé de quitter son épouse, sa compagne de vingt-trois années, lui laissant leurs trois filles, abandonnant sa clientèle à un petit réseau de collègues, quittant la ville pour s'installer dans une nouvelle section de la banlieue en croissance, un lieu où les services d'un médecin généraliste seraient rapidement les bienvenus.

— Je peux prendre la Mercedes? Si tu as besoin d'une auto tu peux prendre la petite japonaise.

Ce n'était pas vraiment une question. Laurent ne répondit pas. En prenant une gorgée de café, il la vit par la fenêtre, accélérant trop rapidement dans cette rue calme de la banlieue, passant sans les regarder près des enfants du quartier qui, depuis longtemps, avaient fait de cette rue leur terrain de jeu personnel. Sur la voie asphaltée, un petit de trois ans roulait de façon insouciante dans une voiturette bleue.

Lorsqu'elle accepta de vivre avec lui, Chantal avait pris soin de le prévenir : elle ne voulait pas d'enfant, pas maintenant ni jamais. Sensible aux effets secondaires des pilules anticonceptionnelles, elle lui avait recommandé une vasectomie immédiate qu'il avait acceptée sans broncher.

Elle ne maintenait aucun contact avec les mères du quartier ; les derniers sujets de discussion qu'elle voulait aborder concernaient la vie familiale de ses voisines et le détail des problèmes quotidiens de leur progéniture. Laurent par ailleurs, les connaissait toutes, ayant soigné l'une et l'autre ainsi que leurs enfants, depuis les cinq années passées dans ce quartier. Il avait installé son bureau dans le centre d'achat local situé tout près, et il recevait parfois à la maison lorsqu'on lui amenait une petite urgence hors des heures habituelles.

Sa vie sexuelle avait à l'époque de leur rencontre pris un élan démesuré ; pour Laurent elle était devenue une clé incontournable de son existence. Dans le cas de Chantal, si ce nouveau partenaire n'apportait pas le niveau d'énergie auquel elle était habituée, Laurent lui fit découvrir quelques variations inattendues qui ajoutèrent à sa vie un piquant fort agréable durant plusieurs mois.

Par ailleurs, leur vie sociale ne leur donna que très peu de satisfaction ; leurs amis respectifs ne se

rejoignaient pas et ni Laurent ni Chantal ne communi-
quaient facilement avec les anciens copains de l'un ou
de l'autre. Le couple tenta de créer une vie sociale avec
de nouveaux amis, mais leurs efforts ne furent pas
couronnés de succès.

Ils décidèrent alors de voyager, de multiplier les
vacances, choisissant des destinations exotiques. Ils
logeaient dans les meilleurs hôtels, mais ils ne partageaient que rarement le même emploi du temps.
Pendant que Laurent découvrait les musées, les sites
historiques, les charmes rustiques d'un lieu, Chantal se
prélassait seins nus à la plage. Ils sortaient en soirée,
Laurent choisissant les meilleures tables de chaque
endroit, ce que Chantal ne dédaignait pas, mais elle
conservait sa frugalité et cherchait rapidement à l'entraîner dans les bars branchés pour y danser sur les
rythmes du jour. Laurent préférait voir le corps de
Chantal allongé près de lui dans le lit de l'hôtel, plutôt
que de la voir s'exhiber dans ces tenues courtes et très
décolletées, s'agitant et excitant les jeunes mâles du lieu
jusqu'à une heure de la nuit où son énergie sexuelle
déclinait.

Ces voyages, comme l'ensemble de leur vie commune, se limitaient à eux seuls. En couple, ils ne fré-
quentaient vraiment personne d'autre.

Le luxe, l'abondance et la facilité que lui offrait sa
vie commune avec Laurent avaient permis à Chantal
de renoncer sans regret à la routine fastidieuse de son
travail d'hôtesse de l'air, du moins temporairement.

Leur vie sociale dans le quartier restant au point mort, Chantal continua tout de même à rencontrer ses anciennes copines à la même fréquence qu'auparavant et se mit à prendre des amants de passage. De son côté, Laurent vit son travail l'absorber de plus en plus, les heures se multiplier. La vie sexuelle du couple déclina lentement.

Ce déroulement d'une vie ratée ne surprenait Laurent qu'à moitié. Il avait vu et revu de pareils exemples chez d'autres personnes au fil de sa vie d'adulte, et voilà que le même scénario se produisait chez lui. Il ne lui en voulait pas d'avoir pris des amants. Il trouvait à la fois étrange et amusant qu'elle puisse croire qu'il n'en était pas conscient et prendre tous ces détours ridicules pour masquer sa vie privée.

Il n'avait pas d'obligations aujourd'hui. Le bureau était fermé comme tous les mercredis, et il s'était fait remplacer à l'hôpital. Il irait au musée pour y réfléchir, pour choisir un moyen de mettre un terme définitif à cette comédie. Pour en finir avec cette voie sans issue.

CHAPITRE 2

Un certain mercredi d'automne

Les poussières étaient de couleur grise, d'un petit gris pâle très ennuyeux sur ce tissu bleu foncé. Presque aucun métier, aujourd'hui, ne demande le port d'un veston, mais le travail de Jacques exigeait qu'il soit vêtu d'un uniforme : un pantalon gris traditionnel avec ce blazer bleu foncé, discret mais à l'apparence officielle, de celles qui projettent une image d'autorité, qui ajoutent un poids aux paroles que l'on prononcera peut-être. Et donc il s'attarda, prit le temps nécessaire pour prélever une à une ces poussières tenaces entre l'index et le pouce, les secouer vers le sol et redonner au vêtement la propreté qui rehaussait son aspect sérieux. Il ajusta à l'horizontale le petit badge de plastique sur lequel était gravé son nom, puis mouilla ses cheveux qu'il peignait à l'ancienne, lissés et séparés par une raie bien droite, comme son père le faisait.

Il sortit de la salle d'habillage et se dirigea vers la section du musée dont il avait la garde ce jour-là en compagnie de quelques camarades. Il passa devant la toile montrant ce jeune homme en tenue de jésuite avec son visage émacié, ses traits tirés, ses yeux chargés de fatigue, engagé dans une conversation fiévreuse avec une personne que l'on ne voyait pas, mais vers laquelle il tendait le bras comme pour dire « Tu vois ? Tu comprends ce que je te dis ? Tu vois que j'ai raison ! » avant de poursuivre la discussion.

Jacques ne l'avouerait jamais à quiconque, mais il avait parfois l'impression d'entendre parler ce jeune homme, sans parvenir à saisir le sens de ses paroles, ennuyé comme on peut l'être par le vol d'un insecte qui s'approche de l'oreille. Parfois, une présence se faisait sentir très brièvement. Jacques se pencha vers le carton placé au mur près du portrait du jeune homme, et lut : « Virginio Cesarini : 1595-1624 ». Le nom ne lui dit rien.

Les premiers visiteurs approchaient. Jacques se força à diriger les yeux par terre, conscient d'être parfois trop curieux, de dévisager les gens avec trop d'insistance alors que ses regards devaient demeurer neutres, qu'il devait enregistrer la réalité avec discrétion, avec vigilance, mais sans porter une attention trop évidente aux visiteurs. On demande peu de choses à un gardien de musée, soit de créer un climat qui permette d'éviter toute détérioration des pièces exposées. Ne pas toucher, NE PAS TOUCHER ! Garder une distance raisonnable, ne pas permettre de mouvement qui puisse mettre une des toiles en danger, interdire la prise de photos, surtout la prise accompagnée d'un flash. Éviter les éclats de voix. Favoriser une vision tout à fait irréelle d'ordre et de calme, même si les visiteurs sont en mouvement. Il marche avec des souliers munis d'une semelle de gomme pour ne pas causer de bruit sur le plancher de bois d'érable, un bruit qui pourrait indisposer. Attention : ne pas incommoder le visiteur !

Ici, on ne parle pas, on chuchote avec un collègue en passant d'une salle à l'autre, on reste seul malgré la circulation de la foule. On répond aux questions qui nous sont posées sur la direction à prendre pour trouver telle peinture ou pour rejoindre bêtement la sortie. On devient parfois l'emmerdeur qui vous demande poliment de vous éloigner de la toile que vous étudiez. « Pas trop près, je vous prie, pas trop près, merci ! » Un métier de solitaire où le temps paraît interrompu. Il faut se retenir, ne pas plonger dans ses pensées, ne pas rêvasser, rester présent. Un boulot pas trop exigeant, mais stable et Jacques tenait à ce boulot.

Les deux femmes entrèrent dans la salle où il se tenait.

— Je ne peux pas accepter ça. Pas de toi.

— Mais tu l'as quitté. En quoi ça peut te contrarier ?

Elles marchaient dans la salle d'un pas lourd, les mains enfoncées dans les poches de leurs pantalons. Elles portaient toujours leurs verres fumés et ne regardaient aucune des toiles. Jacques se dit en demi-sourire : « Quelqu'un devrait leur rappeler qu'elles sont dans un musée ! » Elles ne se regardaient pas, suivant un itinéraire sans but, un parcours sans plaisir. Elles étaient entrées dans cette salle par hasard, elles n'y cherchaient rien.

— On ne pourra plus se voir.

— Mais il m'a juste invitée à souper, rien de plus ! J'aurais dû me la fermer et jamais t'en parler.

Virginio ne suivait pas la conversation, il n'y comprenait rien. Il avait occupé des rôles clés au centre des décisions le plus stratégique de son époque, mais il avouait candidement ne rien comprendre aux femmes. Il avait côtoyé les nobles, les gouverneurs, les cardinaux, les hommes de lettres, de sciences, les commandants militaires, mais il vivait dans un monde d'hommes. Les décisions du quotidien appartenaient à sa mère Livia. Il ne s'en mêlait pas.

Pourquoi gardait-il contact avec ce monde terrestre ? Jamais il n'était entré en communication avec l'au-delà, avec ces êtres en qui il avait cru, jamais de rencontre avec aucun des gens remarquables qu'il avait fréquentés, qui devaient s'être mérité une place en un ciel divin, un endroit que Virginio n'avait pour sa part jamais connu. Il hantait ces lieux terrestres hors du temps, glissant d'une époque vers la suivante au gré des déplacements de cette toile, ce portrait qu'avait fait de lui ce tout jeune peintre flamand. Il avait accompagné la toile d'une vente à l'autre, d'un salon au suivant, et depuis son acquisition par le musée de l'Ermitage de Saint-Pétersbourg, il voyageait avec elle au gré des prêts et des échanges entre musées.

Les préoccupations de tous ces gens côtoyés au fil des siècles ne cessaient de l'étonner, mais l'ennuyaient souvent tout à la fois. Les gens n'avaient pas vraiment changé. Toujours aussi ignorants, toujours anxieux devant l'avenir qui fuyait devant eux. Ici, dans ce pays inconnu, sur ce continent d'outre-mer que Virginio ne connaissait pas, la noblesse a disparu, peut-être même n'y a-t-elle jamais existé. Pour la plupart, les habitants semblent posséder un toit pour s'abriter, ils travaillent contre un revenu qui leur permet de vivre. Mais leurs préoccupations restent terre-à-terre. Jamais dans cette ville n'a-t-il entendu quelqu'un réciter des vers, quoique de façon surprenante, les gens y aiment la chanson ; souvent les filles fredonnent intérieurement des paroles souvent jolies, leur inspirant un amour intense, espéré ou perdu, en tout cas romantique.

— Tu as déjà couché avec lui, c'est sûr.

— Non, je te l'ai dit. Et même si je le faisais, qu'est-ce que ça changerait? Tu ne veux plus le voir. Tu me l'as répété pendant des semaines. Tu ne vas pas me dire que tu regrettes de l'avoir quitté!

— Mais qu'est-ce que tu veux qu'on fasse? Des petits soupers à trois? C'est vrai que je ne veux plus le voir, plus en entendre parler! Si toi, ma meilleure amie, tu deviens la blonde de mon ex, comment veux-tu qu'on reste des amies? C'est pas si dur à comprendre!

Jacques s'approcha lentement des deux femmes, assez près pour qu'elles ne puissent ignorer sa présence et avoir le réflexe de baisser le ton de leur discussion qui dépassait les limites acceptables pour le confort des autres visiteurs. Comme le ton ne baissait pas, il s'approcha encore plus près, ne désirant pas faire une intervention verbale, convaincu que ses paroles, même prononcées avec la plus grande diplomatie, ne pourraient que déclencher l'escalade de leur colère sourde vers un éclatement de cris hystériques.

— Il aura réussi à tout ruiner dans ma vie. Je ne veux plus penser à lui. Je t'aurai prévenu. Tu le quittes ou on ne se voit plus.

D'un pas sonore et rapide, elle prit la direction de la sortie. Son amie resta bouche bée, incapable de prononcer une syllabe. Virginio écoutait la tempête qui faisait rage en elle, un vent d'émotions qui ne laissait aucune place à la raison. Virginio était dépassé. Il ne saurait aider cette femme, ne saurait que lui dire pour alléger sa peine, pour l'aider à y voir plus clair, pour lui faire comprendre. Mais comprendre quoi?

●●●

Laurent Quintal s'était assis dans la salle, mais le fil de ses pensées demeurait difficilement intelligible pour Virginio. Il ne parvenait qu'à discerner les images d'un rêve de Laurent le montrant à table devant la grande amie de ses vingt ans. Le beau visage de cette jeune femme projetait sa lumière sur le lointain jour gris qui entrait timidement par une grande fenêtre; sa main s'était posée sur la main droite de Laurent qui avait posé un geste semblable sur la main libre de la femme. Liés ainsi l'un à l'autre, Virginio les voyait plonger leurs yeux dans le cercle formé par leurs bras pour tenter d'y lire leur destin.

Au milieu de son rêve, Laurent insistait pour dire qu'ils avaient eu tort, que ce cercle ne contenait que du vide. Virginio se sentait incapable de lui faire savoir qu'il se trompait, incapable de traduire la certitude qu'il éprouvait à la lecture de ce rêve, que le cercle n'était pas le trou noir dans lequel son passé et son présent avaient sombré.

Puis le souvenir de Diane remonta à la surface de sa rêverie. Laurent avait quitté son épouse sans ménagement, brusquement, presque avec précipitation, pour se retrouver dans les bras de Chantal, pour y vivre une nouvelle vie, croyait-il alors, par un refus absurde d'accepter le passage du temps.

Diane n'avait jamais fait preuve de la moindre petitesse. Cinq années plus tard, Laurent restait ébahi par cette fidélité à elle-même ; jamais elle n'avait sombré dans la colère, jamais elle n'avait prononcé un mot contre lui. Elle marchait le corps bien droit, sans joie mais sans apitoiement, acceptant le destin, ouverte à ses filles malgré leur tiédeur, tournée vers l'avenir, fidèle à sa vision de la vie. Tout cela avec naturel, sans fausseté.

Toujours à se remettre en question, à bien identifier une cause qui justifie qu'elle y dépense son temps, ses efforts, son énergie. Comment une vie doit-elle être vécue, comment les choses doivent-elles être faites, comment les mots doivent-ils être dits ? Diane aimait se poser ces questions en diverses circonstances, et surtout, elle aimait en connaître les réponses. Elle poursuivait sa recherche d'une vérité sans colère aucune, mais avec une grande ténacité.

Après plus de vingt ans de vie commune très engagée, Laurent avait quitté son épouse, emporté par une montée irrépressible de désir, par le besoin absolu du corps d'une autre femme, de sa sensualité, de son abandon, de sa fougue, de son appétit insatiable pour l'amour. Ce fut la découverte d'un long fleuve, le plongeon dans une passion sexuelle. Pourtant, il ne pensait désormais plus à Chantal qu'en termes d'une passion perdue, envolée, éteinte. Aucune découverte originale ne l'avait nourrie, aucun élan de fraîcheur inédite ne lui avait permis d'évoluer dans le temps.

«Chantal qui quitte la maison quotidiennement, qui part aussitôt que j'ouvre le bureau, pour aller rejoindre l'autre, n'importe quel autre, qui saute dans la Mercedes après un long bain pour être fraîche pour l'autre, et qui reviendra tard le soir avec en main le même sac que la veille.

Elle se douchera prétextant la poussière de la ville, alors qu'elle s'appliquera plutôt à nettoyer le sperme collé à sa peau, le sperme de l'autre, sa salive, sa sueur, la cyprine qui a coulé sur ses cuisses.»

Penser à Chantal se limitait maintenant à penser à sa peau qu'il avait désirée, à son corps qu'il ne désirait plus.

Virginio sentit un vague mais abondant déferlement de nostalgie, sentit que Laurent retrouvait une à une les images de ce rêve qu'il avait gardé en mémoire, ce rêve qui ramenait à la surface les moments de naïveté d'autrefois, les découvertes marquantes de ses dix-sept, dix-neuf ans, cette période où il avait dessiné l'ébauche des grandes lignes de sa vie future, où il avait pris les premières grandes décisions, celles d'entrer en médecine, de militer pour l'indépendance du Québec, de travailler à défendre les causes sociales qui demandaient justice.

Toute cette période si fertile où il côtoyait Michelle, cette jeune femme dont il avait perdu la trace depuis longtemps. Michelle qui, lorsqu'elle réapparaissait dans sa mémoire, avait conservé l'éternelle jeunesse du souvenir. Elle était devenue une femme purement imaginaire qui visitait son esprit pour y vivre parfois quelques moments d'une vie parallèle sans aucun rapport avec la sienne propre, une vie se réduisant à celle d'un fantôme habitant le cœur de Laurent à ces moments où il fuyait la réalité, le présent ne lui offrant que trop de soucis.

Laurent se leva, regarda le portrait de Virginio et soudain, le voile disparut, le Romain put lire ses pensées avec clarté.

« Vous faites beaucoup de fièvre; possible qu'elle ne vous quitte pas depuis un moment; vos yeux dénotent un manque de repos évident. Vous ne prenez pas soin de votre santé, vous aimez dévorer la vie, beaucoup trop! Votre médecin aurait dû vous placer dans un sanatorium, au grand repos! Je soupçonne les poumons. Vous êtes fichu si vous continuez ainsi, mon ami. Il était bien adroit ce peintre, pour avoir laissé transparaître la maladie dans le teint de la peau et sa surface humide de fièvre. »

Virginio en voulait à ce médecin: « Il n'y croit plus, je le lis en lui, et pourtant, même avec tous ses défauts, toutes ses absences, il saurait me guérir. Si j'étais encore vivant, bien sûr! »

Avec la science d'aujourd'hui, Virginio n'aurait pas tant souffert, ne serait pas mort si jeune, il aurait guéri facilement, il aurait sûrement pu changer le monde, y laisser une empreinte durable. « Je voulais laisser une trace sur mon époque, rendre les choses meilleures. Le temps n'existe plus pour moi, pas comme autrefois. Le temps ne passe pas. Il est là comme je suis là, sans comprendre pourquoi. »

●●●

Les yeux de Sophie ne quittaient pas le sol. Elle marcha lentement puis s'arrêta sur un banc au centre de la salle. Elle vit subitement son reflet dans l'une des glaces protectrices.

« Je projette l'image d'une femme portant le poids de la vie sur ses épaules. Non, c'est faux ! Pas sur mes épaules. Je porte le poids de la vie dans mon ventre et je ne l'ai pas choisi.

Je ne peux pas garder cet enfant. Je ne dois pas garder cet enfant, quel qu'il soit, garçon ou fille, beau, pas beau, intelligent ou pas. Il faut faire très vite. Je ne l'ai pas voulu. Je ne veux pas vivre avec lui. Je vivrai très mal avec le souvenir de la perte de cet enfant, mais je n'ai rien à lui apporter. Pas maintenant.

Le père n'existe pas, enfin oui, c'est l'un de ces garçons, un de ceux de ce vendredi ou alors du samedi soir. Bref, le père n'existe pas. J'avais pourtant pris ma pilule, j'avais beaucoup fumé mais j'en suis certaine, je n'avais pas oublié de la prendre, je n'oublie jamais, parce que je ne veux pas d'enfant. Plus tard, je verrai.

Pourquoi lui offrir une vie plus minable que la mienne ? J'oublie mon enfance, nulle mon enfance, pas la peine d'y revenir, je n'en parle jamais. Et ma vie d'adulte ne vaut pas que l'on s'y attarde. Pas encore. Quant à l'avenir… Rien d'assuré de ce côté.

Une enfance sans père pour cet enfant, jamais ! Il n'en est pas question. La clinique est tout près, à deux pas du musée, le rendez-vous est pris, il n'y a pas d'autre issue et je suis là, dans cette salle, face au portrait d'un homme plus triste que moi, un homme qui discute avec fièvre sans regarder l'artiste qui peint son portrait. Parle-t-il à une femme ? Une femme qui aurait le bonheur de connaître un homme qui daigne lui parler, qui daigne l'écouter ? »

Virginio écoutait ce monologue silencieux et captait facilement l'infinie tristesse qui habitait le cœur de cette jeune femme. Il aurait souhaité pouvoir lui dire, lui avouer ces choses qu'il n'avait jamais avouées à personne. Lui dire que, non, au moment où cette toile avait été peinte, il parlait à des camarades du club des Lynx, cette Académie rassemblant des hommes attachés au développement des sciences, et qu'ils discutaient de la lecture du mouvement des astres, que beaucoup de son temps avait été gaspillé par ces choses si sérieuses, par des questions de philosophie, d'études, par la politique, l'exercice du pouvoir, mais que jamais il n'avait prêté l'oreille à une femme comme il savait maintenant le faire. Comme il aurait dû apprendre à le faire autrefois. À l'adolescence, puis dans la jeune vingtaine, il s'était engagé dans la poésie sans connaître le mystère d'un dialogue ; il se limitait alors à la couleur des mots, à leur sonorité, à leur harmonie, sans se préoccuper tellement de leur signification. Il croyait comprendre le sens des choses d'importance, et se tenait souvent trop loin des sentiments. Il aimait la frénésie qui accompagnait la découverte d'une réponse dans le domaine de la recherche scientifique, l'étude du mouvement d'une étoile, la magie des nombres, mais la simplicité d'une émotion amoureuse lui échappait au point de l'effrayer. Quant à la possibilité d'avoir un enfant, à travers ses études, ses activités sérieuses, ses discussions sans fin, sa santé fragile, avec le temps qui lui échappait, qui glissait vers une finale trop courte, une finale irrémédiable, non, jamais il n'y avait songé.

« Et vous, madame ? Vous ne voulez pas de cette présence en vous ? Qui demandera beaucoup, je suis d'accord, mais qui donnera aussi, sans mesurer. La vie vous donnera à travers cet enfant. Comment pourrais-je lui dire une chose pareille ? Moi qui n'en ai rien vécu, qui a vécu si peu de choses essentielles. Comment lui faire comprendre la valeur du doute, moi qui n'en avais pas, qui disais ne pas en avoir. »

Sophie n'écoutait pas, s'appliquant à garder son esprit centré sur le geste qu'elle s'apprêtait à poser, cherchant à l'exécuter sans y réfléchir, mais n'y parvenant qu'avec une grande difficulté. « Non. Je n'ai pas de doute. Et je n'ai pas faim. J'attends ici jusqu'à quatorze heures, jusqu'à mon rendez-vous. Je ne bouge pas. Personne ne me fera changer d'avis. »

CHAPITRE 3

Jacques aime observer les visiteurs. Silencieu-
sement. Une habitude qui date de son séjour en détention
alors qu'il cherchait à mieux comprendre qui était tel
ou tel détenu, ou même tel ou tel gardien. Par jeu,
comme ça, pour passer le temps. Quelle vie avait
connue celui-là, avant «ça», avant le pénitencier. Jacques
avait connu autre chose, autrefois. On ne naît pas prisonnier! On commet un délit pour diverses raisons,
parfois obscures, parce qu'on se sent dans une impasse,
que l'on doit s'en sortir au plus tôt. Ou que l'on éprouve
ce désir, cette envie immédiate de réaliser un rêve
inassouvi.

S'il regardait d'assez près, Jacques croyait deviner, croyait comprendre l'essentiel sans connaître tous les détails souvent inutiles. Qui, parmi ses camarades de détention, savait pourquoi il était en prison ? Il n'était pas un homme connu, il n'avait aucune réputation dans les médias, il avait commis une série de vols tout à fait banals. On l'avait mis « en-dedans » en tout début d'année et au moment de son procès, toutes les ressources des quotidiens locaux avaient été mises à contribution pour couvrir la fin de la campagne référendaire de 1995 portant sur l'indépendance du Québec. Son procès était passé inaperçu, sa sentence et son entrée en prison également. Pour tous, sauf pour ses proches, sa famille, ses amis d'alors, son employeur, ses camarades de travail, etc. Pourtant, plusieurs d'entre eux ont rapidement tout oublié.

À son arrivée au pénitencier, tout nouveau prisonnier est l'objet d'une petite curiosité. Qui on est. Pourquoi on est là ? On en a pour combien de temps ? « Eh ! crisse ! T'as pas été chanceux. » Habituellement, quand l'interlocuteur est sans intérêt réel comme Jacques l'était, on passe rapidement à « *Moi*, de *mon* côté… etc., etc. ». En prison, on parle de *son* crime, de *son* procès et de *son* avenir. Rarement de qui on a été. Jacques, dans sa tête, y revenait toujours. C'est qui cet homme ? Quelle était sa vie, avant le dérapage ? À quoi a-t-il rêvé ? Est-ce qu'on lui permettait de rêver ?

C'était valable également pour les gardiens de prison. On ne naît pas gardien de prison ! Petit garçon, on ne rêve pas de devenir gardien de prison, alors qui c'était, cet homme? *Avant.* À quoi rêvait-il? Aujourd'hui Jacques constatait avec surprise qu'il n'y a aucune différence entre un gardien de prison et le gardien d'un musée. Aucune. Sauf que Jacques n'était pas confronté à la violence. Ce sont des métiers qui offrent une certaine stabilité, même si le salaire dans un musée laisse un peu à désirer. «Dans un musée, je me présente à l'heure, je travaille proprement, on me demande rien de plus.»

Souvent, la présence de certains visiteurs du musée n'a rien à voir avec l'amour de l'art, rien à voir avec le désir de découvrir les tableaux d'une exposition particulière; ils viennent chercher ici un lieu calme, un havre de paix où l'on peut réfléchir, une terre d'évasion.

Jacques porta son regard sur ce visiteur au visage sombre, plongé dans ses pensées, qui circulait lentement en regardant les tableaux d'un air absent. «Il a quel âge, se demanda Jacques, cinquante et un, cinquante-deux ans? Il passe d'une peinture à l'autre mais il ne les voit pas, pas vraiment. Il ne porte pas de jonc, mais il ne regarde pas les femmes autour de lui et pourtant, plusieurs des femmes qu'il a croisées aujourd'hui étaient de très belles femmes! Il n'est pas retraité, il a toujours un métier. Je ne vois pas l'intérieur de ses mains, mais c'est un homme qui a l'habitude de travailler avec ses mains; aujourd'hui, elles ne parlent pas. Est-il trop préoccupé? C'est rare pour moi de ne pas savoir, mais là, je ne sais pas. Il est souvent debout d'après ses souliers. Je le verrais dans une classe peut-être, dans un laboratoire, mais le tissu du complet est de trop bonne qualité. Pas bronzé. Ne fait pas de sport! De l'embonpoint. Il mange souvent dans les restaurants ou alors il boit trop. On ne le voit pas à ses yeux. Il n'a pas le foie malade. J'aurais dû être médecin!

Je n'y ai jamais songé. Je n'ai jamais rêvé de devenir médecin. Tout petit je me voyais plutôt soldat dans la Légion étrangère, puis j'ai pensé être camionneur, de ceux qui conduisent des poids lourds sur des distances sans fin. J'ai toujours rêvé de beaucoup voyager, plus loin, trop loin. Mais nulle part, voilà où j'ai abouti, nulle part, dans un bureau trop petit, où je me rendais tous les matins à huit heures vingt-cinq, jamais en retard, où je grattais le papier, où je grattais, je grattais. Les dollars, les ventes, les colonnes de chiffres. Sans avoir les sous dont j'avais besoin, sans pouvoir voyager, sans acheter de caméra, car je voulais la plus belle, la meilleure, la Hasselblad, rien de moins, celle dont avait rêvé mon père.

Je n'ai pas suivi les cours de photographie à l'école technique. Papa m'y encourageait mais je n'y voyais qu'une perte de temps. Pourquoi perdre mon temps? Pour me retrouver à photographier les jeunes mariés du samedi, les nourrissons, les étudiants boutonneux qui terminaient leur cours primaire ou leur secondaire, trente secondes la photo, allez, avancez, regardez de ce côté, souriez, merci! Au suivant! Ou alors les gens qui m'auraient demandé une photo passeport et dont j'aurais pris la photo sans même les regarder, puis les groupes, les photos pour la brochure d'une nouvelle usine, non. Non!

Moi, j'aurais voulu faire ce métier pour voir mon travail publié dans des livres au papier luxueux, m'attarder sur des clichés qui demandent que l'on se déplace très loin, des photos qui demandent des heures d'attente et de patience pour obtenir les conditions optimales d'éclairage, des semaines pour voir tomber l'orage au bon moment, au bon endroit, ou alors pour saisir un paysage en clair-obscur à l'instant où le soleil se plie à la volonté et la puissance d'un nuage. Photographier une femme, prendre des douzaines de photos jusqu'au moment où j'aurais enfin capté cet angle rêvé, avec son regard fixé sur un lointain, une femme qui se serait donnée à moi le corps courbé de fatigue, épuisée par le temps de pose, impatiente de fumer cette cigarette dont elle rêvait depuis trente minutes déjà.

Non, j'ai plutôt suivi un DEC en techniques administratives, ce qui m'a permis de travailler dans la comptabilité. Mais j'avançais pas, je n'allais nulle part, pas assez brillant, pas motivé, sans connaître les secrets du succès du travail de bureau, sans chercher à les connaître, sans avancement, peinant semaine après semaine à joindre les deux bouts. Alors voilà, j'ai coupé au plus court, on m'a coffré. J'ai eu trois ans.

Tiens, je vois ses mains. Ce sont des mains actives, des mains qui servent, des mains occupées à un travail régulier. Mais il les noue ces mains, il les renoue. Il a pris sa décision, mais il lui reste plusieurs détails à mettre au point. Il regarde le portrait de ce moine italien. C'est bien la première fois qu'il s'arrête vraiment devant une peinture. Je me demande pourquoi il a choisi celle-là. Il s'approche trop près, je vais devoir intervenir. Mais non, recule un peu, tu es trop près, allez, voilà. Qu'est-ce que tu cherchais à voir ? J'irai voir plus tard.

Est-ce qu'il reviendra ? »

● ● ●

Un très jeune couple était assis sur un des deux bancs au centre de la salle. La fille parlait tout bas mais avec beaucoup d'animation. Son esprit semblait dévoré par cette toile que les gens du musée avaient placée à droite de celle représentant Virginio, une fresque immense. Ils n'avaient pas visité l'ensemble de la salle ; elle était entrée et de sa main, elle avait entraîné le garçon vers le banc, face à cette toile qui semblait avoir une grande importance à ses yeux. Pour sa part, le garçon semblait n'avoir d'yeux que pour elle, et n'avoir d'oreilles que pour ses paroles, pour sa voix. Il semblait n'avoir aucun intérêt pour la peinture, mais Virginio sentait qu'il était heureux d'être avec elle, d'être à ses côtés, d'être là où elle était.

Virginio ne voyait pas son visage, mais devinait chez cette jeune fille une personnalité qui lui rappelait sa cousine Caterina.

Il avait quinze ans. Virginio étudiait chez les Jésuites, il écrivait des poèmes, son père vivait toujours mais Virginio ne le voyait que rarement. La santé du jeune homme était bonne alors, mais il avait déjà ce côté fiévreux qui le caractérisa dès la toute première adolescence, une soif toujours inassouvie de tout voir, de tout connaître, de tout lire, de travailler avec un minimum de sommeil. Il était trop sage, trop austère, trop sévère. Les pères jésuites lui prédisaient un avenir brillant, mais sans parvenir à discipliner sa personnalité. Ils étaient inquiets de son tempérament critique qui remettait trop facilement en question des vérités connues depuis la nuit des temps, mais qui souffraient de l'absence d'une démonstration rigoureuse qui eut répondu à ses interrogations. Virginio exigeait des explications, cherchait à connaître la vérité avec impatience, et quand il en détenait une, jamais satisfait, il passait au problème suivant. Parfois au détriment d'une communication ouverte et directe avec les gens tout près de lui, ces gens qu'il voyait à peine, l'esprit tout absorbé par ses réflexions.

Elle se nommait Caterina et elle dessinait. Au fusain, sans couleurs pour ne pas attirer trop d'attention. On la voyait dessiner de petits animaux, des scènes champêtres, mais ce qu'elle préférait était le portrait.

Faire celui d'un enfant, parfois d'une amie ou d'une cousine, le visage d'un saint, disait-elle, si elle avait dessiné le profil d'un homme, mais somme toute peu de portraits d'adultes et rarement celui d'un homme, car ils n'avaient pas la patience de poser, surtout pour une jeune fille de treize ou quatorze ans! Surtout pas de jeune amoureux, du moins ne l'avouait-elle jamais, car Caterina trichait, gardait des papiers, des encres et des fusains dans un lieu secret et dessinait des visages de Virginio, des poses de Virginio alors qu'il lisait, qu'il se concentrait, qu'il avait oublié sa présence. Il fallait ensuite agir rapidement pour le lui montrer alors qu'il allait partir chez les Jésuites ou pour une rencontre avec ses amis, attirer son attention avant qu'il ne se sauve. Lui demander de regarder son travail avant de le détruire, de le brûler, de n'en laisser aucune trace, sauf dans sa tête, espérer qu'il puisse garder en mémoire le souvenir du trait glissé par sa main. Que faire avec ce dernier dessin, le détruire ou le cacher dans un lieu sûr?

Soudain, voilà que la jeune fille du musée hausse le ton avec passion, dit à son compagnon qu'elle ne le verra plus, qu'ils doivent se quitter, mais qu'elle laisse pour lui une présence dans cette salle, « Dans ce tableau, dans l'éclat, tu vois, dans le trait doré qui longe la mèche de côté des cheveux de cette femme. » Voilà où elle se cachera, il n'aura qu'à venir ici, à lui parler, elle écoutera, elle comprendra. Le garçon est incrédule, se demande de quoi elle parle, et la voilà qui le quitte, qui se sauve brusquement, bondissant sur ses jambes, ses pieds dansant presque au-dessus du sol, alors que lui reste assis, sans bouger, qu'il ne la suit pas, ne la poursuit pas.

Caterina avait fait de même, elle était partie, fière, avec l'assurance de ses quatorze ans, et Virginio n'avait rien dit, n'avait rien fait, convaincu d'avoir un avenir qui ne l'incluait pas, un destin différent qui l'appelait ailleurs. Son cousin Cesi lui parlait par exemple de devenir membre de cette académie des sciences, l'Académie des Lynx. Il le fera, mais il devait d'abord terminer ses études.

Aujourd'hui, Virginio a perdu tout sens de l'odorat et ne peut discerner les parfums. Comme il adorait secrètement le parfum de Caterina! Il regrette de ne plus pouvoir discerner l'odeur des corps, mais il peut être touché par leur âme, lire ce que leur cœur n'ose avouer. Elle joue, cette petite, il le voit bien. Elle aime ce garçon, mais elle cherche à le provoquer. Quand le comprendra-t-il?

« Autrefois, rien ne m'intéressait d'autre que le savoir, la connaissance, la vérité. Et pourtant, j'écrivais de la poésie. Caterina cachait ses meilleurs dessins, comme je cachais mes textes en langue toscane, ceux qui parlaient d'elle. Puis lorsque j'en avais terminé un, je le déchirais pour en commencer un autre, toujours inspiré de Caterina. Elle me demandait si j'étais convaincu de ne pas l'aimer, si je préférais vraiment ces études inlassables, pourquoi je ne voulais pas me marier. Elle me l'a demandé à quelques occasions, à des moments inopportuns alors que j'étais préoccupé par un problème difficile à résoudre et je lui répondais de m'en reparler un peu plus tard, que nous avions tout notre temps.

Puis elle n'est pas revenue. Un jour, son mariage avec un parent à moi a été annoncé, mais je ne l'ai appris que beaucoup plus tard par mon cousin Cesi qui l'a mentionné distraitement.

Je ne sens plus la poésie surgir en moi : je ne saurais plus écrire de poème car pour cela, il me faudrait vivre comme eux. Ce sont *eux* qui vivent maintenant. Je ne peux que les observer sans les voir. Même si ma mémoire parvenait à retenir un texte, je n'ai aucune expérience à décrire, aucun sentiment à partager, et surtout, personne avec qui les partager.

Il y avait trop de sévérité dans ma recherche d'absolu. Je suis passé à côté de tant de choses, comme ils le font tous. Je ne sais que leur souffler un mot ou deux au creux de l'oreille lorsqu'ils savent écouter, car même s'ils ne comprennent pas ma langue, comme je ne comprends pas la leur, je parle au sens brut de la parole, au cœur du sentiment, à l'oreille interne de l'âme.

Je le fais parfois. Lorsque je crois savoir quoi leur dire. Et parfois ils écoutent. C'est une mince consolation, car peu d'entre eux prennent le temps d'écouter, trop occupés à bouger, à courir. Vers quoi? Le savent-ils eux-mêmes?»

●●●

Dans la salle, Jacques observait un homme aux cheveux très blancs et très fournis. Ses mains tremblaient légèrement alors qu'il sortait de la poche de sa veste une petite bouteille de médicaments; il en dévissa lentement le bouchon et versa deux comprimés dans sa main. Sans pouvoir lire l'étiquette, Jacques crut reconnaître d'après la bouteille, la couleur et le format des pilules, le type de médicament que prenait cet homme. Il le regarda s'approcher d'un abreuvoir dans la zone des salles de toilette, et les avaler en fermant les yeux, sans bouger pendant de longues secondes.

Dans la pose immobile de cet homme, le monde d'hier refit brusquement surface dans la tête de Jacques, avec des images qu'il aurait préféré oublier.

« Je me spécialisais dans les pilules. Les vraies, celles fabriquées en usine, destinées à être prescrites. Jamais de drogues illicites, jamais de produits de petit labo minable sans hygiène, de substances coupées de façon ridicule. J'avais vu les petits *dealers* opérer dans la rue et je croyais même entendre leur voix dans le haussement de leurs épaules : "Et pourquoi se forcer, le client reviendra quand même!" Je les avais regardés jouer l'innocence, la surprise: "Un problème de qualité, pourtant non, personne ne s'est plaint à part vous, vous aviez pris quoi au même moment?" Parler jusqu'à ce que le client se sauve, trop nerveux pour discuter, qu'il paye pour une nouvelle dose: "Et vous me direz si le problème de qualité se répète, mais je ne crois vraiment pas…" Mais il n'est déjà plus là, il a tourné le coin, il a foncé vers sa voiture et il décolle vers un ailleurs.

Non, je les avais vus et pas de ça pour moi. On trouve de tout chez les distributeurs de médicaments, mais faut savoir chercher, évidemment. J'ai eu de la chance. Par hasard, j'ai fait la rencontre d'Henri. Je n'ai jamais connu son nom de famille, il refusait de me le donner! Henri était plus âgé que moi, déjà malade, et il cherchait à se retirer; il m'a enseigné, m'a montré comment on fait, en douceur. Il est venu avec moi, une fois, deux fois. Puis j'y suis allé tout seul. Henri me demandait un pourcentage sur mes coups, contre l'information qu'il possédait sur les entrepôts où se retrouvait la production des grands fabricants, tous les détails sur les systèmes de sécurité, les trucs pour ne pas se faire attraper. Étrangement, il s'inquiétait pour ses clients, les gens qu'il approvisionnait; il me demandait de bien m'occuper d'eux. J'ai fait mes classes avec lui, puis la maladie l'a emporté et j'ai foncé par moi-même. Tout est une question de temps. Ne jamais perdre de temps à chercher. Savoir ce que l'on cherche très exactement et savoir où le trouver. On entre, on trouve et on sort très rapidement. Voilà tout le secret.

Mon domaine était celui des drogues pour soulager la douleur physique, savoir où trouver la morphine, la codéine, tous les antidouleurs. C'est Henri qui avait choisi les meilleurs produits, qui savait aussi où trouver les somnifères puissants, les tranquillisants, les sédatifs. Je vendais à bon prix, j'avais de tout pour les maladies de l'âme, les antidépresseurs, tous les euphorisants pour soulager la douleur, les amphétamines pour remplacer la coke, tout. Plus tard j'ai ajouté le Viagra, toujours populaire à tous les prix !

Ensuite, le problème était d'écouler la marchandise. Connaître la demande, connaître les gens qui ont l'argent pour payer les grosses quantités, sans poser de question. J'ai d'abord hérité de la clientèle d'Henri. Parmi eux, certains s'informaient de la disponibilité d'un autre antidépresseur, d'un nouveau sédatif, me suggéraient un client potentiel, en toute discrétion. En dehors de mes heures de travail, je suis devenu un tout petit pharmacien amateur, sans exiger de prescription évidemment. J'arrondissais mes fins de mois, je me tenais éloigné des milieux organisés, j'avais ma petite clientèle tranquille, heureuse de souffrir moins, heureuse de vivre en marge de cette clique de médecins profiteurs, de ces pharmaciens corrompus par une industrie qui empoche des milliards chaque année. Je préférais une clientèle âgée, des gens à la retraite si possible, ceux qui ne causent pas d'ennuis, qui savent ce qu'ils cherchent, qui savent pourquoi ils payent. Qui ne se posent plus de questions, qui connaissent le scénario de la fin, qui savent que leur temps est compté, qui comprennent que tout doit être fait pour vivre un bonheur et qu'il faut le vivre maintenant, qu'une deuxième chance n'est accordée à personne. Et merde à la recherche d'un médecin de famille! Et merde aux cliniques sans rendez-vous! Merde à tous les psys!

De mon côté, je ne parlais de rien avec personne. Même Lisette ne savait pas. Si je revenais à la maison avec une nouvelle radio, c'est que j'avais profité d'un prix exceptionnel offert par quelqu'un en manque de liquide, une offre que je ne pouvais refuser. Et si je revenais avec une maison de poupées pour Julie, je mentais, je disais que j'avais économisé le montant depuis quelques mois, qu'on pouvait se le permettre. Petit à petit, notre niveau de vie s'est amélioré, sans bouleversement, sans surprise, je me suis inventé des augmentations fictives, des petites promotions, tout lentement. Je volais les dépôts de médicaments à une fréquence limitée, un vol à tous les deux ou trois mois, et je ne dépassais pas la taille d'une petite clientèle, une centaine de personnes, tentant de rester aussi invisible que possible.

Puis un de mes clients est passé par un très mauvais moment et s'est suicidé. Des gens un peu curieux ont trouvé beaucoup de médicaments chez lui, beaucoup trop, pas de nom de médecin, pas de prescriptions, mais mon numéro de cellulaire. Il avait une grosse police d'assurance vie avec une clause particulière en cas de suicide. Un enquêteur a fait son travail consciencieusement. Trop consciencieusement! On m'a retrouvé rapidement. J'avais loué un petit garage comme entrepôt et j'avais gardé le contrat de location. On a mis la main sur mon inventaire de médicaments, plusieurs caisses fraîchement volées. Par chance, on n'a pas trouvé la liste de mes clients, on a fouillé partout sans la trouver. J'ai subi un interrogatoire serré pour donner tous les détails. Il y avait plus de cent noms. Je n'en ai pas donné.

Je n'avais pas l'argent pour me payer un bon avocat. J'ai pris trois ans.

Lisette ne m'a jamais pardonné. Le divorce a été prononcé très rapidement. Je vivais un cauchemar, sans violence physique, mais la vie m'abandonnait doucement, on ne comprenait pas, on me jugeait, et les regards se détournaient. Papa m'a regardé tristement, sans parler, sans me dire ce qu'il pensait, les amis ne se sont pas déplacés, un juge a accordé tous les droits de garde de ma fille Julie à sa mère. C'est normal. Il disait que j'avais agi comme un père irresponsable. Lisette s'est murée dans le silence.

Trois ans! Une sentence complètement démesurée, mais je n'ai pas contesté.

Seul mon frère Paul-André ne m'a jamais jugé. »

●●●

« Toute jeune adolescente, pourtant, je voulais un enfant. J'en voulais même plusieurs, comme l'enfant dans cette peinture. Je pensais à la couleur de sa peau, au rose de ses joues lorsqu'il courrait dans la neige, à la longueur de ses boucles de cheveux. J'étais romantique, je voyais ces enfants jouer autour de moi, courir, rire. J'écoutais leurs rires. »

« Cette femme est très belle », se disait Jacques. Il s'attardait rarement à la beauté des femmes qui visitaient le musée, par principe, mais celle de cette visiteuse était frappante. Sans aucun maquillage, sans bijou, sans luxe. Elle n'avait pas bougé depuis une bonne heure, perdue dans ses pensées, moins agitée qu'à son arrivée. Bien sûr il ne lui parlerait pas, mais il naviguait dans cette zone, passant et repassant, séduit par cette femme au point d'en avoir oublié l'heure du lunch, son petit quarante-cinq minutes de repos.

Laurent Quintal l'avait vue plus tôt, alors qu'ils circulaient tous deux dans une autre salle ; il l'avait regardée brièvement, sans insister. « Trois mois probablement, se dit-il. Elle fume, je crois, c'est une mauvaise idée, mais bon, je ne la connais pas. Ce sera une fille, je ne sais pas comment je sais, mais je sais. Elle devrait mieux surveiller son alimentation. » Il se dirigea vers la sortie pour prendre un café, se demandant où en était la qualité de son instinct, peut-être à quatre-vingts pour cent, dans le cas de femmes enceintes. Deviner le sexe d'un enfant à naître était devenu un petit jeu personnel. Mais il lui fallait oublier tout ça.

Virginio ne saisissait pas. Trop de détails lui échappaient, trop de pensées circulaient, il ne comprenait que confusément.

L'heure avançait et Sophie ne bougeait toujours pas. « L'heure avance », se répétait-elle sans arrêt. Il lui fallait se lever et marcher vers son rendez-vous. Un avortement, ce n'est pas douloureux, on le lui avait répété, elle sera de retour à la maison rapidement. Elle avait prévu prendre congé le lendemain pour se reposer, elle se mettra à travailler sérieusement le surlendemain seulement, après avoir tracé un plan pour les prochains mois, pour briser le cycle d'inactivité, briser cette dégringolade vers un désespoir fictif. La vie reprendra son cours sans grossesse, sans esclavage, pour peindre en totale liberté.

Debout devant une nouvelle toile avec la couleur qui tache les doigts, qui glisse sous les ongles et sur le t-shirt en coton, mais que l'on ne voit que sur la toile, avec les heures qui passent sans qu'on en prenne conscience, avec le temps qui s'efface devant une autre réalité, devant une peinture qui parlera peut-être à quelques-uns, à quelques inconnus qui seront touchés par son langage, par l'harmonie de ses couleurs.

— Je n'ai aucun talent pour les portraits. Jamais je ne saurai parler avec mes couleurs comme ce Flamand, ce garçon tout jeune qui dessine d'abord puis qui habille à la couleur les traits de ce moine italien traversé par la maladie.

— *Je n'étais pas moine mademoiselle. Oui je sais, je porte la soutane d'un jésuite dans cette peinture, mais j'étudiais chez eux. Rome était entouré de jésuites, et ces habits me gardaient au chaud.*

— L'autre est debout, on ne le voit pas, mais on voit l'angle du regard du moine vers lui, et quel regard !

— *Mais je n'étais pas moine, mademoiselle !*

— Il a le regard d'un homme pressé de convaincre, pressé par le temps qui lui échappe, il n'a peut-être pas vécu très vieux.

— *Vingt-huit ans, mademoiselle, on ne m'a donné que vingt-huit ans de vie terrestre, mais près de quatre cents de plus depuis. Quatre cents années dont je ne sais que faire, avec mon esprit qui écoute, mon cœur qui réagit, ma pensée qui subsiste, mais tout cela sans but, sans que je sache pourquoi je suis encore là à suivre cette toile de pays en pays, sans pouvoir communiquer, avec vous par exemple, car vous semblez en avoir terriblement besoin.*

— Je ne sais pas si vous êtes un homme de bon conseil. Je ne sais pas ce que vous cherchiez à dire, mais il est évident que vous aviez le cœur lourd de paroles, lourd de choses à dire. Je ne saurai jamais ce qui vous tenait tellement à cœur. Je soupçonne que vous ne parliez pas aux femmes, en général ou à une seule.

Peut-être le souhaitiez-vous? Peut-être avez-vous manqué de temps?

— *Vous comprenez tout sans le savoir, mademoiselle. Je ne prenais pas le temps de parler à Caterina, par exemple, mais je parlerais avec vous, que je ne connais pas, que je ne vois pas, mais dont je sens la générosité, l'âme si troublée. Je vous donnerais le temps qui n'existe plus pour moi, je vous donnerais toute mon attention, je ne me laisserais pas distraire par les choses sans conséquences qui m'occupaient jadis.*

— Vous le regrettez peut-être. Mais il est trop tard, pour elle et pour vous.

— *Je ne sais où retrouver les gens que j'ai connus. Je n'en ai aucune idée. Caterina n'est plus qu'un vague souvenir, celui d'une femme que j'aurais pu aimer, que j'ai peut-être aimée sans le savoir, mais qui s'est mariée avec le fils d'un duc qui lui a donné au moins trois enfants. Puis j'ai perdu sa trace, je ne sais pas ce qu'elle est devenue. Je ne sais pas ce qu'ils sont tous devenus, ce que je suis devenu moi-même. Mais je suis là, près de vous, ça je le sais.*

— Vous aviez peut-être une bonne oreille sans vous en douter.

— *Je parlais avec ma mère autrefois. Elle aimait se confier à moi après la mort de mon père, toujours à demi-mot, sans m'avouer toute la vérité, en espérant que je saisisse sa pensée. C'était sa façon. Elle est morte six années plus tard, j'avais vingt-trois ans à son décès en 1619. J'aimais ma mère. Je crois qu'elle le savait.*

— Je devrais y aller mais j'hésite. Je ne veux pas me l'avouer, mais j'hésite, c'est évident! Il me reste combien de chances d'avoir un autre enfant? De rencontrer un homme qui m'aimera, qui voudra partager sa vie avec moi. Je ne veux pas de cet enfant et pourtant… Pourtant, il m'attire, il me parle déjà. Le médecin à la clinique sans rendez-vous m'a dit: «Près de onze semaines.» Alors, c'est maintenant, il faut le faire maintenant, vous voyez? Vous me conseilleriez quoi, si vous étiez là? Vous me comprendriez? Parce que je ne suis plus très jeune, alors qu'est-ce que ce sera pour un enfant, un adolescent, de se retrouver avec une mère célibataire déjà vieille, une mère dans la cinquantaine qui se permettra de donner à son adolescent son avis sur tout et sur rien?

— *Mais il aura connu l'amour que vous lui aurez donné d'ici là!*

— L'amour me retient déjà.

— *L'amour que vous lui donnez déjà, et que vous lui donnerez toujours, parce que vous avez plein de réserves d'amour en vous.*

— Mais je serai seule, comme je le suis maintenant.

— *Vous n'en savez rien.*

— Je ne peux pas en être sûre, mais dans le passé le bonheur m'a toujours échappé, jamais les hommes ne sont restés près de moi.

— *Vous ne les avez pas encouragés à le faire.*

— Je les ai souvent découragés.

— *Prenez le risque. Gardez l'enfant. Donnez un peu de cet amour qui vous habite.*

— Je survis à peine, je vends si peu de mes toiles. Je ne suis pas en demande. Je suis une artiste inconnue, aucune galerie ne veut de moi. Je fais des heures dans de petits métiers, des semaines de trente ou trente-cinq heures à très bas salaire. À peine de quoi payer mon loyer et mes repas.

— *Prenez le risque.*

— Avec un enfant, je devrai payer les frais de garderie et oublier mes heures libres pour la peinture.

— *Vous pourriez enseigner la peinture.*

— Je pourrais enseigner la peinture. Ce serait plus stable et peut-être mieux payé.

— …

— Mais je ne sais pas prendre de risque.

— *Prenez votre temps.*

— J'ai manqué mon rendez-vous. Maintenant il est trop tard.

Jacques était revenu dans la salle ; il avait englouti un sandwich si rapidement qu'il n'en gardait qu'un souvenir très vague. Sans café. Il avait bu un verre d'eau plate, une eau bien froide, afin de revenir plus vite. La jeune femme y était toujours, si troublée. Jamais il n'abordait une femme à son travail, mais il devait trouver une façon de lui parler.

— Madame, pardonnez-moi, vous sentez-vous bien ? Est-ce que je peux vous aider ?

— Pardon? Non, merci, ça va, j'avais la tête ailleurs, est-ce que j'ai… Excusez-moi, je vais laisser la place libre pour quelqu'un d'autre.

— Je ne voulais pas vous brusquer. Vous pouvez rester assise ici si vous avez besoin d'un peu de repos. Je vous en prie, prenez votre temps.

— Pardon?

— Je dis : prenez votre temps.

— C'est curieux, vous aussi…

— Pardon?

— Vous aussi, vous me demandez de prendre mon temps. C'est une coïncidence étrange. Ce moine-là, tantôt…

— Je ne comprends pas mais ce n'est pas important. Vous êtes sûre que je ne peux pas vous aider?

— Non, je vous remercie. Je vais partir dans une ou deux minutes.

— Comme vous voulez madame. À bientôt peut-être.

— Au revoir, merci.

Cesarini sentit que Jacques s'éloignait, marqué par cette conversation. Les paroles qu'il avait échangées étaient banales, toutes simples, elles ne passeraient pas à l'histoire, mais un geste avait été posé qui sortait de son ordinaire, un geste inhabituel chez cet homme fermé qui aimait se blinder contre toute influence extérieure. «Il s'en souviendra», pensa Virginio.

Lui-même avait à peine remarqué avoir établi un dialogue avec Sophie. «Elle croira que tout cela sortait de son imaginaire. Qu'elle inventait avec moi un dialogue fictif. L'important est que ces paroles étaient justes, crédibles. Si j'avais retrouvé la voix, j'aurais pu prononcer ces mots.»

CHAPITRE 4

Il buvait son café distraitement, fouillant sans plaisir dans sa mémoire, convaincu que le présent n'offrait plus aucun intérêt et que le futur ne serait que répétition. Le restaurant devant fermer, on demanda à nettoyer sa table et on le chassa doucement ; l'heure du repas était terminée. Il se leva et revint vers la salle où Virginio et l'enfant peinte par Auguste Renoir se faisaient face sans se voir.

Laurent avait pensé à un revolver, mais il n'en possédait pas, et l'idée même de poser la question, de demander où il pourrait s'en procurer un, la démarche dans un ou plusieurs bars mal famés lui répugnait. Sa décision avait en soi une certaine gravité et demandait à être préparée avec netteté, avec sérieux. Dans son métier, l'accès aux médicaments était facile, idéal, une surdose de somnifères et le tour serait joué. Mais il n'aimait pas cette idée. Imaginer l'attente, la lente digestion, lui répugnait. Il préférait un geste brusque, brutal, une coupure définitive, sans équivoque, sans délai, coupant court à toute hésitation et à toute remise en question de dernière heure. Il opterait probablement pour une corde de nylon, un nœud bien solide fixé à une solive visible du toit du garage de la maison par exemple. Une corde de nylon, dont le nœud glisserait facilement avant de serrer le cou sans hésitation, avec fermeté. Quelques secondes de plus à attendre en comparaison avec la balle du revolver, le temps de se mettre en place, de glisser la corde autour du cou, de donner un coup de pied à la chaise, mais tout de même, cela lui semblait une bonne méthode.

Il avait vu quelques pendus au cours de sa carrière de médecin, quelques hommes, jamais de femmes : quand la chute était assez longue, la corde provoquait une rupture nette des vertèbres cervicales et la déchirure de la moelle épinière entraînait une mort instantanée. Pas trop longue la corde, car la chute pouvait alors sectionner la tête ! Sans avoir vu pareil cas personnellement, il en avait entendu parler. En toute dérision, lui revint en mémoire le texte de la chanson « Les 100 000 façons de tuer un homme »[1]…

---

1. Félix Leclerc, 1972.

Pas d'hésitation, ce sera la corde. Mais que laisser derrière soi? Un petit mot, bien sûr, mais à qui? Quelle était la bonne personne à qui écrire un dernier mot, car Chantal ne sera jamais cette personne! Sans en connaître le destinataire, il ne pouvait pas l'écrire, pas encore, et c'est bien le seul point qui le retenait de mettre rapidement son projet à exécution. Il avait beau se dire combien tout cela était idiot, mais il tenait à laisser un témoignage, à écrire quelque chose. Devait-il écrire à cette amie d'autrefois à qui il pensait dans ses moments de nostalgie? Il se trouvait ridicule d'y penser.

Sans le remarquer, il s'était appuyé au mur de l'entrée de la salle. Il sentit le gardien s'approcher calmement et lui demander de ne pas s'appuyer au mur, que c'était interdit, qu'il était sûr que Laurent comprendrait, tout cela dit avec un sourire calme: «Merci monsieur, bonne continuation de votre visite, monsieur.» Laurent s'excusa et regarda Jacques, inconfortable dans son veston bleu un peu défraîchi, son pantalon gris un peu long et à l'usure évidente mais au pli bien défini, ses souliers à semelle de gomme fraîchement cirés. «Cet homme est en bonne santé physique, mais je crois que je ne le verrais pas chez moi s'il était malade. Pas du genre à se confier, même pour se soigner. Pas du genre à poser des questions, encore moins à y répondre. Mais la santé physique, ça va, je crois.» Tout à coup, le gardien se retourna et revint vers lui.

— Monsieur, excusez-moi, je peux vous déranger un moment?

— Oui, bien sûr. Mais je ferai attention, je vous promets.

— Je sais, monsieur, je sais. Par hasard, est-ce que vous seriez médecin?

— Qu'est-ce qui vous fait croire cela?

— Ah! Excusez-moi, j'avais cru. Je m'excuse de vous avoir importuné.

— Non, je vous en prie, vous m'avez surpris, voilà tout. Je suis médecin généraliste.

— Ah! Bien. Parce qu'il y a une dame en visite dans notre musée qui ne se sent pas bien. Elle ne dit rien, mais je la regarde et je la sens tout près de perdre connaissance. Elle a de la difficulté à se tenir debout, vous voyez ce que je veux dire? Je lui ai offert mon aide, mais elle m'a répondu que tout allait bien. Or je crois que non. Pourriez-vous jeter un coup d'œil?

— Bien sûr. Mais si cette dame dit n'avoir besoin de rien, je dois respecter sa vie privée, à moins d'une faiblesse, d'un malaise ou d'une maladie évidente.

Jacques le précéda jusqu'à la salle. Sophie y était toujours, avec ce léger goût de vomir, ces petits étourdissements.

— Madame, je m'excuse à nouveau. Monsieur est médecin. Peut-être peut-il vous aider si vous êtes d'accord?

— Je ne crois pas. Je vous remercie. Je ne suis pas malade, je suis enceinte ; j'attends un enfant et j'ai soudainement eu un coup de fatigue.

— Vous pouvez vous étendre sur le banc un moment mais ce n'est pas très confortable. Il y a un petit salon, derrière, où vous seriez beaucoup mieux, si vous nous laissez vous aider pour vous y rendre. Qu'est-ce que vous en dites, docteur ?

— C'est une excellente idée. Vous avez des nausées ?

— Oui. Et la tête qui tourne un peu.

— Vous avez mangé ?

— Non, rien depuis ce matin.

— Ça explique votre faiblesse. Vous prendriez un bouillon de soupe, par exemple, et ça irait beaucoup mieux.

— Je ne veux rien manger.

— Madame, je m'en chargerai.

Jacques fut lui-même surpris par son intervention.

— Un bouillon de poulet vous fera du bien. Le restaurant est fermé mais je trouverai facilement. C'est pas un problème, ça me fera plaisir.

— Vous prenez des médicaments ? lui demanda Laurent.

— Aucun.

— C'est la première fois que cela vous arrive ?

— Non, j'ai des nausées depuis deux semaines, mais jamais de façon aussi prononcée.

— Il faudra en parler à votre médecin.

— J'ai vu un médecin à une clinique sans rendez-vous. Je n'ai pas de médecin de famille. Je ne consulte pas régulièrement. J'avais rendez-vous dans une clinique spécialisée cet après-midi, mais pour une tout autre raison.

— …

— Mais j'ai laissé passer l'heure du rendez-vous, ajouta-t-elle rapidement.

— Vous avez changé d'idée.

— Je crois, oui.

— Si vous permettez, suivons la suggestion de notre ami et passons dans cette petite pièce plus discrète et acceptez son offre de prendre une petite soupe. Je vous suis et nous pourrons regarder cela de plus près.

Virginio sentit les deux hommes se porter à l'aide de cette dame; même si elle se sentait faible, elle se sentait entourée, protégée. On s'occupait d'elle, on se *préoccupait* d'elle.

Après leur départ, le calme s'installa dans la salle, personne ne vint pendant un long moment. Une jeune femme avait remplacé Jacques. Elle décrivit mentalement son superviseur en termes peu flatteurs, avant de se mettre à rêver de nourriture, puis de calculer le nombre de jours à attendre avant le dépôt de sa prochaine paye. Mais Virginio n'écoutait déjà plus.

Il sentit aussi la présence d'un tout jeune garçon. Celui-ci choisit de s'asseoir par terre devant la toile du Flamand, avec un cahier à dessiner qu'il déposa sur le sol devant lui. L'ouvrant à une nouvelle page, il prit sa plume et regarda intensément le visage de Virginio. Puis il dessina. Virginio ne pouvait voir le dessin, mais il devinait la concentration de ce garçon. Il lui ressemblait au même âge. La même détermination farouche à atteindre le but fixé et de le faire à sa façon, correctement, parfaitement. La même fixité sur le geste présent, sans voir les autres visiteurs, sans intérêt pour leur présence, indifférent au monde qui ne participait pas à l'exercice du moment. Il devait remettre un travail à cet atelier de dessin et il avait choisi de faire le portrait de Virginio. Il réussirait à faire aussi bien que ce peintre flamand ; en noir et blanc, mais il réussirait.

S'il en eut été capable, Virginio aurait souri.

●●●

La soupe fumait doucement dans le bol. Jacques l'avait posé sur un plateau. Il avait ajouté quelques tranches de pain dans une petite assiette, des contenants de sel et poivre, une serviette de table bien blanche et une cuillère posée sur la serviette pliée. Il déposa doucement le plateau sur une table près de Sophie. Le docteur Quintal avait noté une prescription et assurait toute la discussion.

— Si nous étions à mon cabinet, je vous aurais donné tout de suite quelques comprimés de vitamines.

Vous devez garder une santé, une force pour deux personnes, vous comprenez? C'est dommage, je n'ai pas ma trousse avec moi et je n'ai pu faire qu'un examen très sommaire, mais vous me promettez de vous trouver et de consulter un médecin de famille au plus tôt?

— Oui, docteur Quintal, je vous le promets.

— Bien. Et cette soupe, il faut la manger avant qu'elle ne refroidisse!

Jacques sourit doucement alors qu'elle se pencha vers la cuillère pour avaler le bouillon avec bon appétit.

— Vous avez une auto pour rentrer à la maison? demanda Laurent.

— Non. Je suis venue en autobus.

— Il faudra être prudente.

— Je peux vous raccompagner, si vous voulez.

Jacques avait offert son aide sans réfléchir. Sophie leva les yeux vers lui sans comprendre.

— Je ne veux pas m'imposer. Vous ne me connaissez pas, mais je vous offre mon aide de bon cœur. Je n'ai rien d'autre au programme, je vous assure. Personne ne m'attend.

— Non, merci. C'est très gentil, mais je ne peux pas vous demander cela.

— Mais si, acceptez! intervint Laurent. Vous me paraissez être une personne qui a du mal à accepter l'aide des autres, mais c'est une bonne idée. Notre ami me semble une personne fiable. À moins que vous ayez un membre de votre famille que vous puissiez appeler?

— Non. Je vis seule. Et ma famille vit en province.

— Alors? Vous voyez bien! Tenez, prenez aussi ma carte. Vous y trouverez mon numéro de téléphone et l'adresse de mon bureau, si vous avez besoin de quelque chose ce soir ou demain, avant de voir votre médecin de famille.

— Vous croyez que ça se fait si facilement, obtenir un rendez-vous?

— Peut-être pas, je sais, vous avez raison. Peut-être avec l'aide de votre CLSC?

— …

— …

Puis, elle dit à Jacques:

— Merci, cette soupe m'a fait beaucoup de bien.

— Vous en voulez un peu plus?

— Non, merci! Mais je crois que je vais accepter votre offre.

— Je range le plateau, la vaisselle, je reviens et je suis prêt. Mon quart est terminé. Vous m'attendez?

— Je vous attends.

Alors que Jacques sortit, Laurent Quintal lui demanda:

— Vous ne pensez plus prendre un nouveau rendez-vous avec cette clinique dont vous parliez tantôt?

— Non. Je le regretterai peut-être, mais non.

— Je ne sais que vous dire. C'est votre choix. Votre décision.

— Vous avez des enfants de votre côté?

— J'ai trois filles. Mais on ne se voit jamais.

— Pourquoi?

— La plus jeune a dix-huit ans, les deux autres sont dans la jeune vingtaine; nous ne vivons plus ensemble depuis longtemps. Leur mère et moi avons divorcé voilà près de cinq ans et par la suite, les filles et moi nous sommes vus de moins en moins.

— À cause d'elle? De l'autre femme?

— Oui, vous avez probablement raison. Allez, je dois partir.

Jacques revint rapidement. Sophie et lui sortirent côte à côte. Elle sentit qu'il accordait son pas au sien, cherchant à ne pas marquer une cadence inappropriée. Il avait changé. Le simple fait de défaire sa cravate, de la ranger dans la poche de son veston, puis de retirer son veston pour le porter à son bras, lui donnait une tout autre démarche. Sophie le découvrait avec une allure décontractée, presque sportive, il semblait respirer plus normalement comme si on lui avait enlevé un carcan. Ils prirent l'autobus vers le quartier Hochelaga, dans l'est de Montréal, et y trouvèrent un siège libre. Jacques semblait peu porté sur les confidences, mais il prenait plaisir à la conversation.

— Pardonnez-moi si ma conversation manque de charme. Je vis seul et je n'ai pas souvent l'occasion de rencontrer une personne comme vous, lui fit-il enfin.

— Ça ressemble à quoi « une personne comme moi » ?

— Je ne vous connais pas, mais vous avez l'air d'une femme très cultivée. Une personne qui sait donner toute son attention lorsque quelque chose la touche. Je peux me tromper totalement, mais c'est l'image que vous projetez.

— Je vous en prie, continuez…

— J'ai déjà trop parlé. Qu'est-ce que je pourrais ajouter ? J'ai le défaut de chercher à comprendre les autres sans leur parler, sans savoir, en leur fabriquant une histoire, en leur inventant de toutes pièces une vie qui n'existe pas. Alors j'arrête, je ne devrais pas parler comme ça. Je ne vous connais pas.

— Vous faisiez de moi un très joli portrait ! Mais voyez-vous, la réalité est moins poétique. J'ai un petit emploi de vendeuse dans un magasin de vêtements pour dames, je suis heureuse si je peux faire trente-cinq heures dans ma semaine pour payer mon loyer et ma pinte de lait. Pour payer mes tubes de couleur et mes toiles parce que je fais aussi de la peinture dans une cuisine lumineuse, mais que je noircis de taches de peinture à l'huile. Je fais des toiles dont personne ne veut, des petits tableaux qui se vendent pas, que je donne à des amis la plupart du temps, des amis qui sont souvent trop gênés pour me demander d'arrêter, pour me dire qu'ils n'en veulent plus, qu'ils détestent mes tableaux probablement. De votre côté, vous avez un regard qui cherche à comprendre. Vous savez ce que vous cherchez?

— Je crois que je ne cherche plus rien.

— Vous en êtes sûr? Ce serait triste, si c'était vrai.

— Et vous, de votre côté, vous cherchez quelque chose?

— Comme tout le monde, j'imagine, je cherche à trouver un sens aux choses que je fais, je cherche à bien vivre, je cherche à m'entourer de gens qui ont des choses à exprimer, rien de très compliqué, je cherche à être heureuse. Mais vous avez compris alors que je parlais au docteur Quintal que je suis enceinte sans l'avoir choisi, que je porte un enfant que j'ai pas désiré. J'ai peur. Alors je me suis retrouvée à jongler dans la salle de ce musée. Et les nausées et les faiblesses m'ont surprise.

— …

— Vous avez des enfants? Non, vous n'avez pas besoin de répondre à cela. Je connais pas vraiment les petits enfants et je dois même admettre que je me suis tenue éloignée des personnes qui en ont. Inconsciemment. L'image que je garde de mes parents ne m'a pas aidée... Disons que je me suis éloignée de mes parents après nos disputes, nos querelles; un jour, j'ai décidé malgré leur avis de faire de la peinture sérieusement, ce qui n'était pas commun dans le petit village où j'habitais. Enfin, je crois que ce n'était pas la peinture qui les choquait, mais le « milieu dépravé » des artistes peintres ! Un milieu qu'ils jugeaient de très loin, sans le connaître. Ils utilisaient vraiment ces mots-là : « un milieu dépravé. » Je n'invente rien ! Puis il y avait mes toiles non-figuratives qui leur déplaisaient. « De l'argent gaspillé, du temps gaspillé », voilà ce que j'entendais ! Je n'ai reçu aucun soutient, aucune compréhension. Alors depuis, je les vois rarement. J'évite les querelles.

— Vous n'aviez pas une grand-mère ?

— J'en avais une, mais ses rapports avec ma sœur étaient presque exclusifs. Et je n'ai jamais été proche de ma sœur ; la différence d'âge est trop importante. On n'a pas du tout le même tempérament et on s'intéresse à des choses totalement différentes. Mais écoutez-moi, je ne vous connais même pas et voilà que je vous déballe mes histoires de famille !

Jacques souriait alors que l'autobus roulait vers le quartier de leur destination. Sophie semblait avoir retrouvé des forces et sa compagnie lui était très agréable. Il souhaitait secrètement un bouchon de circulation, un retard qui eut allongé le parcours et l'amener à découvrir plus de détails sur cette femme.

— Vous croyez en Dieu ? lui demanda-t-elle soudain.

La question surprit Jacques, la spiritualité n'occupant aucune place dans ses pensées.

— Non. S'il existe, on n'est pas en très bons termes. Je l'accuse souvent des imperfections que je vois dans l'univers. Je parle évidemment de mon petit univers personnel, des petits riens qui clochent dans ma vie ou des choses sans importance qui se produisent autour de moi. Je grogne à propos de mon tout petit monde et je le tiens pour responsable. Ensuite, je dis que je ne crois pas en Dieu! Pourquoi me demandez-vous cela?

— Je ne voulais pas vous mettre mal à l'aise, mais c'est l'une des questions que je me posais alors que j'attendais dans la salle du musée. Il y a des moments particuliers où l'on se pose des questions difficiles. Comme celui de la naissance possible d'un enfant et toutes les questions que cela soulève. Vous allez me croire complètement folle, mais je parlais avec quel-qu'un dans cette salle.

— Beaucoup de gens visitaient l'exposition, ce midi.

— Non, pas avec un visiteur, je parlais avec une personne que je ne voyais pas. Quelqu'un qui n'existe pas. Je crois que c'est le moine dans un des tableaux, celui du peintre flamand. Il disait qu'il n'était pas moine, mais il est habillé en moine. Je me posais des questions et une voix me répondait, enfin, disons plu-tôt que j'entendais ses commentaires, ses réflexions. D'accord ou en désaccord avec moi, c'est selon.

— Parfois on se donne les réponses à nos ques-tions. Quand on n'a personne à qui parler, c'est normal, je crois.

— Vous croyez que j'ai tout imaginé?

— Sur la présence du moine? Oui. Vous répondiez probablement vous-même à vos questions. Je le fais souvent, sans y penser. Mes réponses sont souvent mauvaises, mais comme personne d'autre ne me répond…

— Tout de même, il y avait cette présence étrange. J'aimais sa présence.

— …

— Je suis presque arrivée chez moi. Je dois descendre au prochain arrêt.

— Je vais descendre aussi; je dois repartir dans l'autre direction. Vous avez besoin de quelque chose? Il y a une commission que je peux faire pour vous?

— Non, je vous remercie. Je vais très bien. Je suis très reconnaissante de ce que vous avez fait pour moi.

— Ce n'est rien, j'ai passé un beau moment avec vous. Dites-moi, vous me permettez de vous appeler, pour prendre des nouvelles, voir si tout va bien?

— Je suis dans l'annuaire sous mon nom, Sophie Dansereau, mais je vous jure, je vais bien. Bon, je rentre. Merci pour tout.

— Au revoir.

— Bonne fin de journée.

Jacques la regarda s'éloigner, son dernier sourire en mémoire. Il traversa la rue d'un pas léger qu'il ne se connaissait plus. Dans l'autobus du retour, il resta debout, la main agrippée à une barre horizontale. L'esprit vagabond, il rata la correspondance qui devait le conduire chez lui.

●●●

Laurent se stationna dans l'entrée de garage de sa demeure située dans la banlieue sud de Montréal. Chantal n'était pas rentrée ce qui ne l'étonnait nullement. Un jour, bien sûr, elle ne rentrerait plus; il aurait droit à un message sur son répondeur lui disant de ne plus l'attendre. Mais depuis quand ne l'attendait-il plus? Il se versa un whisky avec glace et traversa la maison. Il ne s'y reconnaissait jamais.

Chantal l'avait fait aménager par un décorateur professionnel, un de ses amis qui, pour une somme astronomique, avait refait les divisions puis avait meublé la résidence sans la faire correspondre à la personnalité de l'un ou de l'autre. Chantal adorait cet environnement «tendance» où elle disait se sentir comme une invitée et qui lui rappelait la grande suite d'un hôtel temporaire. Elle disait adorer ce *feeling*. Laurent par ailleurs, détestait cet intérieur, à l'exception de son bureau aménagé à l'étage inférieur avec une entrée par la porte de côté, lui permettant de donner à l'occasion une consultation à quelque patient particulier qu'il avait accepté d'y recevoir. Laurent avait tenu le décorateur à l'écart de ce lieu et y avait placé sa bibliothèque, sa correspondance, ses dossiers et ses souvenirs personnels.

Il s'assit au salon, la chaîne de musique laissant glisser un concerto pour piano qu'il écoutait avec émerveillement, comme à la première écoute. Le moment était bien choisi car Chantal détestait le classique.

Il repensa à cette jeune femme rencontrée au musée, qui disait avoir renoncé à l'avortement, et se souvint qu'il n'avait pas parlé à ses filles depuis fort longtemps. Machinalement il prit son cellulaire et composa le numéro de son aînée sans parvenir à la joindre. Les appels vers ses deux autres filles furent également sans succès.

Il décida d'appeler la jeune femme du musée, ne serait-ce que pour s'assurer que tout allait bien, et vérifier si elle avait réussi à prendre contact avec un médecin de famille. Il allait composer le numéro qu'elle lui avait donné lorsque Chantal arriva, posant par terre un sac de magasinage qui contenait sans doute des articles achetés des jours plus tôt.

— Oh! Pas maintenant, tu m'ennuies avec ton classique! Écoute-le dans ta pièce du bas si tu y tiens vraiment.

D'un geste sans équivoque, elle coupa le concerto pour syntoniser une chaîne «rock-détente» à la radio FM.

— Quelle journée! Je vais prendre un bain, j'ai besoin de me détendre. Tu peux pas imaginer la foule dans les magasins. *What a crowd!*

Chantal avait développé l'habitude, si désagréable aux oreilles de Laurent, de passer du français à l'anglais sans raison, et de parsemer sa conversation de petites exclamations anglaises; elle savait pertinemment combien il détestait l'entendre parler de la sorte. Il lui demanda sur un ton très neutre :

— C'était bien avec lui ? T'as aimé ça ? T'as passé un bon moment ?

Chantal tourna vivement sur ses talons.

— Qu'est-ce que tu racontes ? De qui parles-tu ?

— Je t'ai demandé si c'était bien avec lui. C'est pas compliqué comme question.

— Qu'est-ce que tu veux insinuer ? Tu me lances un autre de tes petits sous-entendus ? Je commence à en avoir plein le dos de tes petites remarques, de tes questions mesquines. Je magasinais avec Joanna, t'as qu'à l'appeler si tu me crois pas ! Qu'est-ce que t'imagines ? Que j'ai passé la journée avec un autre homme ? Mais tu me donnes une idée, figure-toi que j'apprécie la suggestion, ce serait plus excitant que notre vie intime des douze derniers mois, peut-être qu'un autre homme réussirait à me faire jouir, je n'aurais pas à me rabattre sur un godemiché pour y parvenir. Je n'en finis plus de changer les piles dans mon gode tellement je lui demande du travail, vu que le docteur Quintal, il est pas disponible. Il est avec ses patientes de la petite banlieue, avec ses patientes et leurs petits anges qui saignent du genou, qui ont la morve au nez ou qui pleurent à en écorcher les oreilles de la voisine avec leurs petites infections, mais le docteur Quintal va te soigner ça mon bichou !!! Il a tout le temps pour toi et ta maman-chérie-chérie, qu'elle est belle ta maman, qu'elle est belle et qu'elle a besoin de se faire dire plein de petites paroles gentilles, de petits mots rassurants, et le docteur Quintal prendra tout son temps avec ta maman adorée, il lui donnera son épaule pour la consoler ta gentille maman avec sa petite jupe si courte, est-ce qu'elle va bien ta jolie maman ? Pas besoin d'une auscultation très privée ta jolie maman, avec ses jolis seins encore un peu lourds de t'avoir allaité ? Et pendant tout ce temps, Chantal se tourne les pouces à la maison et parle à ses amies au téléphone, ses amies qui lui racontent leurs sorties, qui lui racontent leurs invitations, mais toi, Chantal, *why don't you join us with* Laurent ? *It will be a fabulous evening !* Eh non ! Je ne peux pas parce le docteur Quintal, il fera du bureau ou alors il sera en clinique ce soir-là, ou à l'urgence, ou en consultation ou je ne sais pas où il sera, mais pas avec moi, et pas dans mon lit, ça c'est sûr, parce que le docteur Quintal, quand il se couche près de moi, c'est pour DORMIR, et c'est comme ça depuis des mois ! Alors moi, je sors avec mes copines et tu m'emmerdes pas, tu veux ? Tu ne m'emmerdes pas !

— J'en conclus que ça ne s'est pas déroulé comme tu l'espérais.

— Arrête ou je repars, tu m'entends ? Je repars tout de suite.

— Tu veux les clefs de la petite japonaise ?

Chantal lui tourna le dos et monta rageusement à l'étage. Il entendit claquer la porte de la salle de bain, qui s'ouvrit à nouveau quelques secondes plus tard.

— Tu devrais coucher dans la chambre d'amis puisque t'éprouves rien quand tu couches avec moi.

La porte claqua à nouveau et l'eau du bain se mit à couler.

Laurent couvrit le bruit de l'eau en reprenant du début l'écoute du concerto.

● ● ●

Tout jeune enfant, Paul-André Melançon évitait les querelles et les jeux trop violents ; il détestait les réprimandes à l'école ou à la maison et ne parvenait jamais à se défendre convenablement contre les gestes brusques des garçons du quartier, ceux qui aimaient parler haut et fort, qui jouaient un peu trop facilement du coude, surtout avec les plus petits. Après certaines rencontres, Paul-André s'était souvent relevé, triste et blessé, légèrement fataliste. Jacques n'acceptait pas cette attitude et, à la vue de nouvelles ecchymoses sur la peau de son frère, il s'entêtait à lui faire avouer la vérité, à lui faire dire le nom de celui ou de ceux qui s'étaient montrés agressifs avec lui. Jacques avançait le nom de coupables possibles et étudiait le visage de son frère, prêt à déceler le mensonge dans les traits du visage de Paul-André, ou dans le ton de sa voix, soudain trop véhément, trop insistant : « Non ! C'est pas lui, Jacques ! Je te dis que c'est pas lui ! »

Jacques finissait toujours par connaître la vérité. Il partait alors retrouver le coupable et lui donnait une correction. Deux coups de poing sévères, sans prononcer un seul mot, sans crier. Les discours, les éclats de voix ne servaient à rien. L'autre comprenait, ses copains également et Paul-André avait alors la paix pour plusieurs semaines.

Mais c'étaient là des querelles d'enfants. La vie de Paul-André changea lorsque pour son douzième anniversaire son père lui acheta une petite montre. Il avait toujours été curieux; en cachette, il la démonta très lentement, en étudia le mécanisme puis la remonta; il refit le même manège à plusieurs reprises et bientôt, on le vit démontrer des talents insoupçonnés pour bricoler avec succès tout ce qui impliquait un petit assemblage plus ou moins complexe; au fil des ans, il devint le réparateur attitré du quartier. Les tantes lui apportaient le grille-pain, la lampe dont le fil demandait à être changé; ses amis appréciaient ses talents de mécanicien pour leur vélo, les petits lui apportaient un jouet cassé. Paul-André développa l'image de celui qui répare, qui comprend les choses compliquées, celles dont l'entretien demande de la patience et des doigts habiles.

S'il savait ajuster les bicyclettes des copains ou aiguiser les tondeuses des voisins, peu à peu, presque étrangement, les filles du quartier en vinrent à se confier à lui, car Paul-André savait prendre le temps de les écouter avec attention; on pouvait lui raconter les petits malheurs de la vie adolescente et il parvenait souvent à réconforter et à être de bon conseil. Ce réseau de nouvelles amies lui permit de rencontrer Geneviève, une fille du quartier qui devint rapidement sa petite amie régulière. Comme lui, elle était très calme et leurs rencontres se déroulaient sans excès. Ils se tenaient par la main, s'embrassaient doucement et longuement mais sans aller plus loin. La sexualité ne joua un rôle dans leur couple que beaucoup plus tard. Ils aimaient prendre de longues marches, aller au cinéma tous les vendredis soirs, toujours dans la même salle, s'asseoir presque dans la même rangée où ils partageaient lentement un panier de pop-corn arrosé d'un coca-cola, avant de se tenir par la main pour la suite du film.

Paul-André vécut son adolescence sans rien bousculer, mais en dépensant beaucoup de temps à chercher à comprendre le fonctionnement des petites choses, puis, graduellement, des plus grandes.

Geneviève et lui se connaissaient depuis l'âge de quinze ans. Lorsque Paul-André compléta son CÉGEP en techniques de laboratoire, il décrocha rapidement un emploi. Il lui proposa tout de suite le mariage, ce qu'elle accepta avec évidence, sûre d'appartenir au même univers que lui, de comprendre de la même façon ce monde simple où chaque chose avait sa place, un monde meublé de certitudes, d'évidences. Elle avait vingt ans, il en avait vingt et un ; plus tard, elle mit au monde trois enfants, sans bruit, presque sans douleur. Et la famille devint leur toute première valeur de référence.

Le couple menait une vie sans histoire, sans éclats ; une vie fort prévisible, mais Paul-André demeurait celui sur qui on pouvait compter en cas de nécessité.

Paul-André Melançon recevait aujourd'hui peu d'appels de son frère qui vivait sans téléphone à la maison. Pour un amateur de gadgets de toutes sortes comme lui, le refus de Jacques de posséder tout appareil de télécommunication, même le plus vétuste, l'amusait ; pas de télé, pas de radio, passe encore, mais pas de téléphone, voilà qui était étonnant ! Jacques lui rappelait qu'un message laissé au musée en cas d'urgence le rejoindrait facilement, mais Paul-André se disait que c'était loin d'être une méthode infaillible. Il ne travaillait quand même pas sans arrêt !

Les rares appels lui provenaient normalement d'une cabine publique située à l'entrée du musée. Leurs conversations étaient courtes mais chaleureuses, et les deux frères discutaient habituellement des membres de leur famille, Jacques parlant peu, et surtout pas de lui-même. Cette fois cependant, Jacques se lança dans la discussion :

— Je vais te dire : j'aimerais revoir Julie, lui parler et développer une relation normale avec elle. J'y pense très sérieusement. J'espère qu'elle est assez âgée pour m'écouter, pour comprendre ce qui est arrivé, mais je t'avoue que je ne sais pas comment faire les premiers pas. Il y a des années que j'aurais dû demander à la voir, mais j'ai attendu. Trop attendu. Aujourd'hui, je me retrouve devant un problème énorme et je n'ai aucune façon de le résoudre. Alors j'ai pensé te demander de me servir d'intermédiaire, Paul-André. Pour dire à Lisette que j'aimerais rétablir un lien avec ma fille. Avec son consentement. À ses conditions.

— Ça ne fonctionnera pas. Tu as laissé passer beaucoup trop de temps. Autrefois, tu te sentais coupable, alors t'as accepté tout ce que Lisette te demandait. Maintenant, ce sera difficile. Julie n'est pas majeure, et en plus, c'est une adolescente, tu y as pensé? Les ados ont parfois des réactions imprévisibles.

— ...

— Ce n'est pas évident que Julie acceptera de voir son père en ce moment, ou qu'elle comprendra un passé qu'elle n'a pas connu, tu vois? Pas par méchanceté, sans malice, mais c'est comme ça.

— Tu as peut-être raison, mais c'est un risque à prendre. J'ai besoin de reprendre une vie normale, de refaire surface. De reprendre contact avec la vie, avec toi, avec Julie. Je ne sais pas si tu comprends.

— Je vais être franc avec toi: je ne suis pas le bienvenu lorsque j'appelle Lisette et que je demande des nouvelles de ta fille. Elle est polie, elle répond aux questions par un oui ou par un non, mais elle ne s'informe ni de moi, ni des miens. J'appelle à Noël, à l'anniversaire de Julie, à l'anniversaire de Lisette, aux occasions spéciales, mais je suis toujours l'étranger, celui à qui on ne dit rien. Lisette répond que oui, elle va bien, non elle n'a besoin de rien, non Julie n'a pas encore de petit copain, non ce ne serait pas une bonne idée d'envoyer un petit cadeau à Noël, et elle insiste toujours : elles n'ont vraiment besoin de rien. Tu vois le genre de conversation ? Elle n'a jamais demandé d'aide ou de conseils, rien. Je veux bien croire que je lui rappelais des souvenirs pénibles au début, mais avec le temps, j'avais pensé qu'on aurait pu avoir une conversation normale. J'y vais quand même, j'apporte un petit cadeau aux fêtes, par exemple, mais elle ne m'invite même pas à entrer. Elle n'ose pas refuser le cadeau, pas devant moi, mais je sens qu'elle est agacée par mon geste : « T'aurais vraiment pas dû, Paul-André », qu'elle me dit. Alors ta fille, je ne la rencontre pas souvent. Je la vois pour ainsi dire presque jamais. Je suis celui qui emmerde toujours. Celui à qui on répond poliment, sans rien dire. Et tu me vois en intermédiaire entre vous deux ? Tu crois que je peux servir à quelque chose ? De façon réaliste ?

— Mais j'ai personne d'autre à qui je peux demander ça...

— Je vais réfléchir à tout ça. Je ne sais pas comment faire, mais je veux bien t'aider.

Au fil des ans, il n'avait jamais réussi à percer le mur que Lisette avait dressé devant Jacques et tout ce qui pouvait lui rappeler l'existence de son ex-mari. Le temps viendrait-il à bout de cette rancœur ? Il fallait le croire, mais Paul-André en doutait. Les mots de son frère résonnaient dans sa mémoire : « J'ai personne d'autre à qui je peux demander ça. » Paul-André se mit donc à réfléchir sur les mots à employer avec Lisette, sur la façon de lui communiquer le désir de Jacques de revoir Julie.

Il n'y avait pas de formule magique. Paul-André ne connaissait que l'usage de mots simples, de mots justes qui traduisaient la réalité en termes du quotidien. Il ne s'agissait pas d'argumenter pour convaincre, mais plutôt d'énoncer des faits, sans les appuyer, sans forcer les choses. Il parlerait à Lisette de cette façon : rationnelle, logique, sensée. Mais il doutait que ses mots puissent la convaincre.

●●●

Le lendemain, Jacques entra dans la salle, animé d'une nouvelle curiosité. Il se dirigea vers le portrait de Virginio Cesarini, et lut par deux fois la carte descriptive, le nom du peintre, les dates. Tout cela ne lui rappelait absolument rien. Un étranger pour lui, un homme connu à son époque probablement. Ce midi-là, dans la petite salle où il mangeait son sandwich, il lut la page du catalogue de l'exposition qui décrivait la toile et en donnait quelques explications. Ainsi, le Flamand Anton Van Dyck était aujourd'hui reconnu comme un grand portraitiste, célèbre dans le monde de la peinture, et ses toiles se retrouvaient dans les plus grands musées. Le moine était un Romain et malgré son jeune âge, Cesarini avait exercé des fonctions de premier plan notamment auprès des chercheurs comme Galilée et des papes de son temps. On n'ajoutait pas beaucoup de détails. Pourquoi Sophie avait-elle eu l'impression de dialoguer avec le moine? Ça, c'était une tout autre chose.

Il marchait dans un sens, puis dans l'autre, attentif aux rares gestes brusques, aux faux mouvements de l'un des quelques visiteurs de la journée. Rien de particulier. Les visiteurs du jour étaient des gens calmes et bien éduqués. Parfois, un groupe scolaire se présentait avec le prof de sa classe d'art, qui expliquait et donnait des détails sur chaque tableau qui, selon lui, avait mérité la célébrité. « Un jour, se dit-il, Julie passera devant moi avec sa classe et ne me reconnaîtra pas. Je serai un parfait étranger pour ma fille ; je le suis déjà, mais je ne connais pas encore ce que c'est que de voir ma fille croiser mon regard sans le reconnaître. »

●●●

Après plusieurs mois d'emprisonnement vint le moment où Jacques fut éligible à une libération conditionnelle. Sa conduite en prison avait été sans reproche, on l'avait condamné pour un tout premier délit, il avait avoué sa culpabilité et exprimé le regret de ses actes. On allait lui répondre favorablement, il en était certain. C'est alors qu'il reçut une lettre de Lisette qui, jusque-là, ne lui avait jamais écrit. Absente au procès, elle refusait de lui parler et ne lui avait communiqué qu'une demande de divorce qu'il avait décidé d'accepter sans contester. Lisette avait joint un petit paquet avec sa lettre, trop léger pour contenir de la nourriture.

Elle lui demandait de ne pas chercher à revoir sa fille à sa sortie de prison. Julie avait selon elle été très éprouvée par le départ de son père, ne savait rien de son séjour en prison et croyait qu'il avait quitté la maison pour une raison inconnue. Lisette ne souhaitait pas être plus explicite à ce moment-là. De son côté, elle ne souhaitait plus le voir, mais pas du tout, et lui conseillait de ne pas se montrer, de refaire sa vie sans elles. Il relut la lettre plusieurs fois. Il se demanda s'il devait sortir de prison. Valait-il la peine de faire une demande de libération? Rien ni personne ne l'attendait, aucun projet, aucun rêve ne l'habitait.

Il ouvrit le paquet. Il y trouva toutes ses lettres adressées à Julie. Il avait pris soin, à l'époque, de ne pas envoyer de lettres qui contenaient des mots difficiles, sa fille étant alors beaucoup trop jeune. Il y dessinait donc, par exemple, ses animaux favoris, ou alors un père avec sa fille, son logis qui changeait de couleur avec les saisons. Il imaginait un geste d'amour dans chaque lettre. Aucune des lettres n'avait été décachetée. Il regarda les cachets de la poste. Ils semblaient tous y être. Elle n'en avait raté aucune.

Il sortit de taule sans libération conditionnelle, à peine avec quelques journées de liberté accordées ici et là, et dont il ne savait que faire, mais il ne revint pas à la maison. Il ne revit sa fille que de très loin. Sans se présenter. Et rarement, sans courir le risque d'être vu.

— *Elle vous manque.*

— Elle me manque! Comment il pourrait en être autrement? Voilà plus de dix ans que je n'ai pas parlé à ma fille. Ma fille est une inconnue et je suis un inconnu pour elle. J'ai fait l'erreur impardonnable de ne pas chercher à la revoir et je ne sais pas comment reprendre contact.

— *Une enfant a le droit de savoir qui est son père.*

— Julie a le droit de savoir qui je suis. Il faut que je parle à une psychologue, que je discute de la méthode, de la façon d'établir un lien avec Julie sans lui causer de choc négatif. Il faut que Lisette le comprenne et qu'elle accepte une rencontre, pour le bien de Julie.

— *Il faut tenter de lui parler.*

— Je dois tenter de lui parler, mais je ne sais plus comment approcher Lisette. Même Paul-André n'y parvient pas. Je ne connais plus cette femme, après une si longue séparation, sans contact, sans rien. Je ne sais pas comment faire.

— …

— Et Sophie qui me demande si je crois en Dieu! M'a jamais aidé celui-là!

— *Autrefois, vous parliez à votre femme.*

— Autrefois, on se parlait, Lisette et moi, mais je réussissais rarement à la convaincre si elle avait déjà fait son idée. Si je lui téléphone, elle me raccrochera au nez. Elle n'aura pas changé.

« Lisette était une femme timide mais intransigeante, très droite, très croyante, qui avait en tête une image très ordonnée des choses. Les choses sont "ainsi", de façon immuable, et si vous déplaciez une seule de ces choses, dans l'ordre contraire à celui que Lisette avait défini, alors c'était le drame. Le nouvel ordre devenait inacceptable. Un homme travaillait, il était fort, il subvenait aux besoins de sa famille, il n'avait aucun motif de faiblir et de déroger à une conduite exemplaire, il fallait donner l'exemple parfait pour Julie. Cet homme ne boit pas, il ne fume pas. Alors un petit voleur, un revendeur de médicaments volés, un *pusher* de Valium, cet homme-là ne vit pas dans l'univers de Lisette, il doit en être exclu, Julie ne peut pas l'avoir comme père. Jamais elle ne changera d'avis.

J'aimais déjà cette femme au moment de la connaître. Elle était belle, on vivait dans le même quartier, on avait le même groupe d'amis. Elle embrassait bien. Je la poursuivais un peu, je la désirais, je voulais qu'on couche ensemble. Elle a résisté très longtemps, parlant mariage, enfants, tout ça, moi je n'avais rien contre le mariage, mais il fallait d'abord vivre un peu, on était si jeunes, on avait tout le temps pour être sérieux ! Un soir, on a fumé un joint ou deux en groupe ; Lisette et moi avons alors passé des heures à faire l'amour. Elle s'est donnée à moi sans aucune rigidité, sans retenue, sans réfléchir, sans arrière-pensée. Elle découvrait son corps avec allégresse, avec abandon, elle se donnait au plaisir, totalement. On fumait un autre joint et c'était reparti. Tout le week-end comme ça. Sans rien oublier. Une série ininterrompue de découvertes.

En tout début de semaine cependant, elle s'est mise à le regretter. L'ordre des choses avait été modifié de façon inappropriée. Elle est retournée à son travail et a refusé de me voir pendant deux semaines. Moi, de mon côté, j'étais sous le choc! J'avais découvert une femme que je ne connaissais pas, une femme qui m'avait séduit sexuellement par sa fougue, par ses désirs débridés. Elle cherchait le plaisir et elle savait le trouver en laissant parler son instinct. Elle s'était abandonnée à moi, mais surtout à elle-même et je ne demandais qu'à la retrouver au plus tôt. Quand je l'ai revue, rien n'a transparu de notre escapade. L'ordre s'était réinstallé. On s'est revus, mais pas question de faire la fête. J'ai bien tenté de réintroduire un joint dans une ou deux soirées, mais elle refusait de fumer de façon inébranlable. Deux mois plus tard, elle m'a annoncé qu'elle attendait un enfant. On s'est mariés rapidement. J'étais enthousiaste, impatient. Je croyais retrouver cette femme, mais non. Une femme enceinte doit d'abord penser à l'enfant qu'elle porte, voilà ce qu'elle me disait; les enfants sentent les choses, ils les gardent en mémoire, même de façon indistincte, ils en restent marqués. Ils gardent en mémoire le souvenir intime de la mère et Lisette ne pouvait accepter qu'elle puisse donner à son enfant l'ombre d'une perception négative à son sujet.

Après la naissance de Julie, elle affirmait qu'une mère n'agit pas de cette façon, une mère responsable ne fume pas de joint, une mère ne s'abandonne pas. Si elle se laissait aller timidement au plaisir, presque par devoir, toutes les interruptions possibles pouvaient survenir. "As-tu entendu ce bruit? Je vais voir si c'est Julie et je reviens", puis: "Attends un peu, je ne suis plus dans le *mood*, je ne parviens pas à me concentrer, donne-moi un peu de temps, tu veux bien?", et certes: "Mais pas comme ça, j'aime pas", ou: "Tu vas trop vite", à moins que: "C'est trop lent, va plus rapidement, nos invités arrivent bientôt".

Je ne lui en veux pas. Je me demande toujours qui est la vraie Lisette. Celle que j'ai connue le temps d'un week-end? Je m'en veux de ne pas avoir réussi à la retrouver, d'avoir été incapable de la rejoindre malgré ces quelques années passées ensemble. J'étais marié avec l'autre, celle qui doit vivre dans son corset rigide de petites conventions apprises chez sa mère, ou dans les livres, je sais plus. Celle qui a vécu avec ce sentiment de culpabilité devant le plaisir.

Mais je ne lui en veux pas. »

CHAPITRE 5

Vendredi matin

Au petit-déjeuner, Sophie avait préparé des crêpes et se les étaient servies arrosées d'un sirop d'érable comme elle aimait le faire enfant. Elle était assise, l'estomac plein, à ras le bord. Un péché de gourmandise - péché capital autrefois - mais quel plaisir, quelle joie de se sentir repue, de goûter l'après-sensation, celle qui fait suite à un abus total, le plaisir de ne pas avoir écouté sa raison, de s'être abandonnée. Toutes les traces du repas s'étalaient sur la table de cuisine. Elle s'était soigneusement essuyé la bouche et les mains pour en décoller les taches de sirop et avec quelques gorgées de café, elle traçait au crayon noir une esquisse dans un cahier de dessin. Elle ne reviendrait pas là-dessus. Sa décision était prise. Ils seraient deux maintenant. Cet enfant n'empêchait pas sa main de dessiner, ni son cœur de battre. Il y aurait deux vies dans ce logement, et sa peinture devrait le montrer. Pas par le dessin d'un enfant sur une toile, mais par l'emploi de nouvelles couleurs, plus de jaune, par exemple, une couleur qui lui rappelait la légèreté, la douceur. Plus de doré, plus d'éclat dans les reflets, que l'on sente la lumière, qu'elle nous atteigne différemment en regardant la toile. Elle devait trouver de nouveaux jaunes plus éclatants avec lesquels travailler, des jaunes lumineux, même la nuit. Il pressait d'en faire la recherche.

Ses yeux se brouillèrent légèrement. Sa main traça des lignes qui lui semblèrent trop vagues puis son estomac donna des signes évidents de malaise. Elle se leva rapidement et rejeta les crêpes dans la toilette. Pourtant, lorsqu'elle revint vers la table, son visage exprimait un vague sourire. Elle s'assit lentement, prit une gorgée de café légèrement refroidi : « Drôle de façon de manifester ta présence, toi ! » Puis elle reprit le crayon et corrigea les traits sur le dessin. « Tu devrais peut-être te montrer plus joyeux. Depuis hier, tu as une mère. Réalises-tu que tu as failli ne pas voir ce monde ? Mais tu le verras avec moi, on le verra tous les deux. On y trouvera des choses que je ne parviens pas à voir toute seule. »

Le téléphone sonna.

— Oui, je vous reconnais. Bonjour. … Oui, je vais bien, je vous remercie. J'ai toujours quelques vagues de nausée, mais ça va, je survivrai. … Oui. … Bien sûr, j'aimerais bien poursuivre notre discussion, et vous avez raison, ce serait plus agréable de se voir dans un café que sur un siège d'autobus. … En fin d'après-midi ? Je crois que oui. Je vous demanderai de me rappeler juste avant de partir, au cas où des problèmes de nausée surviendraient, vous me comprenez ? … Oui, je connais, c'est tout près. Ça me convient parfaitement. … Se tutoyer ? … Mais bien sûr que tu peux me tutoyer ; si tu ne portes pas ton uniforme de gardien je pourrai te tutoyer plus facilement ! … D'accord, donc on se voit plus tard dans la journée. Je te rejoins au café. … À bientôt.

« Tu vois, un homme m'appelle ; ça ne semble pas l'embêter que tu sois bien installé dans mon ventre. Tu me diras ce que tu en penses de ce garçon. J'espère que la caféine ne nuit pas aux enfants… »

Sophie décida de se coucher un moment. Ce petit sourire ne la quittait pas, mais personne ne pouvait le surprendre. Est-ce qu'un embryon de vie pouvait apprécier un sourire ? « Un jour viendra où il saura l'apprécier. »

● ● ●

Chantal Cormier détestait le prénom que sa mère lui avait choisi. « Chantal ! Quel prénom ridicule. »

À l'âge de douze ans, elle avait adopté le surnom CC, prononcé à l'anglaise, « *See-see* ». À l'école, elle se rebellait lorsque les professeurs l'appelaient par son prénom et préférait les entendre utiliser un « mademoiselle Cormier » plutôt affecté ; si aucun d'entre eux ne s'abaissait à utiliser son surnom, au moins la mémoire de son prénom disparaissait. Il lui avait fallu oublier ce surnom au moment de débuter son travail d'hôtesse de l'air. Elle devait alors porter un badge à son nom, bien en évidence pour les passagers. Elle tentait de l'égarer, de le faire glisser sous le revers de sa veste, enlevait sa veste pour circuler en blouse, sans badge, tout pour devenir « mademoiselle », pour oublier ce prénom. Le soir, elle préférait les bars et les discos du quartier de l'ouest de la ville, là où l'on parlait anglais, où l'anonymat devenait plus simple et où elle utilisait son surnom avec liberté. L'argent coulait librement, les repas étaient gais, insouciants, elle pouvait plaider l'ignorance d'un mot ou d'une expression si elle ne désirait pas répondre à une question, et le touriste ou le voyageur d'affaires avait toujours une clé de sa chambre d'hôtel pour elle si elle choisissait de l'accompagner.

Elle buvait très peu dans les bars ou en privé. Si elle avait soif d'évasion, elle choisissait la piste de danse, sur une musique forte, rythmée par un DJ sympathique, une musique qui permettait de s'abandonner, d'oublier son partenaire si nécessaire et de montrer son corps à tous les autres, de faire glisser son bassin les yeux mi-clos, de faire sauter un autre bouton de sa blouse.

Inspirer le désir, savoir que l'on inspire le désir, ignorer ces hommes qui l'approchaient en tentant de crier au-delà de la musique alors que le langage du corps suffit. Mais CC s'en foutait de leurs compliments, de l'offre d'un *drink*, de leur « *My name is Jack, what's yours?* » Aucun intérêt, pas de conversation, mais regarde la courbe du bas de mon dos, tu aimes? Il te fait bander, mon cul? Car le moment venait où elle pensait à l'amour, le moment venait inévitablement. Elle n'avait aucun souvenir d'avoir été amoureuse. Évidemment, elle avait connu les émois de l'adolescence, mais l'amour profond, l'amour de cinéma, non. D'abord et avant tout, elle aimait jouir physiquement, elle avait besoin de jouir souvent, régulièrement, sans donner autre chose que son corps; se donner du plaisir, se faire donner du plaisir.

Chantal aimait l'amour depuis toujours, mais à l'hôtel de préférence, jamais chez elle, un chez-soi qui n'existait pas vraiment. Elle n'avait aucune passion pour la décoration, pour l'aménagement, elle trouvait superflu de passer du temps à décorer un domicile. Elle avait à peine besoin d'un toit bien chauffé et d'un lit pour y dormir. Tout, à son domicile, répondait à un besoin pratique. Rien ne reflétait un trait trop person-nel sauf sa collection de CD qu'elle écoutait en entrant, ou la radio qui savait jouer une musique anglaise, une musique noire, de danse bien sûr. Sans oublier sa garde-robe, ses cosmétiques, ses bijoux pour habiller son corps. Elle aimait être vue, regardée, appréciée, désirée. Sans questions, sans échanges, sans donnant-donnant.

Rien de très personnel non plus dans sa façon de cuisiner. Elle avait découvert comment faire une salade, comment alterner les ingrédients sans se lasser. Avec un œuf, un fromage chaud, une ou deux sardines sur la laitue, peu importe. Un poisson frit à l'occasion. Mais le plus souvent, elle aimait le restaurant, pas pour sa carte dont elle n'abusait jamais, mais pour son nom, sa notoriété, sa clientèle choisie, les rencontres qu'elle y faisait; pour y être vue.

Être vue par cet homme, par exemple, qui l'observe en ce moment avec ce regard trop assuré, un verre de vin rouge à la main, en conversation animée avec son voisin de table, bien qu'elle sache que ses yeux se détachent avec peine de son corps. Chantal mange peu et rit avec sa compagne, un peu trop fort, la tête renversée vers l'arrière, sans main pour couvrir sa bouche pour ne pas masquer ses dents blanches. Elle aime éclater d'un rire qui amènera son corps à s'arquer légèrement, qui rendra fou de désir ce client attablé tout près, lui qui tente de clore un repas d'affaires, regrettant déjà d'y être par obligation, qui cherche une solution hâtive à la négociation, qui espère la conclure rapidement avant de revenir vers elle.

Du coin de l'œil, Chantal le vit marquer un temps d'arrêt, les yeux fixés sur son voisin, guettant le moment de tendre la main et de finaliser l'accord de ce geste; il ajouta un mot, puis un nouveau sourire se traça à sa bouche, la tension baissa, les verres se levèrent et l'entente se souligna au choc des verres de vin. Le Blackberry était sorti, un texte concis s'écrivait à la table pour le montrer de l'un à l'autre ; il proposa un tout léger changement de mot, tous deux agréèrent et l'envoi du message numérique fut effectué. Deux larges sourires confirmèrent que le contrat satisfaisait les deux hommes. Une dernière gorgée, la langue mouillée de rouge, et il sortit une carte d'affaires au dos de laquelle il griffonna rapidement quelques mots. Il s'excusa auprès de son client, prétextant une visite à la toilette et glissa au passage sa carte auprès de Chantal : « Je reviendrai rapidement. Attendez-moi, je vous en prie. »

À son retour, il déclina le café, signa prestement l'addition et, comme tous les gens d'affaires sérieux n'ayant plus le temps de s'attarder au plaisir de la table, ils quittèrent tous deux le restaurant, échangèrent en souriant une rapide poignée de main, l'œil de chacun consultant sa montre avant de se brancher au Blackberry pour y prendre ses derniers messages en marchant d'un pas rapide vers son bureau. À peine cinq minutes plus tard, Chantal vit revenir l'auteur du message pour s'installer et lui faire signe du bar du restaurant. Elle s'excusa auprès de sa compagne et se dirigea vers le bar.

— Et le travail ? lui demanda-t-elle.

— J'ai inventé une excuse. Je mérite une pause, ce contrat était très important. J'étais inspiré ce midi, j'ai trouvé tous les bons arguments et il a signé. Par *mail*, mais il a signé. J'ai peut-être reçu cette inspiration en vous regardant rire avec votre amie. Je peux vous offrir quelque chose à boire ?

— Non.

— Vous êtes libre cet après-midi ?

— Je dois faire des courses avec ma compagne.

— Pourquoi ? Vous avez besoin de quelque chose, là maintenant ? Sérieusement ? Moi, je passerais bien du temps avec vous. Vous êtes très désirable.

— *Why are you in such a hurry ?*

— La vie se joue au présent.

— Joueur en plus.

— On peut aller chez vous ?

— Vous n'aimez pas l'hôtel ?

— Si vous y tenez, mais l'odeur de votre lit, l'odeur de vos draps, j'aimerais bien.

— Je n'emmène jamais d'homme chez moi. À part mon mari bien sûr.

— Il y est ?

— Non. Il doit travailler tout l'après-midi.

— Donc rien ne nous empêche…

— *What about my friend ?*

— Elle comprendra.

— Vous croyez ?

— Nous le savons tous les deux.

« L'odeur de mes draps ? Pourquoi il a mentionné l'odeur de mes draps ? Moi j'aime bien l'odeur de son corps. »

Elle avait bu un verre de trop au bar du restaurant. Elle ne buvait jamais mais ce jour-là, elle aimait ce décor, cette ambiance imprévue, le poivre de l'eau de toilette de cet homme. Elle pouffa de rire lorsqu'elle vit son visage après lui avoir décrit le chemin à parcourir vers sa maison de banlieue. Le visage d'un citadin qui avait trop réussi, trop vite, déjà parfaitement snob, le visage d'un homme ayant déjà oublié ses origines.

Rire sans arrêt au volant de la Mercedes familiale de Laurent suivie du coupé sport de l'homme. Rire en roulant trop vite sur cette autoroute menant vers la banlieue puis sur cette petite rue pleine d'enfants qui refusaient de se tasser rapidement malgré ses coups de klaxon. Rire en tournant la clé dans la serrure de la porte d'entrée qu'elle laissa ouverte derrière elle, rire alors qu'elle montait lentement les marches vers l'étage, qu'elle détachait lentement les premiers boutons, alors qu'elle entendait son auto à lui qui arrivait, qui stationnait derrière la sienne, puis l'homme, qui entrait et montait à son tour les marches vers l'étage.

— Tu as trouvé ? Tu ne t'es pas perdu ?

Vouloir éclater de rire à nouveau mais il ne lui en laisse pas le temps, il fond sur cette femme déjà à moitié nue. Voilà, pour la première fois, elle accueille un autre homme dans ses draps. Sachant que plus cet homme prolonge le plaisir, plus le risque devient évident, plus il s'amplifie. Si elle nage dans le plaisir qu'il lui donne, l'esprit de Chantal ne s'est point engourdi au point de ne pas savoir, de ne pas prévoir la suite, inévitable, inéluctable. Elle sait que Laurent va se pointer. Il va tout voir et elle devra subir une de ces colères sourdes, une de ces colères où il n'explosera pas, une colère qui se lira dans chacun de ses gestes, chacun de ses mouvements, chacune de ses rares paroles trop mesurées. Car il sera sarcastique, il prendra le ton de celui qui n'est pas concerné, il sera cocu, mais il tentera de ne pas le laisser paraître, il sera sous contrôle, mais encore plus éloigné, plus distant et Chantal prépare déjà ses répliques et sa propre colère, violente celle-là, elle éclatera, nue devant lui, dira qu'elle préfère ne plus le voir, jamais, qu'elle lui préfère le premier inconnu avec une queue bien dure, mais qu'il n'oublie pas de lui laisser au moins la moitié de son fric. Puis elle éclatera de rire devant lui.

Qu'est-ce qui la fait jouir en ce moment, d'où lui vient ce dernier orgasme que lui procure cet homme qui la martèle sans arrêt avec vigueur? Jouir sous le sexe de ce citadin qui la pénètre au milieu de cette banlieue sans caractère, sans personnalité? Jouir avec un amant inconnu qui jettera sa semence dans son lit, dans ses draps? Jouit-elle à la pensée de bientôt pouvoir jeter cette image à la figure de Laurent? Qu'il puisse la voir ainsi sous leur toit, voir que Chantal s'en moque, que c'est fini depuis longtemps entre eux, que ça n'a jamais vraiment débuté, ou peut-être pour un si bref moment.

Laurent les regarda presque avec détachement. Ils n'avaient rien entendu. L'épaisse moquette choisie par ce designer avait assourdi son pas – c'est donc à ça que sert cette moquette de designer. Il avait d'abord entendu les cris de Chantal, le cri qu'elle poussait lorsqu'on lui mordait la peau au moment de l'amour, il avait entendu ses encouragements, ses monosyllabes, le bruit de deux corps indifférents à toute vie extérieure à leurs ébats. Il avait entrouvert la porte de la chambre et les avait à peine regardés. Rien. Il n'éprouvait rien. Deux étrangers. Il descendit à son bureau et sur une feuille vierge, il commença à écrire.

● ● ●

Sophie sirotait un café noir. Sans sucre ni crème pour ne pas tourmenter la fragilité de son estomac. Jacques n'avait pas changé, toujours avare de commentaires sur lui-même, mais la tête et le cœur plein de questions sur elle, sur sa santé, sur sa vie, son travail, la région où elle était née.

— Je lui ai parlé, tu sais.

— À qui as-tu parlé ?

— À ton moine. Enfin, je ne lui ai pas parlé, mais je jonglais dans la salle où son portrait est suspendu, je me posais des questions et – c'est ta faute, c'est sans doute ta « mauvaise » influence – j'avais cette impression qu'une voix répondait à mes questions.

— Tu vois !

— Mais ce n'était pas réel, ce n'était qu'une impression. Les réponses étaient les miennes.

— Si tu le dis. Les réponses étaient bonnes ?

— Je ne sais plus.

— Tu te moques de moi.

— Tu sais qu'il était très connu, ton moine.

— Ce n'est pas « mon » moine. Et d'ailleurs, il m'a dit qu'il n'était pas un moine. J'aurais beaucoup aimé vivre à cette époque, mener la vie de ce portraitiste, avoir son talent. En étant un homme, ça va de soi, il fallait être un homme pour être un peintre reconnu.

— Je peux pas croire que tu souhaiterais devenir un homme.

— Non, mais avoir plus de talent, plus de rage en moi, la rage de peindre, de réussir à communiquer par la couleur, par la forme, toute l'énergie qui habite en moi. Pourtant, je peins tous les jours. Même les jours où je dois travailler au magasin. Parfois inutilement, parfois non. J'apprends un peu tous les jours, je crois.

— Tu me montreras ?

— Si tu veux.

— J'aimerais te prendre en photo lorsque tu travailles.

— Je crois pas que je pourrais te laisser me prendre en photo. Je ne supporte pas qu'on me regarde quand je travaille, alors me prendre en photo, tu imagines ? Tu es photographe ?

— Non. Mon père l'était. Moi, j'ai simplement rêvé de le devenir. Mais pas assez fort. J'ai manqué de courage, de suite dans les idées. Je n'ai même pas de caméra.

— Si tu en veux une, j'ai une caméra dont je ne me sers jamais, je ne sais même pas la faire fonctionner. Elle appartenait à mon oncle et ma tante me l'a donnée à son décès. J'ai tenté de m'en servir une fois, puis j'ai tout de suite abandonné. Elle accumule la poussière dans un placard.

— C'est gentil, mais je ne peux pas accepter.

— Mais elle est très vieille, tu sais. Une vieille 35 mm des années quarante ou cinquante. Tu verras. Sinon, je devrai la jeter. Il y a quelques lentilles enveloppées dans de petites boîtes.

— On verra. Mais si tu refuses que je te prenne en photo, à quoi bon?

— Il y a sûrement d'autres personnes que tu aimerais prendre en photo.

— Pas vraiment. Enfin… peut-être ma fille.

— Tu m'avais pas dit que tu étais papa. Tu es marié?

— Divorcé. On en parlera une autre fois, si tu veux bien.

— Moi, je n'ai jamais vécu avec un homme. Quelques jours, quelques semaines, oui, mais pas plus. On s'épuisait rapidement. On me disait que je suis très difficile à vivre. Que je demande trop, beaucoup trop. Et me voilà enceinte, tu imagines? Sans savoir qui est le père de mon enfant, enfin disons que je sais à peu près, mais lequel, non. Ta fille a quel âge?

— Quatorze ans.

— J'ai adoré avoir quatorze ans! L'âge de ma première indépendance, celui où j'ai fait mes premiers choix importants. C'est un bel âge.

Le regard de Jacques s'était égaré parmi leurs voisins dans le petit restaurant.

— Sophie, regarde doucement vers ta gauche. Là, tu vois cet homme à la troisième table, il est seul, peut-être soixante-quinze ans? Il est beau, tu trouves pas?

Pour toute réponse, Sophie sortit son carnet de dessin, prit un crayon noir et tandis que Jacques parlait, elle fit un portrait de cet homme.

— Je sais pas s'il aime vraiment le café; il a pas touché au sien depuis qu'on est arrivés. Peut-être qu'à son âge, ça lui donne des maux d'estomac. Mais il aime se retrouver bien entouré. La moyenne d'âge ici est d'au moins cinquante ans plus jeune que lui. Des jeunes gens qui tapent presque tous sur leur ordinateur portable, qui répondent à un appel sur leur cellulaire toutes les dix minutes; je me demande ce qu'il en pense, mais il garde ce petit sourire dans les yeux…

Sophie ne répondait pas, mais ses yeux passaient du visage de l'homme à sa feuille à dessin. Quand elle y pensa plus tard, elle réalisa qu'elle avait permis à Jacques de la regarder travailler, ce qu'elle refusait normalement à quiconque. Cet après-midi-là, elle n'y prêta aucune attention, sa présence était naturelle, son regard se portait avec attention vers l'extérieur, là où elle imaginait que doit se poser un regard. Avec attention, avec soin, avec recherche.

— Je lui donne?

— C'est ton travail!

— Tu aimes?

— Beaucoup. Je crois qu'il aimera aussi.

— On y va?

— Non. Il sera plus heureux si tu y vas seule. Il sera fier.

Sophie détacha la feuille, s'approcha de la table de l'homme, lui dit quelques mots que Jacques ne put saisir et lui donna le dessin. L'homme le regarda longuement, puis leva les yeux vers Sophie, incrédule, mais admiratif. Il vérifia qu'elle lui donnait effectivement ce dessin, voulut lui parler plus longuement, voulut comprendre pourquoi, mais Sophie pointa vers Jacques, expliquant probablement qu'elle était attendue, qu'il n'y avait rien à comprendre, que c'était comme ça. L'homme ne mit pas d'effusions dans ses remerciements, mais choisit ses mots correctement, car Jacques vit une rougeur monter aux joues de Sophie. Ils se donnèrent la main, le temps de garder les yeux fixés dans le regard de l'autre, le temps d'un petit moment de silence, puis Sophie fit signe à Jacques qu'ils pouvaient partir.

Ce soir-là, Sophie chercha dans de vieilles boîtes où s'entassaient des objets hétéroclites qui ne lui servaient plus, mais qu'elle avait gardés sans raison précise. Elle y trouva l'appareil photo et les lentilles de l'oncle décédé. La boîte n'avait pas été ouverte depuis fort longtemps et gardait toujours les marques d'emballage datant de son dernier déménagement cinq ans plus tôt. « Il refusera que je les lui donne, mais disons que je lui fais un prêt… Il s'agira de trouver les mots. » Elle ignorait si la caméra fonctionnait correctement. Elle n'avait jamais pris le soin d'en comprendre le mécanisme complexe. Jacques y parviendrait peut-être.

●●●

Virginio n'était que vaguement présent dans la dimension abstraite de ce musée. Les ondes de Jacques, de Sophie et de Laurent circulaient dans sa perception limitée des choses de ce temps, visiteurs éphémères présents à son esprit sans avoir choisi de l'être, sans conscience d'y être. Leur présence lui offrait la seule confirmation de l'étrange réalité de son existence ; il avait gardé la faculté d'être touché par l'écho de gens qui circulaient près de lui, laissant derrière eux quelques traces de vie, de sentiments, d'émotions, de questionnements. Sans raison évidente, car à quoi servaient ces rencontres ? Il se sentait las de ce vide abstrait, sans matérialité, sans vision de son utilité. Il se savait occasionnellement perçu par certains de ces visiteurs avec qui il entretenait un vague échange de pensées, conscient cependant que ses interventions étaient mal comprises, qu'elles étaient interprétées comme des mouvements de leur âme réagissant à des interrogations personnelles.

Jamais on ne lui avait parlé de ces limbes; jamais on ne lui avait suggéré de chemin lui permettant d'atteindre le lieu de paix recherché, celui par lequel devait se clore une vie bien remplie. La sienne avait été si courte; productive, mais minée par cette mauvaise santé. Depuis, il n'arrêtait pas ses remises en question, sans réponse aucune.

Pourtant, autrefois, Virginio ne se posait pas de questions. Les sujets de réflexion venaient à lui très régulièrement et son esprit en cherchait tout de suite la solution. Il aimait résoudre les problèmes; formuler une réponse aux interrogations était pour lui un jeu quotidien. Les Jésuites avaient travaillé à son éducation, mais les questions, très tôt, ce fut lui qui les posa, et lui qui y répondit. Dès l'âge de dix-sept ans, il crut avoir trouvé toutes les réponses! Son père était malade, il avait oublié Caterina et les Jésuites, dépassés, devinrent une source soudaine d'ennui. C'est alors qu'il découvrit les femmes.

Sa famille était l'une des plus riches de Rome au début du XVIIe siècle, une famille sans travail productif, vivant de sa fortune et des revenus de terres exploitées par d'autres, profitant de privilèges, baignant dans l'opulence malgré des dettes importantes contractées dans la poursuite de la richesse, mais surtout dans sa mise en scène, dans l'étalage de cette richesse par la construction de palais, par l'acquisition de statues antiques, par les soupers grandioses ou par des mariages célébrés avec faste. Mais l'image de la fortune permettait aussi beaucoup de choses.

Virginio n'était que le quatrième enfant de la famille ; il n'avait pour ainsi dire aucune obligation officielle envers elle, qui le croyait sous la bonne supervision des Jésuites. C'était chose facile dans la Rome de cette époque de rencontrer des femmes quand on avait quelque argent ou alors la promesse de quelque argent. Les femmes s'offrirent à lui sans amour, et Virginio découvrit le plaisir avec application, vit jaillir sa sensualité avec un certain étonnement mais avec joie, et il apprit avec sérieux ce que voulurent bien lui enseigner les prostituées d'alors. Il rentrait au milieu de la nuit et à la lumière d'une bougie, il jetait les vers d'une poésie libre mais grave, décrivant les émotions de la soirée, cherchant à son habitude à percevoir l'ensemble des choses et comment les lier entre elles.

Le plaisir et les Jésuites ne faisaient pas un mariage évident, mais la recherche d'une vie intense passait désormais par le plaisir des sens autant que par la découverte des lois universelles des mathématiques ou de l'astronomie, par l'étude de la littérature et l'écriture d'un poème. Puis il advint ce qui devait lui arriver.

Camilla venait d'Orvieto. Femme d'une très grande beauté, elle gagnait facilement sa vie comme prostituée et avait réussi à s'assurer la protection de quelques hommes influents de Rome, dont un cardinal qui raffolait de ses charmes. Camilla était d'une discrétion exemplaire et gérait son emploi du temps avec minutie.

Elle avait connu le jeune Virginio au cours d'un souper où il lui fut présenté par une personne de confiance. Il était plus jeune qu'elle mais très sérieux, lui parlant, la questionnant, s'intéressant à elle, demandant son avis sur de multiples sujets. Il est facile de comprendre pourquoi elle s'intéressa à lui. Il payait bien, sa famille était bien pourvue, mais tant d'autres citoyens ou visiteurs de la ville pouvaient payer plus. Aucun d'eux cependant ne possédait cette flamme, cette passion intense de la connaissance, ce désir de partager le savoir et d'échanger avec elle chaque idée, chaque strophe, s'étonnant qu'elle n'ait pas écrit de poèmes, mais ravi qu'elle choisisse comme lui d'atteindre un niveau plus élevé de compréhension des choses. Il avait été le premier homme à lui reconnaître une intelligence supérieure. Elle le suivait dans ses raisonnements, trouvait des arguments pour qu'il saisisse les points faibles d'une thèse et savait comme lui, déceler la magie dans les rimes d'un poème.

Elle lui enseigna de son côté plusieurs des mystères de l'amour, lui fit découvrir l'inexploré de son corps et Virginio y répondit avec élan, avec passion, jamais assouvi, jamais satisfait, voulant tout explorer, s'assurant qu'elle atteigne aussi les paroxysmes de la jouissance, veillant à ce qu'elle ne le trompe pas par la simulation du plaisir. Bref, ils étaient des amants si passionnés par le plaisir et par le savoir que Virginio se dit soudainement qu'ils se devaient de partager leurs vies, que jamais il ne retrouverait une telle femme. Ce fut sans compter sur le destin.

Son père décéda, les nombreux créanciers firent alors pression sur la famille qui se retrouva dans une passe difficile. Son frère aîné, le nouveau chef de la famille Cesarini, éprouva quelques difficultés à gérer la situation. La famille n'avait pas les moyens d'assurer une dot avantageuse à une fille de grande famille, comment aurait-elle pu consentir à donner à cette prostituée un legs de quelque importance alors que la situation familiale était en péril? Mais Camilla n'avait jamais cessé de voir ses protecteurs, et ceux-ci se montraient de plus en plus généreux; elle pouvait entrevoir la possibilité d'atteindre le statut de courtisane et d'assurer son avenir, aussi libre et indépendante qu'une femme puisse espérer l'être dans la Rome de 1615.

Virginio n'y comprenait rien. Elle lui démontrait un attachement bien réel, mais sans jamais oublier de penser à l'avenir, sans perdre de vue les réalités de la vie et la place faite aux femmes de sa condition. Camilla croyait que si Virginio était un jeune homme remarquable sous tous rapports, il serait par contre incapable de la protéger. Jamais il n'avait sauté un seul repas, pire, jamais il n'avait dû peiner pour s'assurer de gagner un seul repas. Il était impossible pour lui de comprendre le passé de Camilla, et encore moins de saisir la précarité de son avenir.

Il refusa d'accepter cette nouvelle réalité, fausse à ses yeux. Il était de ceux qui refusent l'implacabilité du destin. Pour lui, le rôle de l'homme était de l'affronter, de le façonner à son désir. Camilla devait partager cette vue, accepter de rompre avec sa vie passée et mener vie commune avec lui. Il n'avait pas travaillé un seul jour de son existence, mais il trouverait une solution. Camilla resta de glace devant ses arguments et bientôt, refusa de continuer à le voir. Devant sa détermination, Virginio tomba des nues.

Il mit beaucoup de temps à accepter cette rupture et regarda dorénavant les femmes avec curiosité, sans méfiance, mais avec la certitude qu'il n'existait plus de possibilité d'une vie commune avec elles. Ses relations avec les femmes devinrent épisodiques et certes sans engagement de quelque durée. Cela ne répondait plus à sa vision de la vie. Il continua ses études, cherchant à tout savoir sur les choses qui avaient à ses yeux une importance majeure, cherchant à faire l'expérience de l'astronomie, participant à la défense des nouvelles idées scientifiques, contribuant au mouvement des choses et bientôt à l'administration des politiques romaines.

Aujourd'hui, dans cet univers où le temps continuait de passer sans but, sans logique, il cherchait à comprendre ce qui lui avait échappé, ce qu'il avait jadis laissé de côté, l'erreur commise qui expliquerait pourquoi il se retrouvait isolé dans cette situation absurde.

CHAPITRE 6

Au début de la semaine suivante

Jacques était maintenant persuadé de la nécessité de communiquer directement avec Lisette. Paul-André le lui avait recommandé après lui avoir décrit son entretien avec elle dans le détail, précisant le refus de Lisette à toutes les demandes qu'il avait faites, le ton calme mais sans équivoque qu'elle avait employé avec lui, l'incompréhension qu'elle manifestait devant le souhait pourtant légitime de son ex-mari et tous les raisonnements qu'avait formulés Paul-André pour le justifier. Il avait donc suggéré à Jacques de lui écrire afin de mieux expliquer sa requête, de le faire sur une note plus personnelle, tout en laissant à Lisette un temps de réflexion, le temps nécessaire pour mieux apprécier la valeur de sa demande. Jacques décida en pleine nuit de lui écrire un mot. Ne trouvant pas de timbre chez lui, il ne put le poster que plus tard après sa journée de travail du lundi.

Les quarante-huit dernières heures l'avaient convaincu qu'il se devait de plonger dans la vie en cessant de surfer sans cesse à la surface des choses sans se mouiller. Au matin, il tenta de garder le calme nécessaire à son travail mais il demeura préoccupé.

Il avait mémorisé sa lettre et se la répétait mot à mot, tentant de se convaincre qu'il y avait peut-être une chance, une toute petite chance pour que Lisette y réponde favorablement. Sans prêter attention à aucun des visiteurs du musée, il se la répétait inlassablement :

Chère Lisette,

Ce mot ne te surprendra pas. Tu auras compris par l'appel de Paul-André que je souhaiterais reprendre contact avec Julie. Pendant toutes les années qui ont suivi le divorce, j'ai respecté ton souhait de rester éloigné et de ne pas tenter de lui causer de chagrin avec le souvenir de mon départ ou la découverte des évènements qui m'ont conduit en prison. Tu avais sans doute raison. Je n'ai pas tenté de communiquer ni avec elle, ni avec toi qui désirais refaire ta vie comme tu le souhaitais. J'espère que tu as réussi, que tu as atteint la qualité de vie que tu recherchais.

Le temps a passé, notre fille a vieilli. Je mène une vie discrète, mais très droite depuis toutes ces années. Ne crois-tu pas comme moi que Julie mérite de connaître toute la vérité sur son père, de savoir qui il est ? Tu me diras qu'il est encore trop tôt. Qu'elle n'en a aucunement besoin. Que sa vie actuelle est parfaite, équilibrée, et que le retour de son père serait inutile. Je ne sais pas si tu as raison. Je peux te dire que je ne l'ai jamais oubliée. Que je l'aime toujours. Que la connaître un peu mieux et lui permettre de me connaître m'apporterait une grande paix, même si cela ne mène à aucun changement d'importance.

Je ne souhaite pas troubler ta vie ou la sienne. Je resterai discret. Je n'approcherai Julie qu'avec ton consentement.

Peut-être as-tu pardonné depuis toutes ces années?

Tu peux me joindre en laissant un message à Paul-André. J'attends ta réponse avec beaucoup d'espoir.

Jacques

— Je ne sais pas comment elle répondra.

— *Une mère veut toujours protéger sa fille.*

— Elle pensera à protéger Julie, mais je ne lui veux aucun mal, au contraire. Même si j'avoue que c'est d'abord à moi que je pense. C'est moi qui tente un retour à la vie.

— *Il est important que nos gestes aient un sens.*

— Ma vie est tellement nulle! Je ne sais pas comment une femme comme Sophie peut accepter de passer même un court moment avec moi.

— …

— Si Julie ne souhaite pas me voir, je partirai. Je changerai de ville. Loin. J'irai loin. Refaire ma vie. L'Alberta, tiens, on y cherche des employés dans tous les domaines.

— *Mais cette jeune femme?*

— Sophie oubliera très facilement. Il n'y a pas de lien entre nous. Pas de lien réel. Pas encore. Pourtant pour la première fois depuis si longtemps…

— *Vous sentez que votre cœur s'est remis à battre…*

— Mon cœur s'est remis à battre. Pour une femme que je ne connais pas. Mais je sens que…

— *Il y a un avenir possible…*

— Il y a un avenir possible. Un avenir qui mérite d'être vécu, la possibilité du retour d'une vie intense. Tout cela me dit de mettre en ordre les choses de ma vie présente. D'abord Julie et Lisette, c'est évident.

— *La jeune fille pourrait y gagner.*

— Julie pourrait profiter de notre rencontre.

— *Il serait bien que cette rencontre ait lieu.*

— Je souhaite tellement la revoir.

●●●

Le soleil était chaud, mais Sophie et Jacques s'étaient mis à l'abri sous l'un des parasols de la terrasse. Ils s'étaient retrouvés à la même table qu'à leur rencontre précédente, un premier geste posé à la recherche inconsciente de l'ébauche d'une routine, d'un climat familier, d'un lieu d'appartenance.

— Tu regardes souvent les toiles que tu surveilles au musée ? Peut-être qu'à la longue, la beauté, même parfaite, on la voit plus. Comme un homme qu'on aime, mais avec qui l'on vit depuis dix ans.

— Non. Je ne m'y connais pas. Je les regarde, bien sûr, mais je ne sais pas les regarder correctement, on m'a jamais appris. Un portrait parfois, oui, il me surprendra, il m'impressionnera. Mais je dirais que la beauté est souvent absente ; beaucoup de peintres ne cherchent pas la beauté, ou alors ils ne la trouvent pas. Peut-être que c'est moi qui ne vois rien. J'aime bien les sculptures, mais je ne me suis jamais déplacé pour voir une exposition hors du musée où je travaille. Par contre, je visite toutes les salles qui exposent les œuvres de grands photographes. Ça, je connais beaucoup mieux. Ça, je sais regarder. Je sais apprécier. Mon père m'a appris.

— Tu as vu que j'avais apporté un sac avec moi. Ce sont les boîtes avec les appareils de l'oncle Thomas.

— Je ne peux pas accepter, Sophie, je te l'ai déjà dit.

— Mais oui! Je te les prête si tu veux. Ça me rend service, ça libère de l'espace dont j'ai besoin pour autre chose, pour mes toiles qui prennent beaucoup de place, que je devrais jeter, mais que je garde en me disant que peut-être un jour je serai célèbre et que les acheteurs se les arracheront! Je blague, mais tu peux voir de ton côté si cette caméra fonctionne correctement, moi je n'en ai aucune idée. Je devrais peut-être la jeter.

— Tu veux rire? Je pourrais t'apprendre à t'en servir.

— J'ai pas la patience pour des trucs mécaniques compliqués. Moi je travaille la couleur! Ça me suffit comme problème à régler!

Jacques la tournait et la retournait dans ses mains. Une 35 mm Leica M3, probablement du début des années soixante, dans un état impeccable, avec deux lentilles additionnelles, un grand-angulaire et un télé-objectif dans des étuis bien préservés. On reconnaissait les traces d'une utilisation régulière mais soignée, avec un souci de l'objet, de sa fragilité, un désir de l'utiliser très longtemps, de ne rien briser.

— L'oncle Thomas, l'oncle de la ville, est le seul qui m'ait aidée après les disputes et les querelles avec mes parents. L'image qui me reste de lui est de le voir alors que j'étais toute petite, avec sa caméra en main; il s'en servait beaucoup, mais il aimait surtout prendre des paysages en photo, des scènes de voyage, parfois les passants anonymes dans un lieu qu'il aimait, la terrasse Dufferin à Québec, par exemple, ou sur un bord de mer au Nouveau-Brunswick. Nous les petits enfants, on voulait qu'il nous prenne en photo, mais ça ne l'intéressait pas. Ma tante peut-être, qui n'aimait pas se faire photographier ou alors très occasionnellement, dans un paysage particulier et de très loin. Mais il n'était pas portraitiste. Alors cette caméra, elle a beaucoup servi, mais elle n'a pas laissé beaucoup de photos de famille, tu vois.

— Et toi, tu aimes te faire prendre en photo ou tu préfères détourner la tête?

— Toute petite, je voulais que l'on prenne ma photo, mais depuis l'adolescence, non. Je suis peut-être comme ma tante. De celles qui ont besoin d'un photographe très exclusif! Et qui lui donnent la permission de les photographier uniquement à certains moments très précis.

— Et là, maintenant, si j'avais un rouleau de film dans cette caméra?

— Aujourd'hui? Je ne sais pas.

— Tu ne veux pas d'une photo à montrer à ton enfant? Une photo qui dirait: me voici très peu de temps après avoir réalisé que nous étions deux dans mon corps. Ce serait une «photo de groupe», une photo de vous deux, aux tout premiers moments. Il y a cette terrasse, un parasol pour te protéger de la lumière trop violente. Puis je serai tout à fait franc avec toi : il faut m'aider, Sophie. J'ai perdu l'habitude, je ne sais plus comment accepter un geste de gentillesse à mon endroit. Je suis tenté de refuser cette caméra que tu m'offres simplement parce que je ne sais plus comment dire merci. Alors je t'en prie, ne bouge pas, je vais tout à côté, j'achète un rouleau de pellicule 35 mm, et je reviens, d'accord ?

Sophie l'attendait toujours. « Une photo de groupe ! » se disait-elle intérieurement, en riant doucement, « et bien sûr je vais le laisser faire ! Je déteste me faire prendre en photo, je ne saurai pas comment me placer, j'ai probablement l'air moche, le soleil est un peu trop chaud et je vais le laisser faire ! »

Il chargea le rouleau de pellicule à l'intérieur du restaurant, et revint à la terrasse où il se mit à la prendre en photo en parlant d'une voix légèrement différente, une voix plus calme et un peu grave. Sophie l'observait intensément, sentait en lui une animation qu'il maîtrisait mal, mais qu'il s'efforçait de ne pas laisser paraître. Ses gestes étaient confiants et elle aimait le mouvement de sa main qui bougeait pour lui demander de tourner la tête plus à gauche. Elle aimait ses commentaires après la prise d'une photo : « Plus tard ton enfant appréciera le profil de sa mère ; il est remarquable ce profil, avec cette lumière un peu tamisée, très naturelle. J'aurais dû penser à acheter aussi un rouleau de noir et blanc, j'aurais aimé voir le résultat, une expérience tu vois, sans aucune garantie, mais pour voir, pour savoir, sous cette lumière en particulier. »

Petit à petit, elle le découvrait ; Jacques le taciturne s'éveillait, ses yeux rayonnaient. Sophie se laissait guider de façon tout à fait inhabituelle, acceptait la répétition des prises, sans voir la caméra parce que tout son regard était empli de lui qui s'animait, qui commentait, qui discutait, qui imaginait. S'il lui demandait de bouger la tête ou les épaules, sa demande était toujours suivie d'un « lentement » ou alors d'un « tout doucement », et Sophie ne se reconnaissait pas ; obéissante, elle bougeait tout doucement, comme il le désirait. Il avait presque épuisé le rouleau.

— Je vais en chercher un autre ? Non, pour une première séance de poses, non, je ne veux pas que tu gardes un mauvais souvenir de cette journée. Je vais te dire : j'aurais aimé que mon père te connaisse. Je ne sais pas pourquoi, mais j'aurais aimé qu'il puisse nous regarder pendant que je te photographiais. Il n'aurait pas parlé, il n'aurait rien dit avec des mots, mais son visage et son corps auraient dit les choses qu'il éprouvait au-dedans.

— Est-ce que tu ressembles à ton père ?

— Je n'y ai jamais pensé. Physiquement, non. Nos tempéraments étaient assez proches, mais avec de grosses différences. J'étais plus impatient que lui, par exemple, plus exigeant ; je ne sais pas comment expliquer. On peut aimer un parent sans lui ressembler.

— Et ta fille, elle te ressemble ?

— Tu vois, ça je devrais savoir, mais c'est terrible, ça non plus je ne sais pas.

— Tu la prendras bientôt en photo.

— J'aimerais d'abord lui dire deux mots, l'écouter me dire tout ce qu'elle a sur le cœur, tout ce qu'elle n'a jamais eu la chance de me dire, toute la colère qui l'habite. Si j'en ai la chance, lui dire aussi que son père l'aimait, qu'il a commis des erreurs, mais qu'il l'aime toujours.

Jacques lui expliqua, lui raconta ses erreurs de jeunesse, la prison, le divorce, l'absence totale de contact avec son passé à l'exception de Paul-André, la mise en retrait de sa vie sociale. Le soleil chauffait toujours la terrasse, Sophie gardait le silence, les yeux de Jacques regardaient le sol, fixant un passé lointain avec la crainte d'inspirer le dégoût, le rejet. Il parlait sans arrêt, lui racontant tout, ces quinze dernières années, la longue descente aux enfers ; alors que ses mots coulaient, ses pieds étaient prêts à fuir vers un autre lieu, vers un retour à la solitude. À bout de souffle, il s'arrêta, incapable d'ajouter un seul mot ; il avait peine à respirer.

— Et ta fille n'a jamais su que tu lui écrivais ?

Jacques leva les yeux et tenta de lire un jugement dans le visage de Sophie, un verdict, une sentence, une réaction devant un homme devenu tout à coup un étranger devant elle, si loin de ses valeurs. Mais elle ne le jugeait pas.

— Tu es coupable d'une chose : de ton isolement, de cette retraite comparable à celle d'un ermite. Il ne faut pas s'isoler comme un moine dans un monastère et refuser ce que la vie peut nous donner de bien. Tu as commis des erreurs mais tu as payé. Il faut tourner la page, tout de suite, et commencer par offrir à ta fille le père qu'elle doit connaître, un homme imparfait comme tous les hommes, mais un homme qui lui veut du bien. Tu dois prendre et donner, comme nous tous. Je sens que je fais du prêchi-prêcha ; je m'excuse, je n'ai aucun droit de te faire la morale. Pardonne-moi, tu veux ?

— Non, tu as raison. J'étais révolté d'être jugé par les autres. D'abord par ma femme, puis par mes anciens amis, mes anciens camarades de travail, mes anciens voisins. Personne n'a tenté de s'approcher de moi, tous m'ont condamné sans hésitation, peut-être avec raison, mais ils ont continué de me juger comme si je ne pouvais pas changer et retrouver une vie normale. Avec le temps, je me suis méfié du regard des autres, je me suis isolé de plus en plus. Jamais je ne parle de moi, jamais je ne laisse de traces. Avec toi, je me suis ouvert pour la première fois depuis plus de dix ans.

— …

— J'ai écrit à mon ex-femme, avant-hier, après t'avoir quittée. Je lui ai dit que j'aimerais revoir Julie.

— Elle a répondu ?

— Non. Et je crois qu'elle ne répondra pas. J'ai peur que Julie refuse de me voir, je crains que ma fille ne soit pas séduite à l'idée de me voir apparaître comme ça, comme un cheveu sur sa soupe.

— Mais il faut lui donner une chance. Elle doit s'ajuster à l'idée d'avoir soudainement un père, là, tout près, puis s'éveiller, devenir plus curieuse, désirer savoir… Donne-lui au moins la chance de s'habituer à toi. Ça peut prendre un moment, alors donne-lui ce moment. Et sans trop insister, sinon ça risque de ne pas fonctionner. Il faut te rappeler à elle périodiquement, par petites touches.

— Ne pas redevenir un moine. Comme Virginio.

— Virginio?

— Le moine du musée.

— Ce n'est pas un moine. Il me l'a dit.

— J'oubliais. Tu as des conversations avec lui.

— Pourquoi tu ris de moi?

— Parce que j'ai besoin de rire. Il y a longtemps que je n'ai pas ri. Tu n'as pas idée du cadeau que tu me fais.

— Ne t'inquiète pas pour cette caméra. Toi, au moins, tu sais t'en servir.

— Je ne parlais pas de la caméra. Je parlais du rire qui est redevenu possible.

Il porta l'objectif de la Leica à son œil, visa Sophie dont les yeux étaient baissés vers sa tasse, le regard doucement songeur. Il pesa sur le déclencheur.

— C'était la trente-septième photo. C'est inhabituel. Un petit cadeau de ton appareil. Je ne sais pas pourquoi, mais je crois que ce sera la meilleure.

●●●

Laurent Quintal avait finalement déposé sa plume devant une page blanche. Laissant les amants à l'étage, il avait quitté la maison en silence pour louer une chambre dans un motel anonyme sur le boulevard longeant la Rive-Sud du fleuve Saint-Laurent. Un des innombrables centres d'achat lui avait permis d'acheter une brosse à dents, un dentifrice, un peigne et le strict nécessaire, un sac, quelques sous-vêtements propres, des bas, quelques chemises. Il avait passé le week-end seul, cherchant l'évasion dans les salles obscures de cinémas qui offraient leurs films comme la marchandise en étalage dans les magasins voisins, mangeant dans des restaurants bruyants et anonymes, sans même goûter la nourriture. Il revint au musée en semaine pour s'asseoir sur le banc face au Renoir, y cherchant une certaine paix sans pourtant cesser de ressaser ses idées sombres.

« J'ai passé ma vie à écrire. Des choses banales, mais j'écrivais tout de même plein de choses sur mes patients, les résumés de leurs visites, les points à noter pour la suivante, les questions pour le labo lorsqu'une analyse était nécessaire, les sommaires de mes passages à l'urgence pour les dossiers de l'hôpital. Bon, la routine du travail, d'accord, mais j'écrivais. Et voilà que je dois écrire un tout petit mot, le dernier avant de mettre fin à toute cette comédie, et je n'y parviens pas. J'ai tenté d'écrire à mes filles sans y parvenir, pour m'apercevoir que je n'ai rien à leur dire, rien à leur expliquer. Nous vivons dans des univers trop séparés. J'ai même tenté d'écrire à Chantal. Je n'ai pas fait plus de deux lignes. Je me demande si elle aurait pris le temps de lire ces deux lignes. Est-ce que je l'ai déjà vue lire quoi que ce soit?

— *Et votre femme?*

— Quant à Diane, elle est bien la dernière personne que je veux ennuyer avec mes difficultés. Je ne veux pas lui faire partager cela. De nombreuses personnes ont déjà besoin de son aide, elle milite pour des causes sérieuses et mon problème est une goutte d'eau en comparaison. Non. Je n'ai personne à qui écrire. Pas de parents très proches, plus d'amis qui sont tous restés plus près de Diane que de moi au moment du divorce. Des d'enfants trop éloignées, pas de voisins. Que des patients et des souvenirs.

— *Toujours cette mystérieuse personne de votre passé.*

— On perd si facilement la trace des gens.

— *Écrivez-lui!*

— Je pourrais écrire à Michelle, mais après tout ce temps, que pourrait-on se dire? On n'a rien partagé depuis des décennies. On ne connaît rien l'un de l'autre, sauf ces brefs moments d'une jeunesse dont elle ne garde probablement qu'un souvenir très vague.

Pourtant, je pouvais passer des heures à causer avec elle, tout y passait, on se comprenait si bien, c'était l'entente parfaite. Sans sexualité. Cela m'a toujours surpris quand j'ai repensé à elle plus tard. On pouvait passer de longs moments très près l'un de l'autre, se dire nos pensées les plus intimes, sans gène, sans aucune censure, tout se dire sans hésitation, mais sans sexualité, comme si on savait que la vie nous séparerait, qu'on devait garder un mystère en mémoire pour les jours qui suivraient. C'est impossible, on ne peut pas meubler tant d'années de séparation. On ne ferait que poser les questions banales, qu'as-tu fait à telle époque ou combien d'enfants as-tu? Le passé ne devrait pas entrer en ligne de compte, seul le présent que l'on tenterait de vivre, pour savoir, pour vérifier si nous savons toujours le vivre avec la même intensité. Pour savoir si la magie opère encore entre nous.

— *Retrouvez-la! Parlez-lui! Ce serait plus simple ainsi.*

— On dit qu'il est plus facile aujourd'hui de retrouver des gens, mais ce serait difficile pour moi, je ne connais pas les outils; Internet, les recherches par ordinateur, je ne comprends rien à tout cela, je ne suis pas resté en contact avec le développement de ce type de nouvelles technologies. J'aurais besoin de mes filles pour m'apprendre. Ou alors d'un jeune patient.

— *Vous devez en connaître des dizaines.*

— J'en connais plusieurs qui pourraient peut-être m'aider. Je n'ai jamais demandé.

Laurent se leva en marmonnant. Il regarda la toile de Virginio d'un air las, sans le reconnaître. Virginio sentit le médecin se lever, puis s'en aller avec la démarche lourde d'un homme qui connaît la réponse à sa question, mais qui est incapable de la mettre en œuvre.

En après-midi, il reçut une quinzaine de patients à son bureau, des cas de routine, de ceux qui provoquent des soucis normaux, mais qui se soignent facilement. Le dernier patient entra alors qu'il allait fermer pour la journée.

— Docteur Quintal?

— Marco? J'allais fermer. Tu n'as pas pris de rendez-vous.

— Si vous pouviez me recevoir, j'aimerais beaucoup.

Le garçon avait dix-sept ans et Laurent le soignait depuis quelques années. Il était toujours venu le consulter avec sa mère, mais ce jour-là, Marco exhiba les symptômes d'une maladie vénérienne qu'il avait déjà beaucoup hésité à déclarer. Laurent lui fit la leçon, lui donna une prescription et lui demanda:

— Tu sais pourtant te servir de condoms? Tu sais que tu dois le faire! Tu n'as pas oublié? Il faut me promettre: à l'avenir, tu dois utiliser un préservatif!

Laurent sortit de sa trousse d'échantillons une poignée de condoms qu'il tendit à Marco; celui-ci les accepta de bonne grâce tout en promettant de se soigner avant d'avoir une nouvelle relation sexuelle. Ils discutèrent de ses partenaires, Laurent lui demandant leurs noms, expliquant que ces personnes étaient infectées, qu'elles avaient besoin de traitement. Il passa un long moment à vaincre les hésitations de Marco à commettre de telles indiscrétions, mais Laurent fut tenace. Des téléphones furent faits à partir de son bureau et des rendez-vous furent confirmés. Marco paniquait un peu et demanda à Laurent s'il pouvait au moins garder cette visite confidentielle devant ses parents. Laurent demanda d'abord au garçon s'il avait les ressources financières pour acheter le médicament, offrant même d'aider le garçon s'il avait une difficulté de ce côté-là, mais non, Marco lui confia qu'il travaillait le week-end, qu'il pourrait se tirer d'affaire. La promesse de se montrer discret auprès des parents de Marco fut donc acceptée:

— Tu vois Marco, s'ils me posent la question, je ne leur mentirai pas; tu es toujours mineur. Mais je ne les appellerai pas si on s'entend bien, toi et moi, sur ce traitement. Tu dois également me promettre de respecter cette période d'abstinence avec tes amies! Maintenant, à ton tour de m'aider. Tu crois que tu pourrais m'apprendre quelques trucs en informatique?

— Je veux bien essayer, docteur Quintal.

— Tu t'y connais bien?

— Plus que la moyenne des jeunes de mon âge…

— Comment je fais pour retrouver une personne grâce à Internet ? Une personne que j'ai perdue de vue depuis de nombreuses années.

— Vous avez un ordinateur branché sur Internet ?

— Sur le bureau de ma secrétaire.

Laurent le regarda manipuler l'appareil. Le prénom et le nom de famille de la personne recherchée étaient très répandus au Québec, ce qui alourdissait la recherche. De plus, le changement possible du nom de famille au moment d'un mariage de son amie apportait une complication additionnelle.

— Je ne la retrouverai jamais.

— Faut être patient, docteur Quintal. Vous voulez que je commence les recherches pour vous ? Je peux le faire de chez moi.

— Marco, j'ai besoin de beaucoup de discrétion. Je ne veux pas importuner cette personne si elle ne désire pas qu'on se revoie, tu comprends ?

— Donnez-moi un jour ou deux. Je serai très discret, il faut me faire confiance. Moi aussi j'ai besoin de votre discrétion… Vous connaissez le nom de ses parents ? Vous pouvez me donner quelques détails sur sa famille ? Je ne communiquerai pas avec eux, ayez pas peur !

Laurent lui fournit le peu d'informations qu'il avait toujours en mémoire sur le père de Michelle, avant de donner rendez-vous à Marco pour une prochaine rencontre.

Quand le garçon quitta le bureau, Laurent resta immobile un long moment avant de sortir une feuille blanche. Les images venaient sans effort à sa mémoire et le désir de lui écrire montait en lui, irrépressible.

● ● ●

Chère Michelle,

J'aime croire que tu me reconnaîtras à la lecture de cette lettre, que tu devineras qui a pris la plume pour t'écrire ces quelques mots. Je t'offre un indice : certains passés refusent de s'éteindre comme nous l'espérions autrefois. Certaines choses demeurent.

Nous ne nous sommes pas rencontrés depuis plusieurs décennies. Je dois faire un effort particulier pour effacer de ma mémoire l'image de cette toute jeune femme qui a maintenant traversé une partie de sa vie avec, je présume, une famille, une carrière, plein d'expériences, de découvertes, de joies et de peines, de déplacements vers d'autres pays, et qui est donc devenue une autre, une femme qui a vécu, que je ne reconnaîtrais peut-être pas.

Il n'y a rien de surprenant à ce que je t'écrive aujourd'hui après un si long silence. Je n'ai jamais oublié. Dans les moments plus difficiles de ma vie, comme dans les moments de grande joie, je m'arrêtais un instant pour me demander quelle serait ta réaction devant les hasards de ma vie ou devant les grands évènements de l'histoire. Sans savoir si tu habitais toujours le Québec, connaissant ta soif de voyager, de tout visiter, de tout connaître.

Je me retrouve face à un de ces moments sombres, et je ne sais comment l'aborder correctement. Je ne sais comment en parler.

Je ne t'ennuierai pas avec la banale description de mon quotidien. Je me suis retrouvé là où je suis, là où j'avais choisi d'être. Je me suis retrouvé devant une décision à prendre et je l'ai prise, malgré le sentiment très concret de vide que je ressens. J'éprouve cependant le désir de communiquer, de toucher, de rejoindre quelqu'un et la fatalité du temps a fait en sorte qu'en ce moment, je me retrouve sans personne avec qui parler des choses essentielles. Les amours, les amitiés se sont affadies, égarées, évanouies, et malgré ce métier que je pratique toujours – tu te rappelles peut-être que je suis entré en faculté de médecine – donc malgré ce métier où je côtoie les gens sans arrêt, où je suis entouré, sollicité, où je ne cesse d'être en contact avec une foule de gens, je me retrouve me semble-t-il « à distance ». Jamais je ne retrouve ce contact intime, direct, cette communication, cette intimité, cette communauté d'esprit ou de cœur que nous avons partagés autrefois. Bref, je suis enveloppé de solitude à un moment où j'ai ce besoin urgent de parler. Je ne sais où te trouver.

Un de mes tout jeunes patients a offert de m'aider à te rechercher grâce à sa science de l'Internet, mais je n'y crois pas tellement, à moins que tu ne sois devenue sédentaire, ce qui me surprendrait beaucoup. Je te vois plutôt près d'une maison quelque part en Amérique latine, sur un chemin légèrement rocailleux, portant un short, des bottes de randonnée aux pieds, les yeux grands ouverts sur tout ce qui t'entoure, avec un sac à dos dans lequel tu as mis un repas léger, un livre de poèmes, un calepin dans lequel tu griffonnes quelques notes avec un stylo. Comment ce jeune garçon peut-il espérer te retrouver!

Comme j'aimerais t'entendre me lire un des poèmes de ce cahier!

À l'époque déjà, la religion m'avait déçu au point de l'abandonner totalement. Au fil des ans, la philosophie m'a déçu également, puis la politique, puis l'exercice de la médecine, la vie de couple, sans mentionner les amours éphémères; rien de tout cela ne m'a apporté de réponse sur le sens de ma vie, sur la direction à prendre. Je me demande quels chemins tu as empruntés de ton côté, si tu es parvenue à trouver le bonheur. Ton inspiration me fait défaut, ta lumière également, les idées que tu faisais naître en moi.

Je suis seul. Seul à mourir.

À peine avait-il écrit cette dernière phrase que Laurent la ratura. Il se relut pour supprimer plusieurs autres phrases, se demandant si tout pouvait être dit entre elle et lui, comme c'était le cas autrefois. Depuis le temps, il en avait perdu l'habitude. Jamais il ne disait tout à quiconque, ni dans sa vie privée ni dans sa vie professionnelle où ses patients avaient droit à une formulation particulière de la vérité, celle que Laurent choisissait, celle qu'il déterminait comme étant la part de la vérité qui pouvait être comprise, celle qui devait être retenue. Pour le reste, ils ne comprendraient pas, les informations additionnelles n'apporteraient aucune clarté supplémentaire.

Que doit-on dire dans le mot de la fin ? Il n'en savait rien, mais il savait que cette étrangère, cette amie d'autrefois était la seule personne à qui il voulait laisser un mot. Il allait devoir reprendre l'écriture de ce brouillon. Il jeta aux ordures la feuille sur laquelle il avait écrit.

●●●

Depuis toujours, Paul-André était habité par un esprit de clan très prononcé dont il ne pouvait se départir. Les deux frères Melançon étaient nés rapidement l'un à la suite de l'autre et avaient passé leur jeunesse à jouer ensemble, presque en frères jumeaux. Leur mère était morte il y avait plusieurs années, mais Paul-André s'en souvenait avec affection, conservant l'album de photos de sa mère, un album particulier monté par son père, où chaque page présentait une seule photo de madame Melançon, une seule photo 8 x 10 parfaite, mémorable. Il aimait en feuilleter les pages avec ses trois enfants, leur décrivant le caractère de cette grand-mère qu'ils n'avaient pas connue, leur apprenant ses mots d'autrefois.

Il avait hérité de son père la précision de ses mains et un caractère qui savait faire montre d'une grande patience, d'attention, de minutie, d'une faculté de concentration. Si son père utilisait ses dons pour travailler la composition de ses photos, Paul-André ne se connaissait aucun don pour la création et se servit de ses talents pour pratiquer un métier technique. Il travaillait dans un laboratoire de biotechnologies, éprouvant le même plaisir à effectuer une série de tâches qui exigeaient un grand soin, un souci du détail, une grande application, et cela dans le respect de la méthodologie et des protocoles de recherche. Il ne visa jamais de promotion vers des fonctions administratives, tout au plus accepta-t-il un rôle de chef d'équipe, partageant son savoir et son expérience avec les nouveaux employés du laboratoire, répétant patiemment ses instructions, ses conseils, sachant féliciter les jeunes pour un travail bien fait. À la maison, il se donnait à sa petite passion pour l'entretien des vieilles horloges et des vieilles montres dont il aimait toujours corriger et remonter la mécanique ; ce passe-temps ne l'avait jamais quitté. Il menait une vie heureuse avec

Geneviève et les enfants, une vie sans éclats tapageurs dans un monde possiblement un peu terne, mais une existence paisible, souvent joyeuse; certes sans luxe financier, mais éloignée de l'angoisse et de l'insécurité.

Il avait visité son frère chaque semaine durant son emprisonnement, lui parlant du quotidien, sans chercher à le juger. Après le divorce de Jacques, malgré la froideur dans la voix de sa belle-sœur, Paul-André avait gardé le contact avec la famille de son frère, par entêtement, parce que même si un membre d'une famille vit difficilement une période de sa vie, il reste toujours membre de cette famille. Il croyait que sa nièce devait comprendre que, même déchirée, même décimée par la vie, une famille continuait à exister. En plus de sa mère, sa nièce avait également un père, un oncle, une tante, un cousin et deux petites cousines.

Ce mardi soir, Paul-André roulait dans sa petite voiture coréenne vers un restaurant de la rue Beaubien où Jacques l'avait invité. «Je t'aurais invité chez moi, mais je n'ai rien pour recevoir», lui avait-il dit.

Les deux frères, si proches autrefois, ne se voyaient pourtant que rarement depuis la libération de Jacques. Il remarqua tout de suite la Leica posée sur le coin de la table.

— Tu possèdes un appareil photo maintenant?

— Non, une amie me l'a prêté pour un moment. Elle ne s'en sert pas.

— Tu as une amie ? C'est nouveau ! Quand vas-tu lui présenter ton charmant jeune frère ?

— Il faut attendre un peu, je la connais à peine depuis quelques jours.

Si Paul-André aimait rire, il aimait par-dessus tout taquiner son frère qui avait peine à se départir de son air un peu ténébreux.

— Tu la connais depuis quelques jours, mais elle te prête sa Leica 35 mm. Tout de même !

— C'est une femme très spéciale. Je te la présenterai. Si tout va bien. Si je réussis pas à la détourner de moi avec mon côté trop sombre.

— Tu savais que tu as un côté sombre ? Et tu peux en parler comme ça…

— T'as raison de te moquer de moi. Mais j'essaie de me corriger.

— Serais-tu tombé en amour ?

— C'est trop tôt, je te l'ai dit, je la connais à peine depuis quelques jours.

— Tu l'as rencontrée où ?

— T'as pas changé ! Toujours les questions, les détails, tu veux tout savoir, tous les secrets, la chronologie exacte du déroulement des choses, tout…

— D'accord, j'ai compris…

— Soyons sérieux, tu veux ? J'ai suivi ta recommandation : j'ai écrit à Lisette. Je n'ai pas osé l'appeler alors je lui ai envoyé un mot par la poste. La lettre était probablement dans son courrier de la journée. Je lui ai expliqué que j'aimerais revoir Julie. Que j'aimerais la connaître, qu'elle connaisse son père. Mais je veux le faire avec son accord. Je sais qu'il est plus que temps, mais je ne veux pas déclencher de querelle, ni d'animosité.

— Tu penses recevoir une réponse dans combien de temps ?

— Demain peut-être. Je lui ai demandé de communiquer avec toi quand elle aura réfléchi. Je ne m'attends pas à ce qu'elle saute de joie, mais j'espère qu'elle n'aura pas de réaction trop brusque, trop rapide, trop négative. J'en sais rien.

— Je t'appellerai aussitôt. J'imagine sa surprise de recevoir une lettre de toi après toutes ces années.

— Je t'ai aussi apporté un peu d'argent. Tu le déposeras dans le compte au nom de Julie comme tu le fais habituellement. C'est peu, mais je continue de croire qu'un jour Julie aura besoin d'argent pour ses études universitaires, pour lui permettre de réaliser ses rêves.

— Et je n'en parle toujours pas à Lisette ?

— Non. L'argent est un sujet dont elle refuse de parler depuis toujours. Rien n'a changé de ce côté, je suis convaincu de cela.

— Et toi, tu as bien quelques projets pour l'avenir ?

— Rien de précis. Reprendre contact avec la vie, comme avec toi en ce moment. Avec ma fille. Avec cette amie qui me prête sa Leica. Hier je feuilletais les petites annonces et j'ai vu qu'un particulier vendait du matériel de chambre noire. Je rêvais un peu, je me demandais si je me souviendrais comment travailler le développement de photos. Tu te souviens de la chambre noire de papa?

— Bien sûr que je m'en souviens. Même si je pouvais y entrer très rarement, car je dérangeais! Je vous dérangeais, tous les deux!

— Mais tu ruinais le développement en ouvrant la porte au mauvais moment! Il fallait tout reprendre.

— Depuis ce temps, j'ai appris à être plus méthodique, tu sais. On peut vous inviter tous les deux, toi et ton amie? Ma femme t'aime bien, tu sais.

— Peut-être. Pourquoi pas? J'en parlerai à Sophie et je te dirai.

— Ah! Tout de même, elle a un prénom: Sophie! On avance à petits pas, mais on avance! Et l'appareil photo de mademoiselle Sophie, tu en feras quoi, exactement, tu prendras des photos de vacances?

— Non, je ne voyage pas beaucoup, tu le sais. J'aimerais tout simplement prendre des photos d'hommes, de femmes et d'enfants. J'ai besoin de me rapprocher des gens en ce moment.

La conversation se poursuivit jusque tard en soirée. Après avoir promis à nouveau de prévenir Jacques aussitôt que Lisette donnerait une réponse à sa lettre, Paul-André continua sur sa lancée de petites questions, cherchant à jeter plus de lumière sur la vie de son frère qui croyait n'avoir rien d'autre à raconter. Pourtant, en revenant à la maison ce soir-là, Paul-André avait en tête une image plus précise de Sophie, de son âge, de sa naissance dans la région des Bois-Francs, de la couleur de ses cheveux, du son de sa voix telle que la décrivait Jacques, de quelques détails sur sa carrière d'artiste peintre. Son frère en était presque amoureux, sans l'admettre.

Paul-André n'avait cependant rien compris à cette histoire de moine dans une salle du musée.

●●●

Chantal n'avait pas vu Laurent depuis quelques jours. Le premier soir, l'homme au coupé sport était retourné chez lui après une douche rapide – «On se téléphone?» – rejoindre sa famille, son monde. Elle savait qu'elle ne le verrait plus. Elle prit un long bain et se coucha de bonne heure, sans inquiétude. Le couple passait souvent des week-ends entiers sans se dire un seul mot, Chantal se baignant dans la piscine chauffée puis se faisant bronzer nue dans la cour arrière clôturée, ce que n'approuvaient pas les voisines qui n'hésitaient pas à se plaindre de vive voix si elles la prenaient sur le fait, et Laurent... Elle ne savait pas à quoi s'occupait Laurent, mais quand il était présent à la maison, il disparaissait dans le sous-sol d'où elle entendait jouer la musique classique préférée de son mari.

Laurent fut étrangement absent tout ce week-end mais ne lui manqua absolument pas. Le lundi, elle s'éveilla d'excellente humeur ; elle avait l'habitude de se retrouver seule, Laurent quittant tôt la maison pour retrouver ses patients. Elle partit rejoindre des copines peu avant midi, et passa l'après-midi sur le bord de la piscine chez l'une d'entre elles. Elle laissa un message pour prévenir d'un retard, puis se retrouva boulevard Saint-Laurent dans un resto branché où on l'avait invitée à souper. Lorsqu'elle revint en soirée, elle nota que l'afficheur de messages téléphoniques clignotait. Elle activa le répondeur pour entendre sa voix en après-midi. Laurent n'avait jamais reçu ce message. Elle haussa les épaules : « Une autre voisine malade ! », et après l'écoute un peu vague d'une chaîne de la télé américaine, elle se coucha. Le manège se répéta le lendemain. Elle se retrouva en après-midi dans le lit d'une chambre d'hôtel, l'hôtel de charme qu'elle préférait, avec un de ses amants réguliers, de ceux qui ne posent aucune question, de ceux qui ne répondent à aucune question... Elle consulta sa montre, en déduisit que Laurent n'était pas à la maison, que le moment de lui laisser un message était parfait, ce qu'elle fit. Elle lui rappela l'emplacement des publicités pour une livraison de repas à la maison et s'excusa mollement de son absence. Elle passa au guichet automatique de sa banque avant de se rendre au restaurant et nota que le solde de son compte avait baissé plus que la normale.

Elle allait devoir en faire la remarque à Laurent. Il avait oublié d'y faire son dépôt mensuel.

Elle s'arrêta net devant une vitrine, tomba en admiration devant une petite chemise de cette couleur qui mettait son teint en valeur. Le prix en était beaucoup trop élevé, mais depuis quand s'arrêtait-elle au prix d'un vêtement qu'elle aimait? Son œil ne s'était pas trompé. Sa peau s'alluma sous un jour très particulier avec cette chemise. Elle paya par carte, et se dirigea vers le bar du resto d'un pas plus léger.

Le groupe était déjà réuni, les rires fusaient, le ton de la conversation était fort léger, agrémenté d'histoires racontées sur le dos des absents du moment. L'aventure vécue par une copine le week-end passé, la blague orchestrée aux frais d'un deuxième ami la semaine dernière, un montage complexe et parfaitement réussi, les larmes de rire coulaient à l'écoute de cette suite de petites histoires. La vie était si courte, si éphémère, on devait rire à chaque occasion et créer les occasions lorsque le destin s'essoufflait. Le corps ne restait jeune et beau que si peu de temps, on se devait d'épuiser chaque réserve des joies de l'amour d'un autre, d'une autre, peu importe qui, pourvu que le plaisir soit au rendez-vous, « que le corps exulte [2] », comme disait une chanson de Brel. Ce soir ils iraient danser, tard, très tard, l'alcool coulerait, la main de l'un d'abord et la main de l'autre ensuite glisseraient sur le corps de

2. *La Chanson des vieux amants*, Jacques Brel et Gérard Jouannest, 1967.

Chantal, elle sentirait sa peau vibrer sous l'étoffe légère de sa jupe, les gestes se feraient plus insistants et très provocateurs. Son corps voguerait vers le plaisir au rythme de la musique alors que des doigts plongeraient sous la mini jupe dans un coin sombre de la piste. Comment pouvait-elle revenir à la chambre de cette maisonnette de banlieue dont elle ne pouvait sortir sans être envahie par les cris de tous ces enfants, joyeux ces cris, mais des cris tout de même, et qui lui déchiraient les tympans? Chantal ne comprenait rien à la joie de l'enfance. La sienne n'avait pas été particulièrement joyeuse, seule comptait la liberté qu'elle avait saisie à l'adolescence pour ne plus jamais la lâcher, jamais plus. Seule comptait la vie adulte pouvant apporter le plaisir, avec la certitude que le plaisir d'aujourd'hui sera suivi par celui du lendemain. Soutenir le rythme de cette succession de plaisirs avant que ne surviennent les lendemains, ne jamais y penser. Plus tard, se disait Chantal.

Lorsqu'elle rentra, elle fut surprise du volume de courrier accumulé dans la boîte aux lettres. Laurent avait oublié de le rentrer, ce qui ne lui ressemblait pas. Toutes ces factures, toutes ces lettres d'associations médicales qui écrivaient en anglais. Elle ne garda que deux revues de mode qui lui étaient destinées et monta à la chambre.

Quand se déciderait-elle à quitter Laurent? Parviendrait-elle à supporter sa morosité continuelle encore bien longtemps? Il réglait toutes les factures, d'accord, mais le prix à payer de son côté était parfois d'une lourdeur!

Trouver un autre homme? Plus riche, plus jeune évidemment! Elle bâilla, décidément trop fatiguée pour penser à tout ça.

CHAPITRE 7

Le mercredi suivant

La jeune fille se tenait bien droite devant sa mère soudainement consciente que sa fille, nu-pieds, la dépassait de quelques centimètres. Facilement. Elle la regardait plus qu'elle ne l'écoutait, tout en comprenant fort bien le ton sans équivoque qu'utilisait Julie depuis un moment, un ton peu coutumier chez elle qui n'avait jamais l'habitude de hausser la voix devant sa mère. Lisette dut reconnaître que, dans les circonstances, ce ton ne lui déplaisait pas.

— … Mais je veux pas le voir ! Pourquoi il réapparaît comme ça ? Après toutes ces années ? Et pour me dire quoi, qu'il m'aime, genre, qu'il veut devenir mon père tout à coup? Mais j'en veux pas d'un père, je me suis débrouillée sans, toute ma vie. Tu m'as dit qu'il était parti, que tu savais pas pourquoi, que tu savais pas où, qu'il reviendrait pas. Il est hors de question que je le vois. Qu'il retourne là où il était!

— …

— … Non je veux pas savoir pourquoi il était parti, ce qu'il a vécu ou pas vécu, ça ne m'intéresse pas. Est-ce qu'il s'est intéressé à moi durant toutes ces années? Est-ce qu'il s'est posé des questions? Est-ce qu'il m'a appelée? Jamais, *shit!* Quand j'étais malade? Jamais! Quand j'avais des difficultés à l'école? Jamais! Alors moi non plus, il m'intéresse pas. Ça t'intéresse, toi? Vous êtes divorcés, non? Alors tu veux qu'il revienne avec toi? Si tu veux pas, pourquoi tu me parles de lui? Pourquoi tu cherches à savoir si je serais intéressée à le rencontrer? Je la connais pas cette personne-là! J'ai pas envie de la connaître et je veux plus que tu m'en parles.

La porte de sa chambre claqua. La radio se mit à jouer très fort, mais cette fois Lisette n'intervint pas. Elle ne chercha pas à convaincre Julie de baisser le son, de penser aux voisins, que le volume était inacceptable. Pas plus qu'elle ne chercha à poursuivre la discussion. Elle était plutôt heureuse de la réaction de Julie. Elle pourrait dire à Paul-André que sa fille ne désirait pas rencontrer son père. Lisette non plus, d'ailleurs.

Jacques n'avait qu'à reprendre son quotidien, quel qu'il soit et Lisette ne lui écrirait pas.

Pourtant, le petit commentaire de Jacques l'avait surprise. Lisette avait-elle refait sa vie comme elle le souhaitait? Avait-elle réussi à atteindre ce qu'elle recherchait? Elle ne se posait jamais de telles questions. Elle vivait en fonction des autres, de sa fille par-dessus tout, de son bonheur, de sa réussite, de son avenir; de sa mère à qui Lisette ressemblait de plus en plus à cause de ses cheveux grisonnants. Elle refusait les teintures. Le temps lui avait prématurément donné des cheveux blancs et elle ferait avec. Elle refusait de changer son apparence comme elle refusait de changer toute autre partie de son corps. Jamais elle n'avait pensé par exemple à se faire percer les oreilles; elle regardait avec une incompréhension totale les décisions prises par des amies de payer pour recevoir diverses chirurgies esthétiques. De toute façon, plaire ne faisait pas partie de ses préoccupations, elle se sentait indifférente à tout effort dépensé dans le but de séduire, et n'avait permis à aucun autre homme de l'approcher depuis son divorce.

Elle maintenait une apparence soignée ainsi qu'on le lui avait appris. Lisette travaillait comme secrétaire, proprement, efficacement, et s'accordait quelques heures par semaine pour chanter à la chorale locale. Elle trouvait un état proche du bonheur devant une partition où les notes, les temps, la mesure étaient parfaitement écrits, immuables; elle s'appliquait à donner une pièce à la perfection, sa voix en harmonie avec celles de ses camarades, comme il était prévu, prédéterminé, sans possibilité de changements. Tout était prévisible, parfait. On n'avait qu'à tenter d'atteindre cette perfection, de s'ajuster à l'ordre de la musique. Voilà ce que Lisette aimait par-dessus tout : l'ordre, les choses prévisibles. Elle ne savait trop que penser de la vieillesse, du lent déclin du corps vers la fin de sa vie, mais elle acceptait la mort parce qu'inévitable, pratiquement écrite comme la dernière page du rôle d'une comédienne.

Avait-elle atteint le lieu souhaité ? Oui, se dit-elle. Elle avait ramené sa vie dans son chemin premier, celui dans lequel elle se sentait confortable, et elle avait clos les volets qui lui proposaient l'évasion. Plus jamais elle ne voulait se découvrir abandonnée dans une contrée inconnue qu'elle ne maîtrisait pas.

La porte de la chambre s'ouvrit et Julie sortit en martelant le sol à chaque pas, se lançant vers le frigo. Cette fois encore, Lisette laissa passer ce geste intempestif, ce mouvement d'humeur incontrôlé, et d'un air faussement détaché, elle lui demanda :

— Tu as faim Julie ? Tu veux que je te prépare quelque chose ?

— Je me prends un verre de jus. Y a jamais de Pepsi dans ta maison !

— C'est mauvais pour la santé, Julie. Je te l'ai dit mille fois. Même à l'école, tu ne devrais pas en boire.

Et je te fais remarquer que c'est aussi «ta» maison, ma fille.

— Mais tout le monde en boit! À part moi…

— …

— Ma mère veut pas que j'en boive! Même à quatorze ans, *shit*!

— …

— Qu'est-ce qu'il disait dans sa lettre? Pourquoi tu veux pas me la montrer?

— Je t'ai dit tout ce qui te concernait. Le reste est privé. Allez, pense à autre chose.

— Tu me fais jamais confiance.

— C'est faux et tu le sais. Tu ne me demandes pas de lire ton journal personnel. Et je ne le ferai pas, parce que c'est privé et personnel. C'est à toi seule.

— Mais pourquoi il t'écrit à toi et pas à moi?

— Parce qu'il ne te connaît pas. C'est probablement difficile d'écrire à sa fille quand on ne l'a presque jamais vue depuis sa naissance.

— Il était parti où? Il faisait quoi? Il a une autre femme? Mon oncle Paul-André mentionne toujours que «mon père pense à moi» dans la petite carte qu'il envoie pour Noël ou pour mon anniversaire, mais jamais aucun détail. Je sais rien! On me dit rien!

— Quelle importance? Il n'est plus là pour sa fille depuis toutes ces années. Je ne l'ai jamais revu et ça ne m'intéresse pas de le revoir. Ni de connaître les détails de sa vie.

— Mais tu l'as marié. Tu devais l'aimer à ce moment-là?

— Je ne me souviens plus. L'amour, si ça existe, ça meurt comme tout le reste. Surtout quand on est trahi.

— Je te crois pas. On le sait quand on est tombée en amour, on s'en souvient, on n'oublie pas ça, on se souvient de tout.

— Tu as découvert ça à quel moment? Tu es bien philosophe, tout à coup, pour une fille de quatorze ans...

— Tu peux rire de moi, je le sais que j'ai raison. Un jour, je tomberai en amour et je n'oublierai rien! Je serai peut-être malchanceuse, peut-être malheureuse, peut-être que ça ne durera pas toujours, mais j'oublierai rien.

— Peut-être que je n'étais pas amoureuse de ton père...

— Ça expliquerait pourquoi tu ne t'es jamais ennuyée de lui.

— Tu as peut-être raison.

●●●

« Je sais que vous n'y êtes pas, mais j'aime imaginer que vous y êtes tout de même. J'aime cette idée de venir au musée pour y rencontrer un étranger, y venir seule alors que mon copain ne travaille pas, pour parler avec vous parce que je n'ai personne d'autre avec qui je peux parler de Jacques. Et je sais que vous ne me contredirez pas, que vous serez d'accord avec tout ce que je vous dirai. Cet enfant est trop petit pour comprendre et vous, je ne sais pas… Vous écoutez bien: Vous ne saviez pas le faire alors que vous viviez sur Terre, je le sens. Vous parliez, mais vous n'écoutiez pas vraiment. Pas les femmes en tout cas. Il y en a une qui a dû vous décevoir.

J'aime croire que vous réussissez parfois à traverser le pont du temps, à passer d'une dimension de la vie à l'autre, celle que je peux imaginer, mais seulement imaginer, sans pouvoir y pénétrer.

Je suis venue ici pour réfléchir à ma nouvelle toile. Je sais pourquoi je dois peindre cette toile. C'est rare. Normalement je peins totalement par instinct, sans rien comprendre de ce qui m'inspire ou de ce qui me dirige. Or, il y a cette magie qui entoure ma vie en ce moment, et un ensemble de forces de vie que j'aimerais représenter. Celle qui s'est déposée à l'intérieur de mon ventre, je ne le nie pas, mais au-delà de cette présence physique, il y a une énergie qui est entrée en moi, qui me visite, qui m'anime. Et c'est ici qu'elle m'a trouvée, devant vous, alors que j'hésitais à me décider, que mon corps m'abandonnait, que je vous parlais, que Jacques est apparu. L'énergie m'est venue à travers lui, à travers notre rencontre.

Je veux montrer tout cela: votre voix lointaine, cette trace de vie en moi, le goût de ce bouillon de poulet que je buvais, l'éveil de Jacques, ce passage de la solitude à la plénitude, par un choix de couleurs, mais surtout par un mouvement. Je veux qu'on vous devine, vous, dans votre dimension, celle d'aujourd'hui, celle que j'imagine. Je veux montrer les autres, ce médecin avec qui j'avais rendez-vous, mais que je n'ai jamais rencontré, puis l'autre au regard si triste, mais qui me regardait avec beaucoup de netteté, malgré la tristesse. C'est trop ambitieux, je sais.»

— *C'est de la vie dont vous voulez parler.*

— Je veux parler d'un instant de vie, avec toute sa complexité, sans être trop précise, je veux dire, on ne verra pas un bouillon de poulet dans un petit bol blanc en mousse de polystyrène, mais j'aimerais parvenir à traduire l'émotion de ce moment par le mouvement de mes mains, par le choix de mes couleurs.

— *Il faut prêter attention à la vie qui vous entoure.*

— Je ne sais pas comment parler de vous dans ma toile. Je suis ici pour vous revoir, vous regarder. Il y a toujours eu cette recherche en vous, c'est ce qui vous animait, vous cherchiez des réponses ou des certitudes, je ne sais pas, vous cherchiez à communiquer, vous aimiez être entouré de gens qui, comme vous, cherchaient à découvrir, à expliquer, à voir. Vous ne cherchiez pas à débattre ou à convaincre mais vous parliez, vous discutiez beaucoup pour obtenir une réaction de la part des autres, pour mettre à l'épreuve vos idées, vos théories, vos sentiments.

— *Mes espoirs…*

— Vos espoirs également. Mais la vie vous a quitté avant que vous puissiez trouver, je crois.

— *Je cherche toujours...*

— Peut-être cherchez-vous toujours. Comment puis-je faire pour expliquer la quête d'une réponse avec des pinceaux et de la couleur ? Parce que c'est ainsi que je vous vois, un homme solitaire à la recherche de tant de réponses.

— *Le Flamand cherchait dans le regard, dans la main ouverte...*

— Moi je ne suis pas un grand peintre figuratif. Pas par choix, je fais du non-figuratif par instinct, parce que c'est ainsi que mon esprit peut représenter la réalité, l'émotion. Je crois que je vous verrais en formes cubiques vagues, légèrement floues, une présence qui interroge, avec une couleur qui ne tranche pas, une couleur qui ne parvient pas à trancher, pas encore, pas qu'elle hésite, mais elle cherche encore sa nature définitive.

— *Je regrette de ne plus voir certaines choses...*

— Je crois que je réfléchis trop.

— *Alors, il faut peindre.*

— Alors, il faut peindre.

— ...

— Les médecins seront à gauche et à droite, aux antipodes l'un de l'autre, le connu et l'inconnu, le chaud et le froid, la certitude et la question sans réponse, le rouge et le bleu, mais pour le docteur Quintal, j'ai besoin d'une forme particulière pour montrer chez lui la présence d'une grande tristesse, mais aussi de cette grande générosité. Je sais peindre que les choses que je comprends et son image est trouble, rien n'est clair. Pour Jacques ce sera si facile, les couleurs, les traits pour suggérer l'émotion du plongeur à sa remontée à la surface d'un lac après être resté immergé à la limite de ses poumons. Tout est émotion dans son cas, une chaleur vive et pourtant discrète, une chaleur qui ne s'est pas déclarée, une braise qui couve, qui attend d'exploser. Je parlerai de moi dans les traits de mes pinceaux, de moi devant lui, devant l'intimité avec Jacques, une intimité toute nouvelle pour moi, toute particulière, je découvre l'intimité, je découvre un désir si neuf, je ne sais pas comment ce désir se traduira sur ma toile. Pour le petit ce sera plus mystérieux, une zone d'ombre qui s'adoucit, la vague naissance d'une lumière. Comment je fais pour qu'on saisisse la fin d'une solitude intérieure? Comment suggérer le lit de la mer, la vague qui se retire, épuisée, l'écume de la vague qui éclate en fines gouttelettes, le sable mouillé qui roule derrière le retrait de la vague?

— *Je n'ai connu l'amour qu'une fois.*

— Je n'ai jamais connu l'amour avant maintenant. Je me disais que ça n'existe pas, je me souvenais avoir cru en lui, une seule fois, puis avoir été si terriblement déçue, avoir connu la lâcheté, avoir juré qu'on ne m'y reprendrait plus. Les hommes qui ont suivi cette période-là n'ont pas de noms, des prénoms parfois, si on se revoyait, mais c'était rare et ça ne durait pas; j'ai oublié les prénoms, ils n'avaient aucune importance. Il y a des corps d'hommes, je vois la fumée de leurs cigarettes, je sens encore les vapeurs de l'alcool qu'ils m'offraient ou l'odeur du *pot* que je fumais avec eux, je sens leur sueur mêlée à la moiteur de leur sexe, mais c'est presque tout ; ces hommes ne se sont pas retrouvés dans la couleur ou les traits de mon pinceau. Et soudain, voilà que Jacques et moi, on ne s'est rien dit, il ne m'a jamais touchée, même pas la main, et pourtant je sais que je l'aime.

— *Je n'ai connu l'amour qu'une fois.*

— Il faut peindre ce moment, laisser l'instant guider ma main, laisser le cœur dessiner le mouvement.

— *Je n'ai connu l'amour qu'une fois. Il n'en fallait pas plus.*

— Je me sens envahie de joie. Même s'il devait me quitter, je saurai. J'aurai connu l'amour une fois. Au moins une fois.

— …

— …

— Je dois partir. Prenez soin de lui. Parlez-lui. Vous n'y êtes pas, mais parlez lui tout de même.

●●●

Très chère Michelle,

Certains jours, les images de notre jeunesse me reviennent en mémoire et j'avoue que je peux toujours entendre le son de ta voix me parlant ou récitant un poème que tu aimais. Est-ce que j'invente ces paroles ou les ai-je vraiment retenues dans un espace fermé de ma mémoire, loin des agitations de mon existence, protégées en moi par je ne sais quel miracle? Je revois certains des gestes que nous avons posés, je sens l'atmosphère dans laquelle se déroulaient nos conversations et ce sentiment que j'éprouvais violemment, ce désir de ne pas les voir s'interrompre, croyant naïvement que si nos dialogues parvenaient à durer plus longtemps, nous parviendrions à trouver toutes les réponses, nous connaîtrions les secrets de la vie, de la mort, de l'amour. À quoi d'autre pouvions-nous nous intéresser à dix-huit ou vingt ans?

Nous parlions du rôle essentiel que doit jouer l'homme, de notre vision de la vie, du désir de réussir la nôtre pleinement. Il était primordial de réussir, nous en avions la responsabilité. Tu définissais la tienne par la nécessité pour toi de créer, de diffuser et de partager la beauté par toutes les formes d'art. À cet âge, tu hésitais entre la peinture, la musique, l'écriture, pendant que moi, je rêvais d'alléger les souffrances, de maîtriser la science de la médecine pour y parvenir, de travailler à calmer les souffrances de l'âme par tous les moyens politiques, à mettre en œuvre des mesures sociales nécessaires, à favoriser l'accès à l'éducation supérieure pour tous, à l'emploi pour chacun. Dans ce pays qui deviendrait le nôtre : un Québec indépendant, ce qui allait de soi. Tout cela n'était-il que chimères ?

Que de nuits blanches nous avons passées. Sans fatigue, adossés à ces coussins recouverts de tricots de laines multicolores, buvant des cafés trop froids parce que nous ne parvenions pas à nous arrêter de parler suffisamment longtemps pour les boire avant qu'ils ne refroidissent.

J'ai perdu les réponses, Michelle. Nous les avions définies, nous les avions cernées, le chemin était tracé, mais quelque part, à un moment que je ne reconnais plus, je me suis égaré. Nos rêves se sont dissous dans une réalité bien différente et tu n'y es plus depuis si longtemps. Maintes fois j'ai regretté de ne pas avoir tes coordonnées, le numéro d'un cellulaire où te rejoindre pour savoir si un dialogue était toujours possible entre nous, malgré le passage sournois du temps, savoir si par magie je parviendrais à retrouver le chemin, à vaincre mon amertume, à rabattre mon cynisme. Je n'aime pas celui que je suis devenu. Je suis un homme sans avenir. Je ne l'aime plus cette vie, Michelle.

Quelqu'un que je connais fait pour moi une recherche pour retrouver tes coordonnées. S'il y parvient, je ferai tout pour te joindre, mais je crois bien qu'il sera trop tard, qu'il n'y parviendra pas avant trop longtemps. Je lui demanderai alors de te transmettre ce mot. Je voulais que tu saches combien tu as compté pour moi. Combien cette vie aura mérité d'être vécue, malgré tout, parce que je t'aurai connue. Tu es mon souvenir le plus précieux, celui que rien n'a entaché, la personne que j'associe aux moments les plus grands de cette vie.

Et si ce jeune homme échoue, s'il ne trouve pas tes coordonnées, tant pis. Mes dernières pensées seront pour toi.

Laurent

●●●

Le lendemain, Julie n'était pas parvenue à retrouver le calme. Elle arpentait fébrilement sa petite chambre, l'esprit envahi par le retour soudain de ce père auquel elle ne pensait pourtant presque jamais en temps normal. Elle avait évité d'en parler à ses amies. Y en avait-il une seule à qui elle pouvait tout dire, à qui elle pouvait parler de son père ? Julie ne voyait pas.

« Réapparaître comme ça sans avoir donné signe de vie durant toutes ces années. Il s'attend à quoi ? Que je sois contente de le voir, genre ? Que je le remercie ? "C'est *cool* ! J'ai quatorze ans et je t'ai jamais vu, mais c'est oublié, maintenant t'es là, ça efface tout, on oublie les quatorze dernières années, et on repart à zéro." Tu parles !

L'idée même d'avoir un père, je comprends pas. De temps en temps, je vois les amies avec leurs parents et quand leur père me parle, je sais pas comment répondre. C'est quoi un père, ça sert à quoi, genre ? On lui parle comment, on lui dit quoi ? Je connais mon grand-père, le père de maman, mais il me parle presque pas, il marmonne ou il grogne, il lit son journal du matin, il regarde les nouvelles à la télé, il part marcher avec son chien qui lui ressemble, pas gentil, grognon. J'ai jamais fait confiance à son chien. Il me donne rien, je lui donne rien. Pareil avec le grand-père. À quoi ça sert un homme, crisse ?

Ma grand-maman c'est pas la même chose. Je lui dis tout; enfin presque tout. Mais j'ai pas besoin de le dire avec des mots, souvent elle me comprend sans que je lui parle, que je lui explique les choses en détail, sans qu'elle pose toutes les maudites questions comme le fait ma mère. Avec elle, c'est l'interrogatoire, grave! Une question, puis une autre, puis une autre encore, et les détails, et les conseils, et elle répète, moi je viens *full* fatiguée! Ma mère a pas confiance en moi et je sais pas pourquoi. Je mène une vie de petite fille sage, j'ai de bonnes notes en classe, j'étudie très fort. Mais elle se méfie: avec qui est-ce que j'étudiais à la bibliothèque, qui était là avec nous, est-ce que je consultais Internet à l'ordinateur de la bibliothèque, je cherchais quoi, genre? Et quoi d'autre? Et tu sais que je n'aime pas beaucoup Internet, c'est plein de choses dangereuses pour les enfants, c'est plein de pervers qui attendent leur chance de faire du mal. Pareil pour la musique: mais qui t'a prêté ce CD? C'est quoi cette musique, encore des paroles en anglais, mais tu le sais que mon anglais n'est pas bon, moi je me méfie de tous ces chanteurs hip-hop et les paroles de leurs chansons je les comprends pas, mais je le lis dans le journal du matin, on en parle avec les mères au travail, c'est de la musique pleine de cochonneries, pourquoi t'écoutes pas des CD en français? On fait plein de bonne musique ici, et elle en rajoute encore, et elle continue. Crisse!

Je parle pas du cinéma où je peux aller seulement si elle vient avec moi, des amies chez qui je peux pas aller coucher quand elles m'invitent parce qu'elle connaît pas leurs parents, qu'elle n'est pas convaincue que ce sont de bonnes personnes qui savent bien surveiller, genre.

Mes amies veulent plus venir coucher à la maison parce que maman agit de la même façon avec elles! Pas moyen de parler seule à seule dans ma chambre, porte fermée, parler des garçons, normal *cool,* comme des filles. Non! Et faut surtout pas dire deux mots en anglais quand on parle entre nous, même quand c'est *hot,* elle nous arrête tout de suite! Toutes les filles le font, mais elle accepte pas ça. Faut se tenir à la table de la cuisine avec elle: "Un chocolat chaud les filles? Un petit gâteau avec ça? Ah! Non! Vous n'allez pas regarder un autre film américain violent, c'est tout ce qu'ils savent faire les Américains, des films violents…"

Mais attention, hein! Elle est gentille, ma mère, elle est pleine d'amour, mais trop parfaite, beaucoup trop parfaite. Et elle en demande tellement…

Elle parle jamais de lui. Elle n'a jamais parlé de lui. Pas devant moi. Et jamais avec grand-maman, elle me l'aurait dit. Quand elle dîne avec sa sœur au centre-ville, je ne sais pas. Mais devant moi, jamais. Il y a bien mon oncle Paul-André, mais elle l'invite jamais. Elle lui parle d'une voix sèche au téléphone et refuse toutes ses invitations; elle en a pas accepté une seule depuis que je suis toute petite. Lui m'envoie toujours une carte gentille avec un petit mot à mon anniversaire, mais maman l'a déjà ouverte avant de me la donner, pour

vérifier, genre, pour être bien sûre. "Ah! Excuse-moi,
je l'ai ouverte avec le reste du courrier, je ne savais pas
qu'elle t'était adressée." Et mon oncle Paul-André
mentionne toujours mon père, mais sans rien me dire,
aucun détail, il sait tout, mais il n'écrit rien. Même
chose à Noël, avec un cadeau qu'il vient porter à la
maison sans que ma mère lui offre même un tout petit
café, un petit cadeau *cool* que ma mère regarde avec
mépris: "Comme si t'avais besoin de ça! Il pourrait
garder son argent, on n'a pas besoin de ses cadeaux!"
Jamais d'invitation à la maison, même si je sais qu'il
aimerait me voir, même s'il offre de me présenter à
mon cousin et mes petites cousines. Grâce à ces deux
petits mots, chaque année, l'oncle Paul-André est le
seul homme que je connaisse un peu, le seul que je
veux connaître, mais à qui je peux pas téléphoner.
Parce que ma mère me l'interdit. "Parce que c'est non!"
qu'elle me dit; "J'ai rien d'autre à ajouter."

   Je comprends pas pourquoi elle m'a parlé de mon
père tout à coup. D'habitude, elle décide de tout pour
moi, elle me consulte jamais, ne demande pas mon avis
sur aucune question, et là… Qu'est-ce qui s'est passé?
Elle a senti que je dirais non de toute façon? Elle sait
bien qu'il n'est rien pour moi, genre rien du tout, j'ai
vécu ma vie sans même savoir ce que c'est qu'un père,
sans qu'on prononce son nom devant moi depuis
toutes ces années, sauf à l'école, comme à mon entrée
à l'école secondaire ou à l'inscription pour la piscine,
tous ces questionnaires: "Votre nom et prénom, le

nom de votre père?" Et là bien sûr comme à chaque fois, j'hésite à répondre, *full* gelée, le prénom de mon père, il faut que j'y pense, que je me souvienne, que je dise son nom, et à chaque fois j'ajouterais: "Mais c'est pas vraiment mon père vous savez, c'est un nom comme ça, genre, quelqu'un qui a connu ma mère, mais un père, j'en ai pas moi, je vis avec ma mère et ma famille, c'est ma mère et moi et rien de plus."

Pourquoi j'accepterais de le voir cet homme-là? Pour avoir une personne de plus sur le dos qui me donne des ordres, des conseils, des suggestions, des recommandations? J'en ai suffisamment, crisse, j'ai besoin de personne d'autre.

Je le sais que c'est pas vrai ce que je dis. Pourquoi je pourrais pas être comme toutes les autres filles? Pourquoi je pourrais pas savoir c'est qui mon père? Pourquoi je pourrais pas l'avoir devant moi pour lui dire ce que je pense, pour lui demander pourquoi il m'a jamais appelée, pourquoi il m'aime pas? Parce que les autres filles, même si leur père le dit pas souvent, en tout cas pas trop fort, il les aime quand même un peu. Quand les filles ont besoin de quelque chose, les pères disent pas toujours oui, mais des fois ils disent pas non. Le mien m'a jamais rien dit! Le mien sait probablement même pas mon nom.

C'est vrai que j'aimerais ça l'entendre dire mon nom. Entendre "Julie" dans sa bouche. Une fois. Juste une fois. Pour savoir, pour m'en souvenir. C'est pas normal de ne pas avoir de souvenir de son père. »

Julie resta un long moment debout à la fenêtre, un peu épuisée, incapable de penser davantage. Elle alluma son petit lecteur mp3 et fit jouer ses chansons les plus rythmées, ajustant au maximum le volume de ses écouteurs, presque à un niveau intolérable pour l'oreille, mais assez fort pour engourdir toute pensée, pour noyer toute autre présence autour d'elle et chasser le doute. Son pied suivait le rythme en tapant sur le plancher de bois franc. Julie hésitait soudainement, mais n'en parlerait pas. Plus tard, le doute disparaîtrait peut-être.

●●●

Dans le petit studio au deuxième étage de la maison du quartier Hochelaga, le silence s'était installé depuis déjà un long moment. Jacques se tenait à distance derrière Sophie pour lui permettre de retrouver les gestes du travail quotidien, de retrouver ses marques autour de la toile, d'ajuster sa lumière, de tenter de l'oublier, lui, d'oublier sa présence, son intrusion dans ce monde secret. Ils étaient dans cette pièce double, une pièce qui fut autrefois une cuisine et une salle à manger des plus conventionnelles, mais que Sophie avait aménagées en atelier pour bénéficier des deux grandes fenêtres plein sud, deux fenêtres où la lumière n'était filtrée par aucun arbre lui faisant obstacle. Il la regardait sans bouger, faisant le moins de gestes possible, cherchant à se faire oublier dans son angle mort, celui derrière lequel elle ne le devinerait plus. Il étudiait la position de son corps, la dynamique de ses mouvements, l'angle de la tête alors qu'elle hésitait devant le prochain mouvement de sa main, devant le choix de la couleur suivante. La Leica aurait projeté un bruit inévitable dans le silence de la pièce, mais Sophie avait accepté de travailler au son d'une musique classique dans lequel se noyaient les bruits du déclencheur et de l'avancement de la pellicule.

Un geste d'amour. Voilà l'image qui lui vint en tête alors qu'un premier mouvement de la main vers la toile fut suivi d'un autre, du suivant puis d'un long enchaînement ; elle ne le voyait plus. Il en profita pour lever l'appareil photo et la prendre doucement, circulant en lents mouvements vers la gauche puis vers la droite, pareils au balancement d'un pendule. Il s'approcha graduellement sans envahir l'espace de travail de Sophie, cherchant d'abord son profil, puis à prendre son visage en gros plan. Il s'attarda sur ses mains, sur ce geste de la main suspendue, alors qu'elle terminait le dernier mouvement d'une couleur. Finalement, il la contourna pour lui faire face, séduit par les ombres sous ces yeux noirs, par la perfection de l'angle entre la ligne de la nuque et la courbe du menton. Il rechargeait les rouleaux de films sans hâte, concentré sur le travail de ses doigts qui réapprenaient le toucher d'une pellicule, qui retrouvaient le glissement du plastique sur la peau.

Il avait prévu une quantité importante de rouleaux de trente-six poses. Une heure passa, puis une autre ;

il s'arrêta, pour la regarder longuement. La musique s'était tue. Il apprenait à connaître cette femme par l'étrange intimité du silence installé entre eux ; il découvrait une femme debout, face à elle-même, qui tentait de projeter son âme sur une toile, sans réfléchir. Jamais Jacques ne vint voir son travail, il ne s'approcha jamais derrière son épaule. Il se contenta d'imaginer – pouvait-il le faire –, de voir la toile à travers le regard du peintre, les couleurs qu'elle faisait couler sur la palette, à travers le mouvement de la main. Il posa la caméra, s'assit par terre adossé au mur, posa la tête sur ses coudes en fermant les yeux. La scène s'imprima en lui, se logea dans sa mémoire.

Il se leva, fit couler de l'eau au robinet, puis quand elle fut bien froide, il emplit deux verres, s'approcha de Sophie, posa un des verres sur une petite table à sa gauche et, sans un mot, retourna s'asseoir par terre avec son verre. À sa gauche, une série de livres de poche étaient empilés. Il y trouva un roman et se mit à le lire.

Il ne remarqua pas la lumière du jour qui baissait doucement, mais soudain Sophie se retrouva devant lui, genoux pliés, en équilibre sur le bout de ses pieds chaussés de baskets, les coudes appuyés sur les genoux, une main sous le menton. Elle le regardait lire.

— Je n'ai plus assez de lumière. Je dois arrêter.

— …

— Tu as pris tes photos ?

— Oui. Il m'en reste une ou deux. Ne bouge pas.

Et il leva la Leica, visa et prit les deux dernières photos d'elle dans cette position, sans qu'elle ne lève son regard vers lui, les yeux baissés vers le sol.

— Tu es fatiguée?

— Ça t'ennuie si je m'étends un peu?

— Tu veux que je te laisse?

— Tu peux rester si tu veux. Mais je vais peut-être dormir une trentaine de minutes. Je me nettoie les mains et je m'étends.

— Je t'attends.

— Si tu veux.

Elle se leva. Jacques la regarda se frotter longuement les mains pour en détacher les dépôts de peinture avant de glisser vers le lit, de poser la tête sur l'oreiller et de fermer lourdement les paupières. Jacques ne bougea pas et reprit sa lecture. Un long moment plus tard, il posa le roman et vint vers la porte de sa chambre. Elle dormait profondément. Il retourna dans le studio, s'étendit par terre, posa son sac à dos sous la tête et ferma les yeux.

Ce quartier de la ville était très calme. Il s'assoupit. Il eut à son réveil le souvenir d'une petite fille qui avait habité son rêve, possiblement une image de Julie; son rêve avait été inondé de couleurs vives, des traits de couleur sans formes définies que l'enfant faisait glisser sur une feuille de papier.

CHAPITRE 8

Le vendredi, en matinée

Laurent écoutait le jeune Marco lui expliquer les résultats de sa recherche. Il se sentait étranger à une grande partie du vocabulaire technique employé par le jeune homme, mais savait reconnaître la confiance qu'il dégageait en décrivant les aspects positifs de son travail. Il ne garantissait rien, mais suggérait un nom et une adresse possible dans les Laurentides. Il avait imprimé un plan du village qui indiquait où elle résidait, « si c'est la bonne personne », fit-il remarquer. À Laurent de vérifier. Sur place ou par téléphone.

Laurent le remercia avec un sincère émerveillement. Il n'oublia pas de vérifier la progression de la guérison de son patient et de s'informer de sa conduite sexuelle. Marco lui assura qu'il était prêt à entrer au monastère tellement sa vie sexuelle était au point mort. Ses amies n'avaient pas goûté la surprise d'une possible infection tout en appréciant sa franchise.

Laurent posa l'adresse de Michelle sur son bureau ; il tenta d'accélérer la cadence des consultations, mais il ne réussit pas à prendre la route vers les Laurentides avant la fin de l'après-midi.

La maison en pierre était située dans un quartier calme près du vieux centre-ville, bien en retrait des condos modernes où habitaient les jeunes skieurs. Il stationna à une certaine distance de la maison, incapable d'y déceler la moindre présence. De son cellulaire, il composa le numéro de téléphone que lui avait donné Marco et attendit, sans parvenir à observer de mouvements à l'intérieur. Un répondeur s'activa et une voix de femme lui demanda, sans s'identifier de laisser un message, l'assurant que les occupants retourneraient son appel. La gorge sèche, il fut incapable de parler et raccrocha. Avait-il reconnu la voix de Michelle ? Il ne pouvait en être sûr. Peut-on reconnaître une voix après tant d'années ? Il recomposa, attendit patiemment de réentendre la voix sur le répondeur, écouta cette fois avec beaucoup d'attention, en fermant les yeux. Ce devait être Michelle, ce ne pouvait être que Michelle. Il raccrocha à nouveau.

Son cœur battait un peu follement. Il se trouva ridicule, tourna la clé du contact et se préparait à partir quand une voiture arriva du village et tourna dans l'entrée de la maison. Trois femmes en sortirent, deux grandes adolescentes et leur mère, toutes trois rieuses et animées. Elles restèrent un moment debout près de la voiture pour terminer l'histoire qu'elles se racontaient dans l'auto, l'une et l'autre y ajoutant un nouveau commentaire enjoué. La mère ouvrit le coffre et elles déchargèrent les sacs un à un. Laurent ne bougeait pas. Les trois femmes n'avaient pas remarqué sa présence.

Elle s'était laissé pousser les cheveux. Il remarqua avec amusement qu'elle se faisait toujours une raie à gauche et se peignait vers la droite, comme autrefois. Elle retenait ses cheveux à l'aide d'une barrette à la tempe, laissant son profil bien dégagé. Peut-être décela-t-il une pointe de gris. Lorsqu'elles furent entrées dans la maison, il fit redémarrer le moteur et roula lentement vers le village, encore sous le choc de cette rencontre. Il passa deux arrêts sans les remarquer.

Il entra dans un café, et la serveuse le sortit de sa torpeur en lui demandant : « Ça va, monsieur, vous êtes sûr que ça va ? Je vous ai demandé plusieurs fois ce que vous désirez, mais vous ne me répondiez pas. » Il s'excusa, commanda un café qu'il laissa refroidir en continuant sa rêverie.

Il était venu jusqu'ici sans réfléchir. Lui parler ? Mais que pouvaient-ils avoir en commun après une si longue séparation ? Pourquoi Michelle, qui semblait mener une vie heureuse, devait-elle connaître les détails de la vie ratée de Laurent ? Comment lui expliquer ces retrouvailles ? La comédie ne l'attirait pas plus que la tricherie.

Que voulait-il dire à cette femme qui était maintenant une inconnue pour lui ? Comment lui dire, sans tomber dans un pathos grotesque, que cette rencontre avait, sans raison logique, pris pour lui une importance démesurée, qu'il avait la certitude que si elle ne parvenait pas à rallumer la braise qui couvait en lui, personne n'y parviendrait.

Tout cela n'avait aucun sens. Il ne fallait rien demander. Voir où les choses le mèneraient. Avec simplicité.

Laurent loua une chambre dans un motel anonyme tout près du café, consulta la carte routière du village offerte à la réception, reconnut la rue où Michelle demeurait et consulta le bottin téléphonique dans la chambre. Il ne connaissait aucun des restaurants de cet endroit. Il revint vers le commis à la réception et demanda au jeune homme s'il connaissait un restaurant qui soit très calme, très discret. Celui-ci ne comprit pas la question de Laurent et lui décrivit les spécialités culinaires de chacun, les fourchettes de prix, la réputation des chefs ici et là. Tout cela ennuya Laurent.

Il revint à la chambre, prit le téléphone et composa le numéro de Michelle.

— Oui, bonjour?

— Bonjour. Puis-je parler à Michelle?

— Oui, c'est moi. Qui appelle?

— Il est fort probable que vous ne vous souviendrez pas de moi...

— Laurent? Est-ce que c'est Laurent?! Ta voix n'a pas changé, c'est bien toi, n'est-ce pas?

Elle avait une voix très enjouée, une voix qui posa plein de petites questions: comment allait-il, d'où appelait-il, comment l'avait-il retrouvée? Laurent s'entendit mentir avec un petit dégoût, lui répondre qu'il l'avait vue par hasard, qu'il n'avait pas osé l'approcher, mais qu'il avait vite trouvé son nom dans l'annuaire, qu'il n'avait pas su résister à la tentation de réentendre sa voix. Il n'y avait aucune équivoque dans la joie de Michelle: quel hasard extraordinaire, quelle joie de lui parler, mais s'il était tout près, il devait venir souper à la maison. Mais Laurent de dire que non, ça ne se fait pas, il serait trop gêné de s'imposer à sa famille, comme ça, à la dernière minute. Pourtant, risqua-t-il, ils pouvaient se voir dans un restaurant du village, Michelle devait connaître un petit endroit, elle pouvait peut-être s'absenter pour quelques heures? Laurent reconnut la femme d'autrefois, celle qui savait suivre son instinct sans hésitation, répondre par un oui ou un non tout en le prévenant: «Mais tu me prends comme je suis.» Elle lui donna rendez-vous: «Tu aimeras cet endroit, Laurent, si tes goûts n'ont pas changé, bien sûr. »

Ils se retrouvèrent à peine une heure plus tard. Sans un mot, Michelle se serra contre lui, ses bras entourant ses épaules. Ils se regardèrent. « Comme c'est bon de te voir. Mais comment peux-tu ne pas avoir changé ? »

On la connaissait dans ce restaurant et on savait être discret. On leur donna une table en retrait, loin des touristes, près d'une fenêtre entrouverte qui donnait sur un petit jardin.

● ● ●

— Tu ne peux pas.

— Pourquoi je pourrais pas ? Tu me l'as offert toi-même il y a deux jours.

— Mais tu as refusé. Tu as dit non, tu ne voulais absolument pas le voir.

— Mais j'ai le droit de changer d'idée, non ?

— Il est trop tard Julie. J'ai répondu que tu n'étais pas intéressée.

— Qu'est-ce que ça veut dire tout ça ? Il n'a pas dit que son invitation était bonne pour une journée en particulier. Tu lui as parlé ?

— Jamais de la vie ! J'ai laissé le message à son frère.

— Montre-moi sa lettre, je veux voir ce qu'il me disait.

— Je l'ai jetée. Je ne garde jamais rien de lui depuis longtemps.

— Tu l'as jetée sans me la montrer ? Je te crois pas, *shit* !

— Il me l'avait adressée.

— Mais c'est moi qu'il invitait maman. Moi !

— T'as la mémoire courte, Julie. Tu me disais toi-même que jamais tu n'irais le voir. Jamais. Tu l'as répété plusieurs fois : jamais.

— J'ai changé d'idée. Il doit avoir le téléphone.

— Je n'ai pas son numéro.

— L'oncle Paul-André doit l'avoir.

— Je te défends de l'appeler.

— Tu ne peux pas me défendre de voir mon père.

— Oui, je peux, je sais ce qui est bien pour toi.

— Tu veux dire ce qui est bien pour toi.

— Un peu de respect pour ta mère, jeune fille.

— Un peu de respect pour ta fille, maman, crisse !

Lisette la gifla. La main partit subitement, sèchement. Elles restèrent toutes deux sans bouger, interloquées, sans parler pendant un long moment. Le sang coula à flots dans leurs veines, puis lentement, leurs cœurs cessèrent de pomper à tout rompre, leurs mains cessèrent de trembler. Elles avaient traversé un passage, fait un pas de trop.

Debout face à face, le regard qui interroge celui de l'autre, qui tente de mesurer l'étendue du fossé, qui le devine graduellement. Un silence inhabituel, trop lourd, trop long, beaucoup trop long. Julie se frotta la joue avec la main gauche. Lisette s'entendit briser le silence :

— Tu as raison. Tu peux y aller si c'est ce que tu veux. Excuse-moi pour la gifle.

— Tu m'avais jamais frappée.

— Tu ne m'avais jamais parlé comme tu viens de le faire.

— Est-ce que ton mari… Est-ce que mon père t'a déjà frappée ?

— Jamais.

— Tu veux appeler oncle Paul-André ou tu veux que je le fasse ?

— Appelle-le. Ça lui fera plaisir de te parler.

— Tu me donnes son numéro ?

— Oui.

— Maman.

— Oui.

— Ça va ?

— Oui.

●●●

— Laurent, il me semble que tout ne va pas très bien. Je me trompe ?

— C'est donc si évident ? Comment tu le devines ?

— Je ne sais pas. Ta démarche peut-être. Un manque de légèreté. J'ai dit cela un peu au hasard.

Pardonne-moi, je me mêle possiblement de ce qui ne me regarde pas.

— Tu n'as pas à t'excuser. «Il faut dire les choses comme tu les voies, pas autrement.» Tu me le répétais autrefois. Tu te souviens?

— Je le pense encore. Je l'ai sans doute répété plusieurs fois à mes filles aussi. On ne change pas. On croit que l'on va changer avec les années, mais non. On évolue, on apprend de nouvelles choses, on grandit, mais on ne change pas ce qui était en nous au départ.

— Je ne sais pas, Michelle. Avec le temps on renonce par exemple à certaines idées, on désespère parfois, on modifie nos jugements, on cesse de juger les autres alors que tout jeune, on avait le jugement plutôt facile. On change un peu tout de même, non?

— J'ai le vécu de plusieurs années, j'ai les cicatrices, les cernes, les traits de l'âge pour le prouver, mais je me dis souvent que je pense toujours comme à vingt ans. Si je ferme les yeux et que j'écoute doucement autour de moi, si mes filles sont au loin, si je ne regarde pas la texture de la peau de mon bras, de ma main, je me sens tout comme j'étais à vingt ans. Je suis la même. Je réagis un peu de la même façon, j'ai les mêmes goûts, mes passions ne se sont pas taries. Rien ne s'efface. Je suis peut-être chanceuse. Je me souviens de toi comme si je t'avais vu hier, avec la même chaleur, la même joie. Mais surtout, j'ai aussi tous les âges qui ont suivi. Parfois je me demande si on devient plus complexe ou plus simple. On apprend un tas de choses différentes, on entasse les savoirs, les émotions, les découvertes, et pourtant j'ai gardé une certaine simplicité. Peut-être à cause de mes filles qui m'empêchent de sombrer devant certaines questions négatives quand elles me proposent leurs réponses toutes simples, logiques, sensées.

— Quand je t'ai entrevue, plus tôt cet après-midi, tu étais avec deux grandes jeunes filles.

— Je les aime beaucoup.

— Tu es mariée.

— Cela n'a pas duré. C'était une relation très intense, très passionnée, mais cela n'a pas duré. Plus tard avec d'autres, la passion était présente mais encore plus courte, elle nous glissait rapidement entre les mains. Elle est très difficile à retenir, la passion, elle s'évanouit, on ne sait pas où elle disparaît, elle nous quitte, comme ça, mystérieusement. Mais j'aime mes deux filles. Cet amour-là n'a jamais flanché. Tu aimes les enfants?

— Diane et moi avons eu trois filles. Je ne suis proche d'aucune d'entre elles, je ne sens aucune complicité entre elles et moi. Autrefois peut-être. J'exerce mon métier dans une ville de la banlieue de Montréal, un quartier calme, plein d'enfants et je ne veux pas me vanter, mais je sais garder un bon contact avec eux, je sais regarder les petits, je sens leurs difficultés, je sais les faire communiquer avec moi ce qui m'aide à trouver la source de leur mal, à les soigner sans problème. Ils se souviennent de moi, et déjà la visite suivante est plus facile, très rapide. Je ne sais pas pourquoi cette complicité n'existe plus avec mes filles. Elles sont femmes aujourd'hui, elles ont une vie personnelle active dont je ne connais pas les détails, des groupes d'amis que je ne connais plus, une vie amoureuse je suppose, une carrière en développement, mais elles sont plus proches de leur coiffeuse que de leur père! Elles se confient peut-être à leur mère mais j'en doute.

— Tu étais trop souvent absent?

— De plus d'une façon. J'avais des horaires très chargés avec beaucoup de consultations; je consacrais beaucoup de temps libre à la politique, je travaillais dans plusieurs comités. Diane était la mère parfaite, très active de son côté, plus que moi, mais très organisée. Tout allait pour le mieux à la maison, l'harmonie régnait, les membres de la famille étaient heureux. À quel moment la faille est-elle apparue? Quand me suis-je senti isolé? Je ne sais plus. Nos chemins se sont séparés tout doucement, on n'est pas devenus étrangers, mais on ne faisait plus partie de la vie intime de l'autre. Tout bêtement. J'étais vulnérable, une rencontre s'est produite sans prévenir et j'ai succombé, je me suis attaché à une nouvelle intimité qui a remplacé celle d'où je me suis senti exclus. J'ai redécouvert une vie que j'avais presque oubliée, pas une passion comme tu la décrivais, mais plutôt un élan physique qui m'a fait retrouver une jeunesse perdue. Diane et moi nous sommes séparés.

— Le démon du midi?

— Le démon de dix-huit heures! Puis après avoir plongé dans ces eaux de jouvence, on s'aperçoit que le lac dans lequel on cherchait à revivre était peu profond et l'on s'abîme le crâne à plonger dans ses eaux, on découvre que cette nouvelle liaison n'était qu'un leurre. Une nouvelle solitude s'installe, permanente celle-là, le sens des choses nous échappe. On voit derrière soi tout le mal que l'on a fait à une femme qui ne l'avait nullement mérité. Mais je gâche nos retrouvailles par ces sujets sombres et ombrageux.

— Parfois il faut laisser sortir les choses. Tu gardes ces pensées en toi depuis fort longtemps il me semble.

— Trop longtemps.

— Tu me décris un monde très féminin, une épouse, trois enfants, plein de patientes avec leur bébé, une maîtresse avec qui tu as tenté de refaire ta vie. Tu ne t'es pas fait d'ami? Tu avais beaucoup d'amis autrefois. Ceux avec qui tu militais pour l'indépendance du Québec, ceux avec qui tu militais pour la médecine sociale.

— Dans mon souvenir, ma meilleure amie, c'était toi. Mais tu as raison, j'avais un groupe important de connaissances avec lesquelles j'ai travaillé pour des causes auxquelles je tenais, surtout celle de l'indépendance, puis le métier a pris le dessus. Et surtout, l'échec des consultations de 1980 et de 1995 a tout écrasé pour moi. Je me suis aperçu que j'avais dépensé beaucoup de temps à tenter de convaincre mes compatriotes de l'importance de se donner un pays dont ils ne désiraient pas. Ce fut un choc de réaliser combien les Québécois pouvaient manquer de désir à ce point. Je luttais pour la création d'un pays dont ils ne voulaient pas. Je voulais partager un repas pour lequel ils n'avaient pas le moindre appétit. L'indépendance d'un pays doit aller de soi, elle doit être évidente, naturelle. On y croit fermement ou alors pas du tout. Finalement, pas de majorité, pas d'élan et un retour à la grisaille, hébété, incapable de comprendre. Ce fut une période très sombre. J'avais vécu une illusion, c'était sans espoir. Nous étions des rêveurs, Michelle, et je me retrouve dans un pays où les gens ont perdu le sens du rêve.

— À la maison, les filles et moi sommes toujours trois rêveuses, j'en ai peur.

— Tu es heureuse ?

— Pas toujours, mais globalement, oui, je suis heureuse. Ma santé est bonne, ma vie est organisée, je suis près de mes enfants dans ce petit village, enfin… dans le vieux quartier du village. Je connais tout le monde, j'ai un bon groupe d'amis, une vie sociale active, j'aime le milieu dans lequel je travaille, je me paye un grand voyage chaque année ; oui, je suis heureuse, je crois. Une vie simple, mais bien nourrie. Je sors beaucoup, je lis, il est très rare que je m'ennuie. Une vie très personnelle, une vie comme j'aime la vivre.

— Que fais-tu comme travail ?

— Je suis dessinatrice dans un bureau d'architectes. Oui, je sais, je rêvais d'écrire des livres, de peindre des tableaux, de faire du théâtre, mais la vie en a décidé autrement. Je suis une bonne dessinatrice, tu sais. Je fais un travail propre, bien détaillé, soigné ; je m'applique, comme j'ai toujours su le faire.

— Tu dors à des heures convenables maintenant ?

— C'est toi qui me demandes ça ? dit-elle en riant. Mais tu as failli me ruiner la santé avec cette manie de parler la nuit durant, de me servir des gallons de café instantané, cigarette après cigarette, sans filtre ! Et j'ai failli rater mes examens de fin d'année à cause de toi.

— Puis tu es partie. Ton travail t'amenait vers le Nord, et moi j'ai continué la médecine.

— Puis les rencontres. La vie sépare tout le monde à un moment ou à un autre. Mais voilà, tu es là ! Tu vois, tu es la preuve que l'on peut surmonter les aléas de la vie. Tu crois toujours que l'on peut réaliser le destin que l'on se choisit ? Tu y croyais farouchement à l'époque de nos vingt ans. Moi pas. Je n'ai jamais cru que je pouvais être la maîtresse de mon destin. Du moins jamais totalement. Tu te souviens ? On se disputait pendant des heures à ce sujet.

— Le destin m'a joué de vilains tours. Globalement, c'est lui qui est vainqueur à ce jour. Le destin et moi, je ne sais pas, je n'y pense plus vraiment. Bien que… Je te regarde devant moi et je ne sais pas, je prends une grande revanche sur lui ce soir, je crois…

— Tu veux manger ?

●●●

— Monsieur Melançon ? Oncle Paul-André ? C'est Julie, la fille de Lisette. On se connaît pas vraiment, mais vous venez me porter un cadeau chaque Noël et vous m'envoyez une carte à chaque anniversaire. Je me sens gênée, parce que je ne vous ai jamais appelé pour vous remercier, mais ça me faisait plaisir de les recevoir.

— Ne t'inquiète pas Julie, je suis très content de parler avec toi après toutes ces années. C'est ta mère qui t'a donné mon numéro ?

— Oui, elle sait que je vous appelle. Je voulais vous parler de mon père.

— Je comprends. Dis-moi comment je peux t'aider.

— Je sais qu'il a écrit à ma mère et qu'il lui a demandé s'il pouvait me voir. J'ai tout de suite répondu non, mais il faut comprendre mon oncle, c'est tout nouveau pour moi, j'ai passé ma vie sans père, j'étais pas sûre de vouloir le connaître, je lui en voulais. Je lui en veux encore. Puis je sais pas, je me suis mise à y penser, je sais plus. Vous savez ce qu'il veut me dire ? Pensez-vous que je devrais le voir ?

— Ça dépend de toi, Julie. Maintenant, tu sais que ton père aimerait te voir, te connaître. Tu as enfin la chance d'établir un contact, de savoir qui il est, comment il est, savoir ce qui lui est arrivé, lui dire qui tu es, lui poser toutes les questions que tu peux avoir dans la tête, lui dire deux ou trois choses que tu peux avoir sur le cœur. C'est une occasion que la vie ne t'a pas offerte très souvent.

— Je sais. Mais c'est trop. C'est *full too much*! Je saurai pas comment, t'sais? Je serai trop gênée.

— Il sera peut-être aussi gêné que toi. Peut-être plus. C'est pas ce qui est important. Tu peux tenter de comprendre un peu plus que ce que tu connais aujourd'hui. Laisser ton père te dire pourquoi il veut te voir, ce qui lui est arrivé durant toutes ces années. L'écouter. Après tu jugeras.

— Il veut me voir seul à seule? Je pourrai pas.

— Ça, je sais pas Julie. Je crois que ta mère ne veut pas vraiment le voir. C'est compliqué une relation après un divorce, tu vois? Si tu veux, je peux aller te chercher, être là quand vous vous rencontrerez, et je te ramènerai quand tu le choisiras, au moment où tu le demanderas.

— Faut que j'y pense encore un peu. Vous, mon oncle, vous le voyez mon père?

— Pas très souvent, mais oui, je le vois, bien sûr. Quand j'étais petit, c'était mon meilleur ami. On aimait jouer ensemble. Il était plus grand que moi; à peine plus vieux que moi, mais plus fort que moi. Il m'a souvent protégé, tu sais comment sont les petits garçons, toujours à se disputer.

— Je peux vous rappeler? Je sais pas exactement quoi vous dire.

— Quand tu voudras Julie. Ça me fera toujours plaisir.

— Merci. Bonsoir mon oncle.

— Bonsoir Julie. Fais un bonsoir de ma part à ta mère. À bientôt.

●●●

Michelle mangeait avec beaucoup de soin et d'application, avec les gestes d'une personne qui cherche à donner à un plat toute l'attention qu'il mérite. Laurent ne gardait aucun souvenir d'avoir partagé un tel repas avec elle, leurs moyens de l'époque ne le permettant pas, mais peut-être croquait-elle dans un petit sandwich au jambon avec la même énergie, la même ferveur. On n'y voyait aucune voracité, aucun empressement, mais une joie pure, celle de vivre ce moment avec intensité.

— Tu me regardes drôlement. Tu ne manges pas? Tu n'aimes pas le risotto de Charles?

— Je te regardais manger et j'en ai oublié le risotto.

Ils se regardèrent un petit moment en silence. Elle lui fit un léger sourire, puis reprit son repas.

Au café, ils parlèrent des prochains voyages de Michelle, de ses nombreux projets, de sa soif de découvrir, de connaître, de comprendre, de sa crainte que le temps lui manque de ne jamais parvenir à vivre tout ce qui s'offrait à une vie. Ils parlèrent de ses filles, longuement. Laurent ne savait de son côté comment parler de son avenir si incertain. Il revenait au présent, à la magie de cette rencontre.

— Tu as beaucoup compté pour moi. Je te dois tant, mon premier éveil aux choses qui méritent qu'on s'y attarde, qu'on y réfléchisse ; mon premier éveil à la littérature, à la peinture. Mon premier éveil à la conscience politique, à la responsabilité sociale, tout cela s'est produit avec toi, grâce à toi. Je ne l'ai pas oublié.

— Tu as compté beaucoup pour moi également, Laurent. Mais tout cela est du passé. Raconte-moi plutôt à quoi tu rêves pour les prochaines années ?

— Vraiment, je ne sais plus. Prenons notre exemple : on a beaucoup compté l'un pour l'autre autrefois. Nous voici face à face, on vit un moment chaleureux, mais on ne partage pas de projets communs. Ce qui est vrai pour nous deux l'est également pour tous les gens que je connais. Je n'ai aucun projet qui m'emballe, qui me séduise. Je vis entouré de gens avec qui je ne partage pas le moindre regard sur un nouvel horizon. Je ne sais pas vivre dans ce vide.

— Mais tu exerces toujours ton métier.

— J'ai peut-être une certaine utilité de ce côté, mais je tourne en rond. Je suis un petit médecin généraliste qui répète les mêmes gestes, jour après jour, qui soigne les mêmes maladies d'enfants et de personnes âgées, qui ne découvre rien de nouveau, que rien ne nourrit, que rien ne séduit. Pourtant, j'aime toujours les enfants. J'aime toujours soigner les personnes faibles. J'avais la passion de l'indépendance, mais elle s'est éteinte devant la passivité et l'indifférence des Québécois. Un Québec indépendant avec les citoyens d'aujourd'hui sera un pays triste, comme le Canada l'a toujours été, aujourd'hui comme autrefois : un pays triste. Nous avons suivi son exemple. Je ne reconnais plus la chaleur, la fierté qui nous habitaient autrefois, rappelle-toi. On vivait peut-être une fiction, je te l'accorde, la vision que l'on partageait de ce pays était basée sur la méconnaissance de nos concitoyens. On les voyait avec une âme qu'ils ne possèdent pas, on croyait que les lendemains seraient meilleurs avec la montée en force de nouvelles générations de jeunes Québécois débarrassés de la peur, confiants en leurs potentiel, conscients de leurs droits, et on avait tort. Ces nouvelles générations ne rêvent pas, elles ont hérité de l'indifférence de leurs pères. Elles n'ont aucun désir de se tenir debout pour une cause sociale, un projet communautaire, elles se tiennent debout pour leur petit succès, leur réussite personnelle, leur quotidien à la sauce nord-américaine. Mais l'indépendance de leur pays, le syndicalisme, l'égalité de la femme, l'élimination de toute pauvreté, tout cela est dépassé ! Évanouis les rêves du passé. Diane peut en dire plus long que moi de ce côté. Pourtant, elle continue de lutter.

— Alors quoi ? Il faudrait vivre isolé sur une île du Pacifique Sud ? Et l'amour ?

— « Quitter tout, quitter l'âme et voyager »[3], fredonna-t-il.

---

3. *Le Monde intérieur*, Jean-Louis Murat, 2002.

— Ça ne te ressemble pas, Laurent. Je suis triste quand je t'entends parler comme ça. Il n'y a rien dans ce que tu me décris qui soit une source d'inspiration pour toi. Tu aurais totalement cessé de rêver ? Toi, Laurent ? Qui mettais tant de fougue à défendre les idées neuves, Laurent si sérieux devant son avenir qu'il avait du mal à trouver le temps de s'amuser, de rire.

— Peut-être ai-je changé. Peut-être me suis-je trompé. Totalement.

— Tu vas où ce soir ? Tu ferais mieux de ne pas conduire.

— J'ai trop bu de vin. Mais j'ai loué une petite chambre au motel dans le centre du village. Je t'ai appelée de là cet après-midi. J'étais troublé après t'avoir vue.

— Tu ne veux pas venir chez moi ? Tu pourrais rencontrer mes filles, elles sont bien mes filles, tu les aimerais. Je ne veux pas te laisser seul ce soir. Il y a trop de pensées sombres en toi. Quand as-tu pris tes dernières vraies vacances ?

— Je me sens idiot rien que d'y penser. J'étais dans une station balnéaire de la côte est du Mexique avec Chantal, la femme avec qui je vis, mais nous n'étions pas vraiment ensemble. Nous étions deux, mais nous étions seuls à s'ennuyer l'un et l'autre, avec un fossé, un cratère qui nous séparait !

— On ne peut pas appeler cela de vraies vacances.

— Avant, je ne me souviens plus. Quelque part avec Diane qui prenait rarement des vacances, qui en désirait moins que moi, tu imagines ?

— Tu la revois ?

— Non.

— Vous parliez tous les deux ?

— Oui, beaucoup. On avait plein de choses en commun. On a connu un très beau passé. Je ne suis pas fier de l'avoir quittée. J'ai eu peur de la fin, peur de mourir, sottement. Tu comprends, je n'étais pas malade, pas du tout, mais je voyais défiler les ans, je regardais les patients qui me visitaient, tous ces gens âgés, je voyais l'âge prendre le plein contrôle de leur vie, je voyais comment la fin approchait pour eux. Alors j'ai voulu résister à cette fatalité. Je n'ai pas accepté ce fameux destin comme nous en parlions tantôt. Je croyais que je méritais mieux. J'ai choisi de vivre une deuxième jeunesse, j'ai connu l'extase physique parfaite, la fontaine de Jouvence, mais je me suis également créé un enfer de solitude.

●●●

— Alors, vas-y. Faut pas hésiter. Appelle Paul-André et vas-y. Moi je refuse de le voir. Je n'irai jamais. Ton père est un petit *dealer*, un voleur de pilules, un exploiteur des petites gens, des gens âgés sans défense, un *pusher* de médicaments dangereux qu'il vendait à des gens qui auraient dû être suivis par un médecin, qui a aidé à tuer une personne. Mais oui, vas-y, bien sûr! Va le voir, va lui parler, va l'écouter te dire combien il regrette de ne pas avoir été un bon père, combien il mérite ton amour. Il va peut-être te montrer son compte en banque, il roule probablement en grosse voiture, il vit probablement dans un appartement luxueux, ça les chiffres, il connaît! Vas-y, va voir tout ça, et quand tu reviendras, si tu reviens, ne m'en parle pas. Moi j'ai passé ma vie à l'oublier, à m'occuper de toi, sans penser à moi, sans rien m'offrir sauf un moment ici et là avec la chorale du quartier.

— ...

— Tu dis rien? Tu croyais que ton père était un héros, un homme génial? Eh bien non! Mais évidemment, ta décision est prise, y a plus rien à dire, rien à discuter. Mon avis ne compte pas, mon opinion ne vaut rien. Toi t'es assez vieille pour décider toute seule, pour agir sans consulter, pour te faire ta propre opinion, pour te laisser impressionner par les signes de piastre. C'est tout ce que j'ai vu au fil des années, le beau Paul-André tout mielleux, qui offrait des cadeaux aux fêtes de Noël. Les piastres, toujours! Qui voulait offrir un petit cadeau aux anniversaires aussi, mais je disais non, on ne veut pas d'argent, mais il continue toujours à chaque Noël.

— ...

— Il voulait offrir des montants, des piastres encore, pour ton «éducation», comme si j'étais pas capable d'y voir. De l'argent que son frère mettait de côté. Tu parles! T'as jamais manqué de rien, et mon argent est propre, je le gagne chaque jour à travailler comme secrétaire. Pas glorieux comme métier, on ne parle pas de moi dans le *Journal de Montréal,* mais c'est un travail propre. Le beau Paul-André! Jamais un mot plus haut que l'autre, toujours le beau discours, toujours à dire qu'il comprend. « Il comprend. » Tu parles! Jamais un mot pour accuser son frère de quoi que ce soit. Les deux doigts d'une main. Toujours à s'inviter avec ses petites filles: « Julie pourrait rencontrer ses petites cousines. » Ses petites filles! Elles lui ressemblent probablement, hypocrites comme lui, vendues comme lui.

— Tu m'avais jamais rien dit sur la vie de papa. Pourquoi tu m'as tout caché?

— Il n'y a aucune raison d'être fière du passé de ton père. J'avais honte, honte de le connaître, honte pour nous deux!

— Tu m'as jamais parlé de la prison. Pourquoi tu m'as rien dit?

— T'avais trois ans. Puis quand il est sorti, on était divorcé, on s'était entendu. Il ne revenait plus, on ne voulait pas le voir, ni toi ni moi. Il avait compris.

— Il a tué quelqu'un?

— Il ne l'a pas tué de ses mains, c'est pas ce que j'ai dit, mais il était responsable de sa mort. S'il ne lui avait pas vendu toutes ces drogues, tous ces médicaments volés, cet homme n'aurait pas pu se tuer.

— Je croyais que t'avais dit qu'il… Mais il volait. Tu le savais?

— Je n'ai jamais rien su, qu'est-ce que tu crois? J'ai tout appris par la police après que ton père ait été arrêté. Il cachait des caisses de produits volés dans un petit garage qu'il louait tout près d'ici. Je ne me suis jamais doutée de rien.

— Et tu l'as jamais revu?

— Jamais.

— Il volait quoi?

— Il volait des stocks de drogues destinées aux pharmacies. Il vendait ça sur le marché noir. Sans prescriptions évidemment. Un homme est mort à cause de lui, mort d'avoir pris ces médicaments.

— Qu'est-ce qui est arrivé?

— L'homme en a pris une très grande dose pour se suicider.

— Et ton mari a fait de la prison?

— Quelques années. Pas assez quant à moi.

— Est-ce qu'il a fait d'autres vols après être sorti de prison?

— Je le sais pas. Paul-André jure que non, évidemment.

— Il fait quoi?

— Je le sais pas. Et ça ne m'intéresse pas de le savoir.

— Il a jamais essayé de te parler?

— Je lui avais défendu de venir me voir. Défendu de te voir, toi!

— T'as jamais voulu savoir?

— Jamais. Je n'ai pas changé d'idée.

— ...

— ...

— Je vais appeler mon oncle et lui demander de venir me chercher dimanche après-midi.

— ...

— T'as pas besoin de fermer les yeux comme tu le fais, c'est toi la première qui m'en as parlé, c'est toi qui m'as dit que j'avais le choix. Alors j'ai choisi, je veux le rencontrer, je veux voir qui est mon père, je veux savoir comment il est. Je peux pas faire autrement maintenant que je sais qu'il veut me voir, qu'il veut me parler. Tu peux continuer à te cacher les yeux derrière les paumes de tes mains comme tu le fais, c'est comme ça. Je le savais pas que tu lui avais défendu de me parler.

— ...

— Si j'avais un cellulaire, genre, tu pourrais m'appeler, tu serais moins inquiète.

— ...

— J'irai pas chez lui. Au parc près de la maison, s'il fait beau. Sinon, prendre un chocolat chaud au restaurant peut-être. Je serai pas loin. Je serai revenue à la fin de l'après-midi.

— ...

— Maman ?

— Oui ?

— Je t'aime.

— Moi aussi.

●●●

Michelle insista :

— Viens plutôt chez moi, on a plein de chambres libres, tu repartiras après un bon déjeuner. Viens, je t'emmène ! Tu prends un dernier café ?

— Je ne peux pas m'imposer comme ça. Merci quand même.

— Mais je ne t'invite pas dans mon lit, Laurent ! Tu auras ta chambre, tu auras ta salle de bain.

— C'est gentil mais je ne peux pas. Assez de mélancolie pour une soirée, ça suffit comme ça.

— Alors viens prendre une longue marche avec moi, l'air des Laurentides te fera du bien. J'ai un foulard chaud de plus dans la voiture. Marchons au moins jusqu'à ton motel, je ne veux pas que tu conduises dans cet état.

Elle l'entraîna presque de force, enroula le long foulard, lui faisant trois tours autour du cou, lui prit le bras, et marcha côte à côte avec lui. Dans l'air vif de l'automne, Michelle se colla contre lui, les réchauffant tous les deux. Passant devant une maison, la musique d'un piano les entoura. La mélodie était jolie, exécutée avec quelques maladresses, mais jouée avec émotion. Ils ne parlaient plus, plongés l'un et l'autre dans leurs pensées. Michelle se demandait comment elle pouvait amener cet ami à quitter ses idées noires. Rien ne garantissait qu'elle avait raison, mais elle sentait Laurent trop près du désespoir pour l'abandonner ainsi. Au moins cette nuit, il devait dormir, se réveiller avec des idées neuves, s'éloigner du gouffre. L'idéal aurait été qu'il vienne à la maison, il ne tenterait rien en présence de ses deux filles, mais il avait refusé. L'air frais le calmerait quelque peu. Elle donnait le pas, marchant avec vigueur pour lui faire circuler le sang plus rapidement, pour accélérer une saine fatigue, vider son esprit de la noirceur qui l'enveloppait. Ils atteignirent le motel.

— Bonsoir Michelle. Merci d'être venue me reconduire.

— Non. Je ne te dis pas bonsoir, j'entre avec toi. Quelle chambre as-tu?

— La vingt et une. Mais… tu veux entrer avec moi?

— Ne te fabrique pas de scénario, tu veux? Donne-moi la clé.

— De quel scénario parles-tu?

— Entre, viens. Tu vas te mettre au lit.

— Mais Michelle, je suis parfaitement capable de m'étendre sur mon lit.

— Allez, de mon côté, je vais m'installer dans le fauteuil près de la télé. Parfait, il y a une couverture additionnelle. Ils ont pensé à moi.

— Mais qu'est-ce que tu fais?

— Comme autrefois. Je m'apprête à passer une nuit blanche à parler avec toi. Il sera dit plus tard combien ma santé avait souffert de toutes ces nuits blanches passées avec Laurent Quintal!

— Les années ont passé, Michelle.

— Mais les années ont passé pour moi aussi Laurent, il se peut que le sommeil m'emporte au milieu d'une phrase. Tu ne m'en voudras pas?

— Je suis donc incapable de t'inspirer autre chose que le sommeil?

— Sois sérieux Laurent. Parle-moi. Parle-moi de ta première femme, parle-moi de Diane. Tu aurais pu m'inviter à tes noces, tu sais!

— Il y a si longtemps. Je m'en souviens à peine.

— Ne dis pas de bêtises! On n'oublie rien des choses importantes.

— Je l'ai connue quatre ou cinq ans après ton départ vers Charlevoix. On s'est mariés en 1984. Je la connaissais depuis quelques années, elle avait étudié à l'université au même moment que moi, mais depuis, elle était très impliquée dans les activités syndicales; on se voyait irrégulièrement, elle voyageait beaucoup. C'était une militante très active et très engagée dans son syndicat. On se voyait le week-end chez moi, où j'étais «en appel», puis elle partait le dimanche soir dans une petite coccinelle un peu bosselée pour organiser des mouvements de débrayage, des sessions d'étude pour des regroupements de fonctionnaires, et si on en avait la chance, on se voyait deux ou trois semaines plus tard. Un jour, elle m'a dit: «J'attends un enfant. Je ne sais pas s'il est de toi. Je pense qu'il est de toi, mais je n'en suis pas sûre. Je veux le garder.» Nous n'avions jamais parlé de mariage, ni de famille. Diane menait une vie sexuelle active, et comme je te l'ai mentionné, elle voyageait beaucoup. On s'est regardés, je me demande si on s'était dit qu'on s'aimait avant ce jour-là, peut-être pas… On s'aimait beaucoup, c'est sûr, mais on vivait d'abord et avant tout « une vie » et notre amour faisait « occasionnellement » partie de notre vie. C'était fou, mais c'était comme ça. Donc on s'est regardés et je lui ai dit : « Je serai le père de ton enfant, si tu veux. » La question n'était pas de savoir qui était le père biologique, mais bien de savoir si on voulait partager une vie, et la partager avec cet enfant. On a décidé comme ça. On s'est mariés civilement, une semaine plus tard. Je suis désolé, mais je ne t'ai pas invitée à mon mariage. En tout, nous étions sept personnes ce jour-là !

— Je n'étais pas sérieuse et tu le sais. Continue.

— Sa vie a changé quelque peu avec le premier enfant ; ses déplacements devenaient légèrement plus difficiles, mais elle avait des contacts avec toutes les garderies connues au Québec. De mon côté, l'urgence, la clinique, les consultations ne me rendaient pas très disponible. Un jour, elle me dit : « Je veux une plus grande famille ; même si c'est pour être la merde avec le militantisme actif. » Et nous avons eu deux autres filles, coup sur coup. Diane s'est impliquée dans la cause des garderies, puis dans celle des centres d'aide aux mères monoparentales, avec les regroupements féministes, les centres de soutien pour les femmes

battues. Jamais elle ne s'est éloignée des causes qui voulaient accorder pleine justice aux femmes du Québec.
Et nos filles grandissaient merveilleusement, elles sui-
vaient tous les déplacements de leur père et mère sans
problèmes, entourées de l'amour de cette mère, de son
réseau d'amitié et de leur père quand il était présent.
Car j'aimais mes trois filles.

Les années ont passé, les causes se sont succédées,
mais jamais nous n'avons été en désaccord. Nous
défendions tous deux des principes de justice, d'équité,
de morale sociale. Mais un matin, bêtement, je me suis
aperçu que j'avais changé, que ma vie coulait sans que
je la voie passer, je t'ai conté ça, je ne me répèterai pas.
J'ai refusé d'accepter de me voir vieillir. J'ai rencontré
une hôtesse de l'air, toute jeune, et j'ai dit à Diane que
j'allais vivre avec cette femme. Diane m'a embrassé,
m'a rappelé qu'elle avait été très heureuse avec moi,
mais que je devais suivre le chemin que mon cœur me
disait de suivre. Et comme un idiot, je l'ai fait.

— Tu ne la vois plus ?

— Oui, occasionnellement. Elle n'en parle jamais.
Elle parle des causes qu'elle défend, elle grogne contre
l'arrogance moderne de ses filles, leur individualisme,
ses filles qui la jugent comme une femme de l'époque
de Cro-Magnon avec ses luttes dépassées, son militantisme de naguère. Elle a toujours un beau regard.

— Tu veux que je te dise, avant de dormir ?

— Tu veux me dire quoi ?

— Plutôt que de « quitter tout » comme tu fredonnais tantôt, pourquoi ne pas quitter ta maîtresse, tout simplement ? Pourquoi ne pas parler ouvertement avec Diane ? Je sais que je me mêle de ce qui ne me regarde pas, mais ce dont tu as besoin, c'est de reprendre une vie plus près de Diane. C'est elle qui est ton lien véritable avec la vie.

— Elle refusera.

— Ne réponds pas à sa place. Parle-lui. Elle me fait l'effet d'une femme très généreuse.

— Je ne sais pas si je pourrais la suivre aujourd'hui. Elle est beaucoup plus forte que moi.

— Parle-lui.

— Michelle ?

— Oui.

— Viens t'étendre sur le lit. Je ne te toucherai pas, je te promets.

— Je ne suis plus désirable, je suis trop vieille, c'est ce que tu veux me dire ?

— Michelle ?

— Oui.

— Viens. Réchauffe-moi. J'ai froid dans ton pays des Laurentides.

Au matin, quand Laurent s'éveilla, Michelle était déjà partie. Elle s'était couchée près de lui durant la nuit, mais s'était éveillée tôt avant lui. Elle avait laissé ce mot avant de partir sans bruit :

Cher Laurent.

Cours vers elle. Et quand vous serez réconciliés, invitez-moi. J'adorerais connaître Diane. Avec tout mon amour,

Michelle.

CHAPITRE 9

Ce même vendredi

L'appartement était trop petit, il n'y parviendrait pas. Il y avait bien une toute petite pièce sans fenêtre qui ne lui était d'aucune utilité et qui pourrait lui servir de chambre noire, mais elle n'était pas pourvue d'une source d'eau. Et comme Jacques n'était qu'un petit locataire sans droit de modifier les structures fixes de l'appartement, il se dit qu'il devait y renoncer. Impossible pour lui de développer ses photos à cet endroit. La salle de toilette était minuscule, avec une douche, mais sans bain, et il ne fallait pas chercher de solution à cet endroit. Il relisait la petite annonce dans le quotidien de la semaine passée sans parvenir à rayer la tentation de son esprit. En se rendant au travail ce matin-là il croisa le magasin d'un photographe professionnel : Photographie Bernier. Une idée lui traversa l'esprit et il se promit de le visiter.

Il s'y rendit en fin de journée. Quand il ouvrit la porte, le photographe et lui se regardèrent brièvement, sans un mot. L'homme révisait une facture à son comptoir sans se presser comme si le client devant lui avait tout son temps. Quand il eut terminé, il daigna lever les yeux et demanda :

— Bonjour. Qu'est-ce que je peux faire pour vous ?

L'homme avait passé l'âge de la retraite depuis un bon moment, mais ne portait ses lunettes que pour lire. Jacques aima sa façon de le regarder en nettoyant ses verres avant de les remettre dans l'étui sans jeter de coup d'œil ni à ses verres, ni à l'étui, ni au linge très blanc qu'il utilisait pour les frotter. Il hésita et mit lui-même un certain temps à répondre.

— Monsieur Bernier, je suppose ? J'aimerais louer votre chambre noire.

— Comme vous y allez ! Si je prêtais mon laboratoire comme ça à toute personne qui se présente chez moi, comment je ferais pour travailler ? Achetez une caméra numérique, faites comme tout le monde, soyez moderne ! Pourquoi revenir en arrière, pourquoi perdre tout ce temps à travailler avec ces solutions de produits chimiques, ces agrandisseurs complexes? Non je vous dis, soyez de votre temps!

— J'aimerais la louer à des moments où vous n'en avez pas besoin, le soir, la nuit, le dimanche, au moment que vous choisirez. Soyez sans crainte, j'apporterais mes propres papiers, mes bouteilles, je ne toucherais à rien qui vous appartienne, mais j'ai besoin de la chambre, des cuves, des bassins, des agrandisseurs, d'une minuterie, de tout l'équipement quoi! Le numérique ne m'intéresse pas.

— Mais je ne vous connais pas, jeune homme! Comment voulez-vous que je fasse confiance au premier venu? J'ai plein de choses en vente dans ce magasin! Je ne peux pas laisser un inconnu entrer ici et se servir à sa guise. Voyez-vous ça?

— Vous n'avez jamais eu de commis dans votre magasin?

— Bien sûr, il y a plusieurs années, quand le travail l'exigeait.

— Vous lui faisiez confiance?

— C'est pas la même chose. J'étais là, tout près.

— Mais vous alliez manger à l'heure du midi, vous le laissiez seul. Vous sortiez pour fumer une cigarette. Pour faire une course.

— Mais je le connaissais, je lui faisais confiance.

— ...

— Et qu'est-ce que vous connaissez en développement?

— Mon père était photographe comme vous. Il est mort depuis plusieurs années. Autrefois, il me laissait l'aider dans la chambre noire. Enfin, je ne l'aidais sûrement pas, il pouvait faire son travail tout seul, mais il aimait bien que je sois là pour me montrer, m'apprendre les trucs du métier, m'encourager. Il avait un magasin avec un petit studio rue Saint-Denis. Un peu comme le vôtre.

— C'est un beau métier. Qui disparaît totalement, on n'a plus besoin de ces négatifs argentiques. Faut garder cela en mémoire, gardez vos souvenirs bien rangés. L'avenir appartient à la photo numérique. Je suis sérieux. Ma chambre noire ne sert à rien. Je développe les quelques photos qu'on me demande à partir du numérique. Les mariages, les baptêmes, les événements habituels.

— Mais vous avez toujours votre chambre noire?

— Oui, elle n'a pas bougé. La poussière commence à s'y accumuler. Qu'est-ce que vous cherchez? À reprendre la carrière de votre père?

— Je ne sais pas. À reprendre contact avec quelque chose que j'aime, à me retrouver un peu.

— Écoutez, vous pouvez venir de jour, si vous voulez faire un essai. Je ferme à dix-huit heures.

— Je travaille, mais les lundis et les mardis matin, je suis libre.

— Alors d'accord. Appelez-moi. Mais ce sera pour un essai, on se comprend bien! Je suis sûr que vous abandonnerez cette idée très tôt pour adopter le numérique, mais si vous voulez faire un dernier essai...

— Vous me demandez combien, monsieur Bernier?

— Je ne sais pas. Je n'y ai pas pensé.

— Si je vous offre vingt-cinq dollars de l'heure pour la chambre noire, ça pourrait aller?

— Je ne sais pas. Ça vaut beaucoup plus, mais bon, puisqu'elle ne sert à rien.

— Si je venais mardi prochain, le matin, ça irait pour vous?

— Mardi matin. Ça va. J'ouvre à neuf heures.

— Je vous paye tout de suite?

— Mais non, voyons, quand vous viendrez!

●●●

En entrant chez lui ce soir-là, Jacques trouva une enveloppe blanche dans sa boîte aux lettres. C'était un petit mot de Paul-André lui demandant de l'appeler; il avait des nouvelles de Julie.

Jacques ne tenait plus en place, il sautait de joie. Comment la vie pouvait-elle se montrer tout à coup si généreuse avec lui? La rencontre avec Sophie, cette redécouverte de l'usage de ses mains avec la photographie, la porte ouverte sur une chambre noire, et soudain, sa fille avait eu une première conversation avec Paul-André où elle disait réfléchir à une rencontre avec lui. Bon, elle ne sautait pas d'enthousiasme, elle réfléchissait toujours, mais elle y pensait.

Dès le lendemain, le samedi matin, son pas dans la salle du musée avait changé, les enjambées se faisaient plus grandes, le rythme était plus rapide, la tête plus haute, le sourire plus direct. Virginio ne voyait rien de tout cela, mais sentait chez lui une grande légèreté, une absence de préoccupations, une certaine allégresse. La présence de Jacques était soudainement plus sereine, son allure plus communicative, son regard intérieur plus optimiste.

— Elle a appelé! Elle a appelé Paul-André. Je ne le crois pas encore. Paul-André me dit qu'elle rappellera très bientôt, c'est ce qu'il espère.

— *Elle réfléchit.*

— Elle réfléchit, c'est au moins ça. C'est positif, je ne m'y attendais plus. J'avais perdu espoir. Il y a si longtemps.

— *Elle a besoin de s'habituer à l'idée de cette rencontre.*

— Elle doit s'habituer à cette idée. Pour elle, je n'existais pas. Elle n'a aucune idée de qui je suis, elle ne sait pas combien de fois je me suis déplacé pour l'entrevoir, sentir sa présence, toujours brièvement, m'assurant qu'elle ne puisse me voir. Je ne sais pas ce que je lui aurais dit à ces occasions-là. Je ne sais pas ce que je lui dirai si cette rencontre a lieu. Tout se bouscule si rapidement, je n'ai pas assez de temps pour réfléchir.

— *Pourquoi devez-vous réfléchir? Laissez parler votre cœur.*

— Je laisserai parler mon cœur, j'imagine. Ça fait si longtemps qu'il n'en a pas eu l'occasion, si longtemps que je vis sans m'exprimer, sans dire ce que j'ai en moi. Paul-André sera là, il pourra m'aider si jamais je ne parviens pas à expliquer les choses. Je ne sais pas comment, mais Paul-André sait toujours quoi dire et comment le dire. Il me comprend bien. On se voit rarement, et pourtant il sait.

— *Il sait lire dans les cœurs.*

— Il sait lire dans les cœurs. Pas mal pour un technicien de laboratoire. Pas mal pour un réparateur de vieilles horloges mécaniques.

— *Il garde le sien ouvert probablement.*

— Il reste ouvert sur le monde.

Dans la salle, une dame âgée marchait en se tenant au bras de sa fille. Elle avait refusé l'usage d'un fauteuil roulant, par orgueil, par détermination. Lentement, elle s'approchait de chaque toile, comme si sa vue ne lui permettait plus de voir les choses qu'elle désirait voir. Elle levait parfois une main tremblante en direction d'une toile, l'abaissait, puis reprenait son chemin vers la suivante, toujours au bras de sa fille. Elle s'arrêta devant le tableau du Flamand, s'approcha, toujours un peu trop près aux yeux de Jacques qui n'osait pas intervenir, qui attendait le tout dernier moment, puis la dame se retourna vers la sortie.

Virginio l'avait entendue lui dire : « Je serai bientôt près de vous, jeune homme. Attendez-moi ; je n'en ai plus pour longtemps… » Il n'avait pas osé lui répondre qu'elle ne devrait pas souhaiter le rejoindre dans ce vide immatériel.

●●●

Sophie toucha doucement la toile d'un doigt. « Assez sèche, ça va », se dit-elle. Elle la souleva, et l'accrocha au mur du salon où elle lui avait préalablement fait une place. Difficile comme toujours d'être totalement satisfaite. Ici et là, elle pourrait reprendre le ton d'une couleur, la largeur d'un trait. Sachant que si elle n'arrêtait pas, elle ne serait jamais satisfaite et reprendrait ces petites variations à l'infini. L'important était de sentir qu'elle avait mis sur cette toile tout ce dont elle voulait parler. Tout y était, tous les éléments de sa vie présente, toutes les influences, les tourbillons du destin de ses jours, tous les hasards de ses rencontres. Elle aimait Virginio, sa version de Virginio, son regard sur lui. Mais la toile disait-elle correctement la magie de la sérénité qui l'avait enveloppée depuis ces derniers jours ? Le fœtus ne pouvait rien voir, Virginio non plus. Peut-être Jacques ?

Elle n'avait jamais établi de routine, pour célébrer l'achèvement d'une toile. Comment fêterait-elle cette fois-ci ? Comment permettre la baisse de la tension, pour enfin retomber les pieds sur terre ?

Elle sentit la tristesse qu'elle avait mise au creux de ce vert et de ces traits d'une largeur déclinante. Pourquoi cette tristesse chez le médecin ? Demain elle l'appellerait peut-être. Pour lui dire, pour l'inviter à voir la toile. Se douterait-il qu'il en faisait partie ? Demanderait-il si elle avait appelé son médecin de famille (ce qu'elle n'avait pas fait) ?

Elle ne pouvait appeler Jacques, toujours sans cellulaire et sans téléphone fixe. Que faisait-il ? Comment lui faire comprendre, comment lui dire les mots qu'elle n'avait jamais murmurés à quiconque ? Comment parler à cet homme qui gardait toujours cette petite distance avec elle, sans que Sophie ne comprenne vraiment pourquoi ?

Comment lui avouer ce désir de tomber dans ses bras, d'être enveloppée par ses bras, transportée dans le lit le plus proche, d'y être déposée avec douceur, de sentir la blancheur du drap ? Mourir du désir d'être touchée, d'être caressée. Sentir que l'enfant à venir assiste à cet acte d'amour, attendre que sa main si lente en finisse avec le dernier bouton de ce jean – pourquoi avait-elle succombé à cette mode ? Pourquoi ne pas avoir choisi la fermeture éclair et donc l'ouverture éclair ? Attendre avec un mal-aise, attendre de sentir sa main sur sa cuisse nue, cette main qui glisse, cette séduction du toucher sur sa cuisse, cette cuisse qui s'ouvre, qui se détache de l'autre, qui demande à cette main d'insister, de lui accorder la langueur, de ne rien négliger, de la faire souffrir d'espoir. Sentir ses doigts qui montent, qui montent sûrement vers sa culotte, qui hésitent en contournant l'antre de son sexe, puis qui abandonnent, qui rendent grâce, qui soulèvent son chandail de coton autrefois si blanc, un coton sur fond blanc comme une toile, qui a maintenant vieilli avec les assauts de la couleur, qui a reçu les éclaboussures du pinceau, où se sont imprimés les mouvements excessifs vers la toile, un coton de tous les excès. La main de l'homme soulève le chandail et libère ses seins, sa bouche se colle à elle, suce ses mamelons comme le fera l'autre, le petit, un jour, plus tard, et d'y penser, les doigts de Sophie ont glissé sous le chandail et pincent ses mamelons, cherchent à imaginer la dureté de ses dents, à demander une pression plus forte à en crier, à crier de plaisir, et Sophie se sent jouir sans une seule caresse sur son sexe, sans pénétration aucune. La cyprine coule abondamment, elle serait si prête à s'abandonner au sexe de Jacques, là maintenant. Elle voudrait lui dire qu'elle gardera toujours son prénom en mémoire, quand son cellulaire se met à geindre, ses vibrations la ramenant vers la réalité avec brusquerie.

Il est au bout du fil, c'est lui qui appelle, qui s'excuse de ses horaires impossibles, qui espérait la voir une minute, si par hasard elle croyait que c'était possible.

« Ce qu'il est bête, se dit-elle, ce qu'il est con ! Il se rend pas compte, il est sourd, il n'entend pas combien je l'appelle ? Elle sert à qui cette télépathie de merde ? Mais oui ! Viens, j'ai besoin de te voir, là maintenant, tout de suite, n'attends pas, viens vite. »

La voilà qui pleure comme une idiote, elle se lève, elle prépare des cafés filtres qui devraient être prêts, qui devraient être chauds lorsque son doigt appuiera sur le bouton de la sonnerie. Elle prépare les tasses, le sucrier, et les larmes inondent à nouveau ses joues. Elle pose le plateau sur la table du salon, devant la toile, elle ne lui dira rien, elle attendra, pour voir. Le saura-t-il? La remarquera-t-il? Et le soleil qui inonde le salon d'une lumière parfaite, juste au bon moment, une lumière qui anime les couleurs de son tableau. Merci soleil!

Le voilà, elle entend ses pas qui montent les marches de l'immeuble, il arrive, elle court vers la porte, elle ouvre avant qu'il ne sonne et se glisse dans ses bras avant qu'il n'entre. Il ne sait pas qu'elle pleure alors que ses bras la serrent autour des épaules. L'odeur du café frais inonde le corridor menant à l'entrée du logement.

— Je pensais à toi.

— Je n'ai pas pu venir avant, mon horaire est défini depuis plusieurs semaines. J'accepte tout, tu vois, je ne refuse rien. J'ai très peu de vie personnelle, je travaille, alors je sors pas souvent.

— Je vais chercher le café.

Elle était à la cuisine, éteignant la cafetière, se préparant à amener le pot de café lorsqu'elle entendit Jacques :

— Elle est très belle!

Feignant de ne pas avoir compris, elle entra au salon.

— Qu'est-ce que tu dis?

Jacques se tenait là, droit devant, les yeux plongés dans la toile.

— Je te disais qu'elle est très belle. Ne me demande pas d'interpréter, je saurais pas. Je me contente de l'harmonie, des formes, de la couleur. Tu parles de toi, mais dans un langage secret.

— Je parle de moi.

— Ne me dis rien, je t'en prie, je veux pas que tu me décodes la toile.

— Je n'en avais aucune envie. Il n'y aurait plus de magie. La magie est dans ton imaginaire. Et je ne saurais pas comment la décoder, pas vraiment.

— Le petit est là, bien sûr.

— Il est là. Tu y es aussi.

— Je suis dans ce tableau ? Et ton moine italien aussi ?

— Ce n'est pas un moine.

— Pardon, j'avais oublié.

— Je peux appuyer ma tête sur ton épaule ?

— J'aimerais beaucoup.

— Je peux prendre ta main ?

— Oui.

— Et si on reste un tout petit moment comme ça, sans parler, ça ne t'ennuie pas ?

— Non.

Ils restèrent un moment « comme ça », devant la toile, apaisés par une sérénité mystérieuse. Puis, assise près de Jacques devant la toile sur le sofa du salon, Sophie servit les cafés. Il mit un temps avant de parler.

— Je peux te dire?

— Tu veux me dire quoi?

— J'ai oublié les gestes. J'ai oublié comment on fait, comment on doit faire.

— Comment on doit faire quoi?

— Faire la cour à une femme, la séduire. Je me suis tenu éloigné des femmes, pas que je déteste les femmes, mais je ne me sentais plus capable d'amour, de passion, d'amitié. J'étais peut-être trop révolté.

— Mais tu gardais un amour pour ta fille, pour ton frère.

— Je me suis caché. Je me montrais pas. Je cachais mes sentiments. Je ne sais pas comment te toucher. J'ai besoin de m'approcher très lentement, tu comprends? Je me sens un peu sauvage, j'ai besoin de savoir que tu seras bien avec des gestes que je ne sais plus poser. Au fil des dernières années, les seules femmes que j'ai connues étaient comme moi, étrangères à une vie normale, écorchées. On se voyait une nuit, puis on se séparait tout de suite, on partageait la même peur face aux sentiments, on avait peur du moindre attachement. Alors que là…

— Moi je veux simplement me coller contre toi, je peux me coller? Parce que c'est une soirée spéciale, que j'ai accroché une nouvelle toile à mon mur, que je me sens le cœur en fête, que j'ai besoin d'un peu de chaleur près de moi. C'est trop?

— Non.

Et Sophie de s'étendre, lovée, les genoux pliés, la tête sur les genoux de Jacques, les yeux fermés. Jacques posa sa main sur sa taille et ne bougea plus, regardant la toile. Très vite, elle s'endormit. Il écouta sa respiration, regretta ne pas sentir les battements de son cœur dans cette position, mais les imagina. Le temps passa quelque peu et il somnola. Le café s'était refroidi. Jacques s'éveilla soudain, se tourna légèrement, étendit le bras pour atteindre son coupe-vent qu'il posa sur le corps de Sophie.

La sonnerie du téléphone cellulaire de Sophie retentit soudain.

— Oui, allô?

— Bonjour, est-ce que je parle à Sophie Dansereau?

— C'est moi. Qui appelle?

— Vous ne me connaissez pas et je m'excuse de vous déranger, je suis le frère de Jacques Melançon. Je m'appelle Paul-André. Il m'a donné votre numéro de portable, à utiliser «en cas d'urgence», si j'avais besoin de le joindre et je me demandais, vous savez où je peux joindre mon frère? Il n'est pas chez lui et pas au travail…

— Il est près de moi, je vous le passe, attendez…

Elle tendit l'appareil à Jacques qui, pendant quelques secondes, dut s'ajuster à la prise en main du cellulaire.

— C'est Paul-André.

— Bonjour. Il s'est produit un accident? … Non, ce n'est pas ce que tu crois. … Paul-André, je t'en prie, arrête et dis-moi pourquoi tu m'appelles sur le cellulaire de Sophie. … Elle a rappelé? … Elle est d'accord? … C'est pour quand? …

La conversation soudainement animée s'étira sur quelques minutes. Sophie avait compris l'essentiel en marchant vers la cuisine. Jacques la suivit bientôt.

— Elle a dit oui. C'est pour dimanche, en après-midi. Mais c'est demain, ça! Je vais lui dire quoi? Ça me laisse pas beaucoup de temps. Sophie, il faut que je réfléchisse, faut que tu m'aides, je vais lui dire quoi?

— Complique pas. Tout simple. «Bonjour Julie, je suis Jacques, je suis ton père.» Puis laisse couler. Complique pas.

Il l'entoura de ses bras et la serra contre lui.

— Je suis plus capable de réfléchir. C'est tout mêlé en dedans de moi. Et je dois retourner travailler pour quelques heures. Une rencontre spéciale au musée.

— Tu diras bonjour à Virginio.

— Je le saluerai.

— Tu peux revenir…

— Je t'ai même pas dit, pour le laboratoire de développement.

— Reviens plus tard. Tu me raconteras.

— Faut que je parle à Paul-André, que je réfléchisse à un endroit pour la rencontrer. Tu choisirais le parc ou un petit restaurant?

— Le parc. Vous serez mieux. Elle se sentira moins coincée, plus libre, de partir, de rester, de parler, de ne pas parler. Mais discutes-en avec Paul-André.

●●●

En se dirigeant vers le musée, Jacques suivit une dame qui parlait à son chien en laisse qui marchait devant elle.

— Tu vas voir, en arrivant à la maison, je vais te préparer un bon petit repas, tu vas adorer. Ensuite, toi et moi, on va écouter le téléroman. On sera bien tous les deux.

Il écouta le monologue de la dame pendant quelques instants puis il accéléra le pas et la dépassa prestement.

En soirée, il assurait la garde de la « salle de Virginio. »

— C'est pour dimanche ; c'est pour demain. Et je sais toujours pas quoi lui dire exactement ; je sais quoi lui dire, mais pas comment le lui dire. J'en ai trop à dire, je sais plus par quoi commencer.

— *Faudra lui laisser la chance de poser ses questions.*

— Elle aura des questions, c'est sûr ! "Pourquoi t'as été absent ? Pourquoi tout ce temps ? Pourquoi tu m'appelais pas ? Pourquoi tu voulais pas me voir ? Pourquoi, pourquoi ?" Elle aura des questions plein la tête. Pour Sophie, ça semble si simple : être naturel, prendre le temps, aller lentement, accepter que tout ne soit pas dit la première fois, que la première rencontre ne soit pas parfaite. Je sais qu'elle a raison, mais j'aimerais que tout soit parfait !

— *On peut espérer que l'enfant ne rejettera pas son père.*

— J'aimerais qu'elle ne me rejette pas. Au moins ça. Je suis prêt à répondre à toutes ses questions, honnêtement, sans jeter aucun blâme sur Lisette, me montrer tel que je suis et la laisser regarder qui est son père. La laisser décider si elle souhaite que l'on continue à se voir ou pas.

— *C'est l'occasion de découvrir votre enfant.*

— Et je pourrai peut-être découvrir certaines choses sur ma fille. Je ne connais rien de ma fille. Rien ! Je l'ai vue, bien sûr, de loin. Je sais par Paul-André qu'elle est bonne à l'école, je connais quelques-unes de ses activités, mais tellement peu de choses. Je ne connais pas le son de sa voix, je ne connais pas sa façon de s'exprimer, je connais rien de ses mots favoris, j'ai tant à découvrir.

— …

— Ah ! Sophie vous fait le bonjour.

— *Votre amie pense à moi.*

— Elle a fait un portrait de vous. Enfin une peinture où vous êtes l'un des personnages, une peinture qui n'est pas un portrait comme celui du Flamand, mais un reflet de son imagination, avec des formes, des couleurs, des textures. Vous comprendriez pas, mais faut pas se surprendre. Je ne comprends pas non plus, mais ça ne m'inquiète pas ; voir à l'intérieur d'une autre personne, voir son cœur, son esprit, je ne comprendrais pas. Ça ne m'empêche pas de l'aimer.

— *C'est bien de le lui dire.*

— Je lui ai pas dit. Je crois vraiment que je l'aime, mais je suis incapable de prononcer les mots. Plus tard. Julie d'abord, ensuite je verrai.

CHAPITRE 10

Le dimanche après-midi

— T'es prête, Julie?

— Oui.

— Ta mère est là?

— Oui. Elle s'en va à une pratique de sa chorale. Elle veut pas vous parler.

— T'es toujours d'accord pour aller au parc?

— Oui. C'est pas loin et c'est le meilleur endroit, je pense.

— Allons-y! C'est un parc où tu vas souvent?

— Oui, mon école est tout près. Je le traverse tous les jours pour aller et revenir de l'école.

— T'aimes ton école?

— Oui. J'ai beaucoup d'amies à l'école, ça m'a aidée pour commencer mon secondaire. Le secondaire, c'est pas toujours *cool*!

Julie et Paul-André continuaient à parler à bâtons rompus, sans retenue, sans se rendre compte qu'ils n'avaient précédemment échangé que deux petites conversations au téléphone.

— Il est comment, mon père, genre?

— C'est quelqu'un de très bien, je t'assure. Tu verras par toi-même. D'ailleurs regarde sur le banc près de l'érable le plus haut. Tu vois cet homme qui est assis sur le dossier avec les pieds sur le banc. Tu vois? C'est ton père. Regarde, il nous a vus, tu vois? Il s'est levé et il vient vers nous…

Jacques venait vers eux, légèrement courbé.

— Bonjour Julie. Je suis Jacques. Je suis ton père.

Il avait hésité. Devait-il tendre la main, devait-il l'embrasser? Mais il se dit qu'il était d'abord un étranger, quelqu'un qu'elle ne connaissait pas, qu'elle n'aimait pas, pas encore. Alors, c'était plus logique de lui tendre la main, doucement, et de laisser parler le regard. Quelle sorte d'enfant était Julie? Une jeune fille qui lisait d'abord le regard, ou qui écoutait surtout les paroles et le ton sur lequel elles étaient prononcées? À défaut de savoir, il devait prévoir les deux.

— Bonjour monsieur.

— Tu veux marcher ou t'asseoir un peu?

— Moi, je veux bien marcher un peu.

— Si vous êtes d'accord, intervint Paul-André, moi, je vais m'asseoir ici sur le banc, et vous attendre un peu. On se voit tantôt?

— Si tu veux, Paul-André, merci. On y va?

— Oui. À tantôt, mon oncle.

Et Jacques et Julie prirent le chemin qui ceinturait le petit lac artificiel, marchant sans se toucher, gardant tous deux les mains dans les poches de leur blouson.

— Tu sais, quand j'ai écrit à ta mère, je ne souhaitais qu'une chose, c'est qu'on puisse prendre contact, se connaître. Se parler. Je n'ai rien de spectaculaire à t'offrir, et je n'ai rien à te demander.

— Je comprends.

— On vit quelque chose de très spécial toi et moi, après une si longue séparation… Je suis un peu nerveux.

— Moi aussi.

— On ne se connaît pas du tout.

— Oncle Paul-André m'a parlé de vous un petit peu.

— Moi je n'avais pas imaginé que tu étais si grande.

— Mais j'ai quatorze ans!

— Oui, je sais. Je sens que ce serait bien de commencer par le tout début, que je me présente, que je te dise qui je suis, et si tu as des questions, pendant ou après, tu me les poses. Faut pas te gêner, tu attends depuis assez longtemps, tu trouves pas?

Julie ne répondit pas, mais elle esquissa un petit sourire.

— Comment dire? J'ai maintenant trente-huit ans. Je travaille dans un musée de Montréal, je suis gardien de jour, je travaille au musée depuis quatre ans. Je gagne un salaire modeste, mais je travaille beaucoup d'heures. Je vis seul, dans un petit logement de Montréal, rue Lajeunesse. Je n'ai pas beaucoup de distractions, mais par-dessus tout j'aime la photographie. Je lis beaucoup. Des romans.

— Vous vous êtes remarié?

— Non. Je me suis marié une seule fois, avec ta mère, et j'ai un seul enfant: toi. J'ai une petite amie depuis peu de temps. Elle est artiste peintre. Elle travaille aussi pour gagner sa vie, mais elle est peintre avant tout, même si elle ne parvient pas à vivre de son métier pour le moment.

— Vous vivez ensemble?

— Non. On vit chacun dans notre appartement.

— …

— Quand t'es née, j'avais vingt-quatre ans, J'étais très fier de toi. Je t'aimais beaucoup. On a passé de beaux moments. J'étais un papa gâteau. Pour être franc, j'aimais aussi acheter des cadeaux pour moi.

— Mais tu travaillais, pourquoi t'as commencé à voler?

Jacques avait prévu l'instant inévitable des questions délicates, mais le passage soudain au tutoiement de la part de Julie lui fit découvrir un aspect jusque-là inconnu de sa personnalité : sa fille savait foncer dans les moments importants. Sans réfléchir, elle avait subitement abandonné cette réserve qu'elle avait maintenue jusque-là et Jacques comprit tout de suite l'urgence pour lui de donner des réponses précises.

— Je travaillais, mais je n'aimais pas mon travail. Je désirais un meilleur niveau de vie. Je voulais que les choses avancent plus vite. J'ai fait des conneries. J'ai été condamné. J'ai fait de la prison.

— Maman m'a raconté.

— Je suis sûr qu'elle n'a rien oublié.

— Quelqu'un est mort à cause de toi.

— Je vendais des médicaments. Je les avais volés et je les vendais. Normalement, les gens devaient avoir la prescription d'un médecin pour les acheter en pharmacie ; en me les achetant, ils n'avaient besoin de rien. Ils achetaient de grosses quantités, ils payaient moins cher et pouvaient se passer du médecin. Une personne à qui j'avais vendu de ces médicaments a choisi de se suicider en avalant une dose mortelle de pilules. Elle est morte quelques heures plus tard. C'est comme ça que j'ai été retrouvé, la personne avait mon numéro de téléphone cellulaire. J'ai été accusé de vol, de vente de médicaments interdits. J'étais coupable, j'ai été condamné. Pas de meurtre, mais le suicide de cet homme a probablement joué un rôle dans la durée de ma condamnation.

— Maman ne voulait plus te voir. Elle ne savait rien de tout ça.

— Elle a demandé le divorce alors que j'étais en prison. Elle disait que je n'étais pas digne d'être ton père. J'ai accepté, je n'ai pas fait d'opposition. Je pensais qu'elle avait raison. Tu avais trois ans et demi quand je suis entré en prison. Je t'écrivais des lettres. Tu étais toute petite alors je te faisais des dessins. Puis ta mère m'a demandé de cesser de t'écrire. Elle m'a demandé de ne pas chercher à te voir à ma sortie. Tu avais dû t'ajuster à une vie sans père, puis à l'entrée à la garderie, à la maternelle. Ton entrée à l'école primaire approchait ; ta mère croyait qu'il était souhaitable que je me tienne loin. J'étais absent de ta vie et tu n'avais aucun souvenir de moi. J'étais divorcé, je n'avais aucun privilège de garde partagée. Il me restait peut-être la possibilité de te voir occasionnellement, mais je n'avais pas encore de vie stable, pas de logis, pas de travail régulier, rien à t'offrir vraiment. J'aurais juste ajouté de l'instabilité dans ta vie.

— Tu n'as pas pensé à venir me voir, même juste une fois, genre ?

— Oui, mais je cherchais un emploi stable pour me permettre un domicile fixe, pour qu'on nous accorde des visites régulières, qu'on puisse se voir normalement, pas une fois par an. Ça m'a pris beaucoup de temps. Presque un an. Paul-André gardait le contact avec Lisette ; ta mère m'avait dit qu'elle ne voulait plus me parler, alors j'appelais pas. Je recevais de tes nouvelles par Paul-André. Quand les choses se sont placées pour moi, ta mère m'a fait comprendre par lui que les choses allaient très bien, que t'avais pas besoin de moi, que tu savais même pas si j'existais, que c'était très bien comme ça, que je ne devais pas essayer de te voir.

— Même juste une fois? *Shit!*

— C'était une erreur de jugement de ma part, Paul-André n'arrêtait pas de me le dire. Je regrette d'avoir laissé passer tout ce temps.

— Qu'est-ce qui a changé? Pourquoi tu voulais me voir aujourd'hui? T'aurais pu continuer à rester loin. Pourquoi aujourd'hui?

— Pourquoi me réveiller aujourd'hui? Des petites choses se sont produites, des rencontres. On m'a dit des mots qui m'ont fait croire que l'avenir existait, d'une autre couleur que celle à laquelle je m'étais habitué, que j'avais un avenir comme tout le monde et que j'avais une chance de corriger les erreurs que j'ai pu faire. La plus grande a été de t'abandonner, de ne pas donner signe de vie. Alors me voilà aujourd'hui, pour m'excuser, pour te demander pardon, pour te dire que je t'aime.

— Tu m'aimes? *Wow!* Mais comment tu peux m'aimer? Tu me connais même pas!

— C'est difficile à croire, je comprends ça. Mais j'étais avec toi quand t'étais toute petite, et j'ai jamais cessé de penser à toi. Je me suis souvent déplacé pour te voir, de loin, à ton arrivée ou à ta sortie de l'école, parfois à l'église le dimanche, de très loin.

— J'y vais plus.

— Je sais. Un jour tu m'expliqueras, c'est pas un reproche. Mais disons que je t'ai vue grandir de très loin, j'ai suivi certaines de tes activités scolaires. Je voulais pas t'espionner, tu comprends, juste te voir une minute quand mon quart de travail le permettait. Le pire, c'était de ne pas entendre ta voix.

— Je comprends pas.

— C'est important la voix d'une personne. Moi je pense que la voix suggère beaucoup de choses sur nous.

— Et ma voix, elle te dit quoi, genre?

— J'aime beaucoup ta voix, elle a un son un peu feutré, le son d'une personne qui réfléchit aux paroles qu'elle va prononcer, qui dit les choses comme elle les pense. Elle est sans doute différente quand tu fais un sport d'équipe ou que tu t'amuses avec tes amies, mais au moment d'une conversation, elle est très bien, ta voix. Quand tu grandiras, et je sais que tu grandiras encore, ta voix va changer un tout petit peu. Ce sera bien de voir comment. Tu chantes? Tu aimes la musique comme ta maman?

— Non. Moi j'ai pas de voix de chanteuse. Je préfère danser au son de la musique. J'aime bien danser sur la musique américaine, quand maman n'est pas là et que je peux monter le volume de la radio super fort, danser les yeux fermés en tapant du pied, genre, en frappant les talons très fort sur le plancher de bois franc.

— Tu vas danser avec tes amies?

— Non. Maman veut pas. Elle dit que je suis trop jeune.

— Elle est sévère?

— Très sévère. Trop.

— Je suis sûr qu'elle t'aime beaucoup. Elle ne t'a jamais abandonnée.

— Je sais ça, mais parfois j'aimerais qu'elle me donne un peu plus de liberté, genre.

— Ça viendra.

— Avant tout ça, tu l'aimais maman?

— Oui. Autrefois, quand on s'est connus, quand on s'est mariés, quand tu es venue au monde.

— Puis après tu l'aimais plus?

— L'amour, c'est pas toujours simple. Parfois, ça nous quitte. Ou ça nous tombe dessus sans avertir. On ne choisit pas d'aimer ou de ne pas aimer. Ça se produit malgré nous. Bien qu'on puisse dire des choses ou poser des actes qui amènent les autres à nous détester.

Ils parlèrent ensuite des goûts de Julie, de ses amies, du secondaire, de ses grands-parents, des garçons, des films qu'elle aimait, des livres qu'elle avait lus.

— C'est comment la prison, genre?

— C'est aussi moche que tu puisses l'imaginer. Tu te souviens, tu souhaitais un peu plus de liberté tantôt? Alors, imagine en être privée totalement et penser que tu mérites d'être là. Penser que tu feras mieux en sortant, que ce sera différent. Et de t'apercevoir un jour qu'il y a une petite prison qui a poussé en dedans de toi. Elle t'empêche d'être libre, même à l'extérieur. Tu cherches la clé de cette prison-là et tu mets des années avant de la trouver. Puis tu rencontres quelqu'un par hasard, et cette personne te donne la clé que tu as cherchée tout ce temps. Et là, finalement, tu vois la lumière, tu vois les couleurs comme elles sont réellement. Tu te sens plus léger.

— C'est pas facile.

— Tu vois Paul-André bien assis sur son banc?

— Il est gentil mon oncle.

— Oui. Je lui dois beaucoup.

— Alors Julie, ça va? demanda Paul-André en se levant.

— Oui, mon oncle.

— Je vais aller te reconduire à la maison.

— C'est pas nécessaire, je connais le chemin par cœur!

— J'ai promis à Lisette. Une promesse est une promesse. Alors, vous avez fait un plan pour l'avenir, pour votre prochaine rencontre?

— On a parlé de plein de choses, mais on n'a pas parlé de cela, pas encore, répondit Jacques. Moi, j'aimerais beaucoup te revoir, Julie. Régulièrement, si ta mère le permet, et si ça te dit, évidemment. Mais on a beaucoup d'émotions en ce moment, il y a beaucoup de paroles à digérer. On devrait peut-être se donner le temps de souffler un tout petit peu avant de faire des projets. Tu es d'accord Julie?

— Oui. Mais mon oncle dit que t'as pas de téléphone.

— Toi aussi, tu crois que je devrais avoir un téléphone? Paul-André me répète cela régulièrement. Disons que ce sera mon premier projet : acheter un téléphone et donner mon numéro aux personnes que j'aime.

— Ça, Julie, c'est un petit miracle! Mon «vieux» frère qui accepte d'avoir un téléphone. Tiens, un cellulaire, j'espère, pour qu'on puisse te joindre où que tu sois!

— Va pour le cellulaire.

— Un miracle! Mon frère va tenter de démasquer les secrets de la technologie du XXIe siècle.

— Je te fais remarquer que j'ai connu la première génération des cellulaires.

— Bon, c'était il y a longtemps…

— Avant de partir, tu me permets de prendre une photo?

Jacques prit quelques clichés avec la Leica qu'il avait apportée, Paul-André profitant de l'occasion pour faire quelques blagues afin de faire sourire Julie, puis Jacques fit une ou deux photos de Julie et de son oncle. Paul-André s'offrit alors de devenir photographe et de prendre une photo de Julie et de son père. Il tenta bien de les faire sourire, mais se trouva devant deux visages graves. Il prit la photo quand même, puis insista pour obtenir des visages joyeux, prit une deuxième photo sans réussir à chasser la gravité qu'y s'était installée.

— Paul-André, merci. Ça suffit, je crois. Je travaille à seize heures… Julie, au revoir, à bientôt!

Lorsque sa fille lui tendit la main, il posa les siennes sur ses épaules et l'embrassa sur le front, avant de la serrer contre lui et de l'embrasser dans les cheveux.

— Au revoir, papa.

Il regarda Julie et Paul-André qui s'éloignaient vers le logement de Lisette. Sans pouvoir refouler ses larmes.

●●●

Dans la salle paroissiale d'une église du quartier Rosemont, les choristes reprirent la mélodie pour la quatrième fois. Le directeur de la chorale dut cependant les interrompre à nouveau afin de répéter ses directives sur un ton de moins en moins patient: «Je dois insister puisque vous ne suivez pas, leur dit-il. Reprenons, et cette fois, en harmonie! Toutes ensemble les voix, s'il-vous-plaît!»

Lisette chantait sans joie, accompagnant les autres en s'efforçant de ne penser qu'au chant, mais le cœur n'y était pas.

«Quitter la salle, fermer le cahier, ramasser les feuilles. Je n'ai rien à faire ici, pas aujourd'hui, pas maintenant, pas dans les circonstances actuelles. Il n'y a aucune raison d'être joyeuse. Je suis incapable de distinguer les notes sur les feuilles de chant, je ferais mieux de cesser de chanter, d'ailleurs, qui s'en apercevra?

Personne ne m'entend, rien ne me distingue des autres. On ne me remarque pas, mais c'est la raison pour laquelle je suis là, pour ne pas être distinguée de la masse, ne pas gêner, ne pas être montrée du doigt, ne pas faire parler de moi autrement que par ce : "Ah ! Mais vous faites partie de notre chorale… Quel bel ensemble !" Être encadrée, retrouver ici une chaleur malgré l'anonymat que la chorale me permet. »

Lisette sent qu'elle a perdu une partie d'elle-même aujourd'hui, elle se sent amputée sans pouvoir décrire quelle parcelle de son être elle a perdue. Rien ne sera plus comme avant. Elle n'avait pas réussi à fermer l'œil la nuit passée, envahie par le même cauchemar, Julie qui la quittait en souriant, qui fermait la porte du logement pour ne plus y revenir, ne pas y revenir comme elle était, *sa* fille, celle qui avait confiance en elle, qui savait que sa mère la protégeait. Celle qui ne voyait plus le danger comme sa mère le lui avait décrit, qui s'exposait au chagrin. Mais Lisette saura la bercer lorsqu'elle reviendra pleine de chagrin, elle saura la consoler. Julie l'écoutera encore plus dorénavant, elle saura que sa mère a toujours raison.

Ses yeux embués ne distinguent plus aucun détail de la partition, elle espère se souvenir de la fin du mouvement, parvenir à le chanter correctement, mais peut-être serait-il sage de garder le silence ?

Lisette se souvint de ses quatorze ans. De la jeune fille distinguée qu'elle était déjà, celle qui portait la jupe, pas trop courte comme la mode de cette époque le suggérait, mais tout de même au-dessus du genou, une jupe qui durerait ainsi une année de plus, avec une blouse d'une couleur que savait lui choisir sa mère, une couleur qui allait bien avec le teint de sa peau. Jamais de jeans, sa mère n'aimait pas et donc Lisette n'aimait pas non plus. Maman n'aimait pas ces garçons vulgaires qui s'habillaient en jeans et Lisette lui donnait raison, elle lui donnait raison sur tout. Pourquoi douter de sa mère? Jamais elle n'avait eu la moindre raison de douter, il y avait autour d'elle un ordre des choses, confortable et doux. Lisette ne connaissait pas la révolte, ne connaissait pas la colère.

Un jour vint un garçon. Il était grand, il était beau, il était poli, un garçon parfait. Sa mère l'aurait adoré, Lisette en était convaincue même s'il était un peu plus vieux qu'elle. Le garçon lui offrit une randonnée sur son scooter. Lisette ne connaissait pas, on ne l'avait jamais invitée sur ces engins japonais, elle ne savait pas comment s'y asseoir correctement avec sa jupe trop serrée, impossible d'écarter les cuisses de cette façon, alors elle monta en amazone, mais elle dut alors se tenir fermement à la taille du garçon. Ses seins tout jeunes se collèrent à son dos, son cœur se débattait même si le garçon roulait lentement, car Lisette n'avait qu'une perception très vague de la vitesse de ce scooter. Elle sentait les regards à travers la glace des voitures qui les dépassaient, les regards qui glissaient de ses yeux à ses genoux largement découverts par le vent, elle détournait les yeux, mais elle sentait les autos qui ralentissaient en repassant près d'elle, avant d'accélérer à nouveau. Ses mamelons qui durcissaient dans le dos de ce garçon, Lisette qui en rougissait, qui ne connaissait pas le plaisir, car on ne lui avait pas enseigné le plaisir, pas encore. Le vent qui fouettait son visage, cette peine à respirer, ce désir de respirer, ses mains qui voulaient serrer la taille de ce garçon, serrer plus fort sans savoir pourquoi elle devrait le faire, le bruit du Honda qui l'assourdissait, puis le silence, brusquement, bêtement. Ils y étaient, elle pouvait descendre : « Tu as aimé ? » Puis : « Allez, je te laisse, mes copains m'attendent, on sort en groupe ce soir. À la prochaine ! » Et il était loin, déjà loin. Elle ne le verra plus ; il sera ailleurs. Sa mère n'en saura rien. Pourtant, elle aurait aimé la beauté de ce garçon.

Un grand silence s'est installé dans la salle. Le maître de chorale ne dit plus rien. « Il est mécontent, se dit Lisette, il attend autre chose de nous, il attend autre chose de moi. » Mais elle se sent incapable d'offrir quoi que ce soit, il peut gronder tout le monde, il peut gronder Lisette, aujourd'hui elle s'en fout. Il s'est retourné : « Rentrez chez vous, nous n'arriverons à rien de bon aujourd'hui. » Les feuilles se ramassent en silence, les cahiers se ferment comme à la petite école de jadis, puis les murmures s'amplifient et à travers le bruit des lutrins que l'on déplace, un ou deux éclats de rire fusent, les échanges de commentaires débutent.

— Et je vous défends de rire! Y a rien de drôle dans votre performance misérable! éclate-t-il.

Les salutations se font plus doucement, puis Lisette quitte les lieux presque en courant.

«Elle sera rentrée, en larmes peut-être, si triste qu'elle ne pourra pas parler, incapable de dire un seul mot. Je lui ferai une petite collation. Il faudra trouver quelque chose à faire toutes les deux. Sortir peut-être, aller voir un film au cinéma du quartier, lui changer les idées. Je n'aurais jamais dû consentir à cette rencontre, je vais m'en vouloir très longtemps. Je vais devoir mesurer mes mots, la consoler sans la juger, pas tout de suite. Plus tard on parlera plus directement, elle doit retenir cette leçon, ça lui servira pour l'avenir. Il y a des gens en qui on ne peut avoir confiance. Elle doit le comprendre.»

Et Lisette d'ouvrir la porte de son domicile.

— Julie! Julie, ma chérie! Tu es là?

— Je suis là maman.

La voix lui vient du salon. Lisette range d'abord ses cahiers, puis se dirige vers le salon.

— Ma pauvre petite! Mais qu'est-ce que tu fais?

— Rien. Je termine mon devoir de maths. J'ai presque terminé.

— Pauvre toi! Mais laisse, ça peut attendre, raconte à ta mère! Comment ça s'est passé? Tu n'as pas trop de chagrin?

— Pas du tout! J'ai rencontré papa. J'étais un peu gênée au début, puis on s'est mis à parler, l'oncle Paul-André s'est assis sur un banc, puis papa et moi on a marché autour de l'étang.

— Vous avez marché. C'est tout?

— Oui. Non! Laisse-moi parler! Il m'a raconté plein de choses. Ce qu'il fait comme travail, comment il vit, genre, tout ça.

— Rien sur son passé, bien sûr. Il t'a raconté ses anciens exploits qui l'ont mené en prison?

— Oui, il m'a raconté. Il en est pas fier, il se sent responsable de ce qui était arrivé.

— Tu parles, il se sent responsable! J'aurais jamais dû te laisser aller le rencontrer!

— Mais je suis contente de l'avoir fait. Il m'a posé plein de questions, il s'est informé de moi, de mes études, genre, de mes goûts. Je sais que j'avais dit que je ne voulais jamais lui parler, mais je suis contente de le connaître.

— Et qu'est-ce que vous allez faire? La rencontre était tellement belle que tu vas choisir d'aller habiter avec lui?

— Mais non! Qu'est-ce que tu racontes?

— S'il a tout dit du passé, il a dû t'en raconter des belles sur ta mère!

— Pas du tout. Il a dit que t'avais demandé le divorce et que tu voulais plus le voir, mais ça, je le savais déjà. Pour le reste, il pense que tu as beaucoup de mérite de t'être occupée de moi comme tu l'as fait.

— Évidemment que j'ai demandé le divorce! Puis il est reparti comme ça, il va disparaître pour un autre petit dix ans?

— Non. Ça dépend aussi de moi. Il m'a dit qu'il aimerait me revoir, mais que je devais penser à tout ça de mon côté pour voir si je voulais le rencontrer à nouveau. On s'est dit tellement de choses que je pense que c'est une bonne idée, faut souffler un peu. Il va communiquer avec toi dans quelque temps.

— Il va communiquer avec moi? Mais je ne veux pas lui parler à cet homme-là. Il a brisé ma vie! Je n'ai aucun désir de communiquer avec lui!

— Il a dit qu'il s'achèterait un cellulaire. Il n'a même pas de téléphone, tu imagines ça? Il est grave! L'oncle Paul-André trouve ça très drôle.

— Qu'est-ce que tu veux que ça me fasse qu'il s'achète un téléphone? Tu ne le verras plus.

— Il a pris quelques photos de moi.

— Tu l'as laissé faire!

— Oui. Il y a pas de mal. Il a aussi pris une photo de mon oncle et de moi, puis oncle Paul-André a pris une photo de papa et de moi.

— Et tu penses qu'on va garder des photos de cet homme-là dans ma maison? T'es pas sérieuse?

Elle ne raconta pas à sa mère que son père lui avait dit qu'il l'aimait.

— Je pense que je vais terminer mon devoir de maths.

— T'as compris ce que je t'ai dit? Tu ne le verras plus. Cet homme-là ne reviendra pas empoisonner ma vie.

— Maman, laisse-moi terminer mon devoir de maths. Après, j'irai chez mon amie Marie.

— Tu trouves pas que tu as assez sorti pour aujourd'hui? Marie comment, celle-là?

— Maman. Tu la connais. Laisse-moi terminer mon devoir.

— Excuse-moi, je vois que je dérange ma fille!

Lisette se dirigea vers sa chambre d'un pas lourd. Incapable d'articuler une pensée structurée, submergée par les vagues d'émotions. « Un poison, ce Jacques. Un poison qui refait surface après toutes ces années. Et sa fille l'aime! *Sa* fille! Elles qui avaient toutes deux cette magnifique relation exclusive. *Sa* fille qui n'avait à craindre de rien. Finie cette belle relation, corrompue par ce *pusher,* ce *dealer*! Amputée, se répétait-elle, il m'a amputée.

●●●

Ce n'était qu'un petit quart de travail, il pourrait rentrer bientôt chez lui ou alors il passerait chez Sophie pour lui demander conseil pour acheter un cellulaire, elle saurait sûrement l'aider. Il déambulait dans les salles presque vides, en cette fin de journée d'automne où il croisait plus de gardiens que de visiteurs. Un collègue bâillait, une autre restait assise sur une chaise placée à l'entrée d'une salle. Jacques saluait tout le monde en souriant, se permettant des petits mots légers.

Il tentait de repasser en mémoire le film de son après-midi, les gestes, la voix et les mots de Julie, se répétant avec étonnement : « Elle ne m'a pas rejeté ! »

En fin de quart, il entra dans la salle où était suspendue la toile du Flamand et vint s'asseoir sur un des bancs. Il ferma les yeux et dit tout haut :

— Elle ne m'a pas rejeté !

— *Vous avez trouvé les mots.*

— Les mots venaient facilement de part et d'autre. Elle ne m'a pas rejeté.

— *Je suis heureux pour vous.*

— Vous n'existez pas et pourtant je voudrais vous remercier. Je me sens idiot de vous parler.

— …

— Merci quand même.

— *Je suis heureux pour vous.*

À la fin de son quart, Jacques frappa à la porte de Sophie.

— J'espérais que tu viennes.

Il la prit dans ses bras et la serra contre lui, longuement.

— Tu es la deuxième femme que je serre contre moi aujourd'hui.

— Vous vous êtes rencontrés ? Tu es heureux ?

— Tu imagines? Je connais le son de la voix de ma fille! J'ai pu lui dire que je l'aimais!

— Je suis heureuse pour toi.

— Tu parles comme le moine.

— Pourquoi tu me dis ça?

— Il me disait les mêmes mots tantôt. Je pense que tu parles à travers lui quand je suis au musée…

— …

— Sophie, j'ai pu dire à ma fille que je l'aimais. Il est possible aussi que je sois amoureux de toi.

— Moi aussi je suis peut-être amoureuse de toi. Ça nous donne le droit de s'embrasser?

— Sophie.

— Oui.

— J'ai pris quelques photos d'elle. J'irai tout développer mardi matin, les photos de ton atelier et celles de Julie.

— Jacques.

— Oui.

— Tu embrasses bien.

Il embrassait ce creux entre l'épaule et le cou, respirant à fond pour saturer l'oxygène de ses poumons de l'odeur de sa peau.

— Je n'ai pas l'habitude de faire l'amour à une femme enceinte. Il faut faire comment?

— Je ne sais pas. Je n'ai pas fait l'amour depuis que je sais que je suis enceinte. Mon *chum* m'a beaucoup négligée.

— C'est frileux une femme qui attend un enfant?

— Ça dépend. Si les mains de son partenaire sont bien chaudes, ça peut aller.

— Et sous le t-shirt, la peau est-elle pleine de taches de peinture, elle aussi?

— Non. Je n'osais pas peindre nue. On me photographiait pendant que je travaillais.

— Le photographe ne voulait pas de modèle nu?

— Non. Et le modèle avait la tête ailleurs. Dieu que j'aime ta bouche sur ma peau!

— Tu as la taille toute fine, tu es sûre que tu es enceinte?

— Je crois, mais je n'ai pas de problème d'estomac ce soir.

— Ta peau est très douce. Tes seins donnent du lait en ce moment?

— Peut-être, je ne sais pas. Tu dois essayer pour vérifier.

— J'aime beaucoup tes seins. Tu es sûre que je peux sucer les mamelons? Je ne sens pas de lait, je peux sucer plus fermement?

— Je t'en prie, n'arrête pas. J'ai les seins très sensibles. Tu peux les prendre au complet dans ta bouche?

— Tu veux rire? Je peux à peine prendre ton mamelon.

— T'exagères! Mes seins ont durci un tout petit peu.

— Ils sont terriblement durs. Je peux les abandonner un moment?

— Non, faut pas m'abandonner.

— Mais je veux t'enlever ce jean. Et j'ai plein de boutons à défaire.

— Il faut être très patient pour faire l'amour à une femme enceinte.

— Je n'y parviendrai pas.

— Prends pas trop de temps. Tu veux que je le fasse?

— Non. Tu es coupable. Tu dois en payer le prix. C'est ta faute d'avoir mis ce jean. Et tu choisis un amant qui n'est pas habile avec ce genre de boutons. Il faut payer. Ah! Mais tout de même, tu ne portes pas de bobettes, dit-il, provoquant le rire de Sophie. On pourra rattraper un peu de temps. Même pas de petit string? De petite dentelle noire toute fine? Tu voulais être prête à tout, c'est cela?

« Bavard, se disait Sophie, j'ai choisi un amant bavard! Mais ce que sa bouche est bonne. Je me demande s'il trouvera le moyen de cesser de parler quand sa bouche – oui, sa bouche y est presque, voilà, il ne parle plus, elle est partout à la fois, sa bouche est très bonne. »

Il avait adopté un rythme si lent, Sophie en aurait crié. Dès que Jacques la sentait glisser vers un plaisir trop définitif, il ralentissait les mouvements de sa bouche, de ses doigts, la menant à l'agonie. Elle en avait mal, surfant sur cette crête de plaisir, surfant sans fin sans jamais toucher terre, le souffle lourd. Puis il ne put la garder en attente plus longtemps et elle se mit à jouir longuement, sa jambe se repliant autour de sa tête et la serrant sur son sexe, ses mains le prenant doucement par les cheveux en immobilisant sa bouche contre elle.

CHAPITRE 11

Les jours suivants

« Autrefois, j'ai passé quelques années à étudier les mouvements de la Terre et du Soleil. Je me demande s'il existe un de mes frères dans le monde d'aujourd'hui, une âme sœur qui partage la même soif, le désir de faire la lumière sur une zone inconnue de la compréhension de l'Univers ?

Jamais les pensées d'un visiteur de musée ne s'attardent au mouvement des astres, mais il ne faut pas leur en vouloir. Leur cœur et leur esprit se portent plutôt sur les couleurs, les paysages, les volumes, sur la beauté. C'est la raison de leur présence en ce lieu, ils cherchent à combler les faiblesses de leur regard, à voir à travers les yeux et les mains d'un autre, la beauté d'un monde qui les entoure, mais qu'ils ne perçoivent qu'en partie, par impuissance, par inattention.

Pourquoi le monde leur échappe-t-il ? Pourquoi doivent-ils découvrir une œuvre d'art pour se rappeler la beauté des choses qui les entourent déjà ? Leur sensibilité ne s'éveille que par courts moments puis elle revient rapidement à la petitesse du quotidien, aux préoccupations de la subsistance animale : combattre la faim, le froid, s'assurer un toit. Puis quand ils y sont parvenus, leurs préoccupations dérivent vers le confort, le luxe, l'inutile, le superflu ; ils perdent leur énergie à accumuler des biens sans les voir, tout en perdant de vue le sens des choses. Le passage des siècles au-delà du XVIIe n'a rien changé.

Je suis critique envers les gens d'aujourd'hui, mais je me dois d'admettre que j'ai fait les mêmes erreurs qu'eux.

J'ai dépensé de longues heures à développer des théories scientifiques et mathématiques, j'ai servi les princes de Rome, mais me suis-je attardé suffisamment aux relations humaines et à toute l'émotion qui s'y attache ? Au début, peut-être, avec Caterina, ou plus tard avec Camilla. Puis rien, trop sûr de ma vérité !

Je dois conclure qu'à un certain moment de ma vie, j'ai perdu le sens de la beauté simple. J'en paye peut-être le prix, éloigné de tous les miens comme je le suis maintenant. Heureusement, il y a Sophie qui reste sensible à ma présence. Qui ne comprend pas, mais qui ne demande pas à comprendre, qui se contente de l'émerveillement, qui se nourrit de la vie sous toutes ses formes, et qui sait donner en retour. Il y a bien Jacques, le gardien, mais il joue avec moi, il se prête au jeu de cette artiste qu'il aime. Il n'y croit pas.

Je me retrouve devant ce cortège, cet interminable défilé d'hommes et de femmes que je ne connais pas et que je ne peux aider. Comment influencer le cours des choses, le leur ou le mien ?

Allons ! Sois franc, Virginio, surtout le mien ! Que je sorte enfin de cette voie sans issue, que mon existence reprenne un cours plus normal, quel qu'il soit, que je trouve la paix, le repos, là où la mort devait me mener.

Je m'interroge sans cesse sur le sens de ma vie. Et si je devais oublier mon destin personnel et ne prêter attention qu'au leur ? Comment influencer le présent de ces gens qui ne me perçoivent pas ? Peut-être ne suis-je pas assez détaché de mon avenir, pas assez attentif au leur. Pas assez attentif au rôle que je dois jouer. »

●●●

La Mercedes n'était pas devant la maison. Laurent entra par la porte réservée aux patients. Il prit soin, une fois à l'intérieur de son bureau, de verrouiller l'accès qui menait à l'étage.

Il prit ses messages sur le répondeur, dont deux de sa banque lui demandant de rappeler de manière urgente. Laurent apprit en communiquant avec sa succursale que la carte bancaire et la carte de crédit de Chantal avaient dépassé leur limite. Les cartes étant au nom de Chantal, il suggéra à la banque de suivre leur procédure habituelle, de geler toute demande additionnelle de fonds tant que Chantal ne réglerait pas les soldes dus. Surpris, le responsable de la banque prit cependant bonne note de cette réponse.

Il appela ensuite son ancienne conjointe. Diane consulta l'afficheur du téléphone pour vérifier l'origine de l'appel et répondit à la deuxième sonnerie, avec ce ton qui en surprenait plusieurs, avec les mots d'une personne qui attend votre appel, qui souhaite vous entendre.

— Bonjour Laurent! Il y a longtemps que tu m'as appelée, je me suis ennuyée de toi. Comment vas-tu?

— Mieux. Maintenant que je t'ai au téléphone, ça va mieux. Et toi?

— Je suis en discussion avec des gens du Parti Québécois. Ils aimeraient que je m'engage encore plus activement, tu vois. J'hésite. Ils ont besoin de femmes plus jeunes que moi!

— Comme nos filles!

— Ne me parle pas des trois princesses, je t'en prie!

— Diane, tu as un moment cette semaine ? J'aurais aimé parler avec toi. On pourrait dîner ensemble au restaurant, par exemple. Tu crois que c'est possible ?

— Tu m'invites au restaurant ? Laurent, c'est à Diane que tu parles ! On est divorcés depuis cinq ans !

— Je sais très bien à qui je parle. Mais je te préviens : je choisirai un restaurant où l'on ne te connaît pas. Je n'ai pas le goût de partager notre conversation avec tout le milieu engagé de Montréal !

— J'ai compris. Tu m'invites dans un restaurant d'hommes d'affaires anglophones de l'Ouest de la ville, répondit-elle en riant. Après-demain soir, ça te va ? Tu m'appelles, tu me dis où, à quelle heure et j'y serai.

— Merci Diane. Je confirme la réservation et je t'appellerai.

●●●

Diane s'était allumé une cigarette qu'elle fumait lentement tout en faisant les cent pas, arpentant le trottoir dans le soir qui tombait.

« Je devrais pas fumer, pensait-elle, sachant que Laurent avait le nez fin. Il devinera ! Mais on a tous droit à un petit vice et celui-là aura été le mien. Le seul, car j'ai si souvent manqué de légèreté : "Diane, mais elle fait chier ! Jamais moyen de s'amuser avec elle !" Voilà ce qu'on dit de moi, je le sais bien.

J'ai appris toute jeune à ne pas rire sans raison ; dans ma famille, tout était important ou alors on n'en parlait pas. On gaspillait pas son temps à des choses qui le méritaient pas, avec mon père qui arrêtait pas de répéter qu'on n'a qu'une vie. On devait pas s'attarder, le temps nous était compté. J'ai bien commencé Sciences po à l'université, mais c'était trop long, le temps pressait déjà. Je passais plus de temps dans les syndicats étudiants qu'en classe, je distribuais les tracts pour le mouvement socialiste, pour le Parti Québécois, les rassemblements des mouvements d'émancipation de la femme du Québec, mais les cours j'y étais pas souvent. Puis je me suis vite fait des contacts dans le mouvement syndical. J'ai donné de mon temps, d'abord gratuitement, puis on m'a engagée. J'ai pas compté les heures, j'étais de tous les conflits. »

Dans l'air du soir, Diane rejetait la fumée de sa cigarette vers le haut, en fermant les yeux pour mieux goûter au tabac, pour apprécier la dose de nicotine qui lui manquerait plus tard, au milieu de ce repas dans un restaurant où il était désormais interdit de fumer librement.

« La première fois, j'ai été très surprise lorsqu'un homme m'a touchée. Il a touché mon bras, comme ça, il était tard, un samedi. On était épuisés, c'était l'hiver, je savais pas qu'on pouvait me trouver jolie, j'avais aucune coquetterie, j'étais un peu absente de mon corps. J'ai appris à faire l'amour avec lui, en région. Mais ça comptait pas, ou alors pas plus qu'un sandwich qu'on dévore avec une frite un peu grasse, et qu'on mange un peu tard, un peu trop tard après avoir répondu aux attentes des grévistes. J'étais pas une grande amoureuse, j'étais une femme qui avait parfois faim, parfois soif, parfois envie de l'amour d'un homme, jamais à l'heure juste, toujours en retard, toujours un peu surprise, jamais en m'attardant, jamais de liaison stable.

Avec Laurent, on s'est connus à l'université puis on s'est perdus de vue. Il était pas syndicaliste comme presque tous les hommes que j'avais connus alors, mais il militait dans une série de mouvements, il défendait les causes auxquelles il croyait de son côté. On s'est retrouvés par hasard deux années plus tard, et là, on s'est mis à se revoir régulièrement, quand on pouvait le faire, quand j'étais pas en déplacement, sinon on se parlait au téléphone, par interurbain, sans se parler très longuement. Tout allait si vite. Je l'aimais mais j'avais jamais pris le temps de le lui dire. Lui non plus. Il n'y avait pas de « fidélité » entre nous, ce concept ne nous avait même pas effleuré l'esprit. Je l'aimais, oui, mais on était rarement ensemble. Moi je devais foncer, là où rien n'allait correctement, là où on avait besoin de quelqu'un de disponible, souvent pour aider les syndicats d'ouvrières.

Je suis tombée enceinte. De lui fort probablement, mais je pouvais pas en être tout à fait sûre. J'ai jamais oublié sa réaction. Tout de suite, comme ça, sans hésitation, il était prêt. Il n'a jamais voulu savoir si c'était le sien, c'était sans importance. On a vécu une vie, moi je pense rarement au passé, mais je crois que c'était une vie qui méritait d'être vécue.

Puis un jour, le voilà qui me met devant l'évidence, devant son aventure, devant cette panique. C'est ainsi que je la voyais son aventure : une panique soudaine, une fuite devant l'âge qui avance. J'ai rien dit, j'ai pas cherché à comprendre davantage, j'ai rien demandé à mon tour, surprise tout de même, devant la douleur, devant cette solitude que je connaissais pas. Une sorte de pincement sournois que j'avais jamais connu. J'ai mis les bouchées doubles ; les filles avaient grandi, j'ai accepté tous les projets, j'en ai créé quand ça suffisait pas, mais la douleur a persisté. J'ai eu mal, ça m'a plus quitté. Les filles et moi n'avons manqué de rien. Laurent a continué de voir à tous nos besoins financiers ou presque.

On se revoyait, comme ça, occasionnellement, et c'était pire que tout. Je gardais la tête haute, je tentais de rien laisser paraître, mais j'avais mal. Et Laurent n'avait rien d'un homme heureux avec sa petite hôtesse de l'air, je l'ai toujours su. Le temps a passé, j'ai appris à vivre avec ma douleur, à vivre seule, sans aventures de mon côté. J'ai pas cherché et rien ne s'est présenté, ou alors j'ai rien vu, les yeux trop bouchés, comme toujours. »

Diane souffla la dernière bouffée de fumée de sa deuxième cigarette et entra s'asseoir à l'intérieur du restaurant, un petit sourire malicieux aux lèvres lorsque le serveur s'adressa à elle en anglais pour lui souhaiter la bienvenue. Laurent arriva légèrement en retard. Il lui trouva le teint un peu gris, un peu fatigué, sans véritable surprise, car Diane n'avait jamais su se ménager. Leurs retrouvailles furent chaleureuses, comme elles l'avaient toujours été, un feu roulant de paroles, de rires et d'exclamations. Ils parlèrent de leurs trois filles, des défauts qu'elles choisissaient de ne pas corriger, mais aussi de son travail, de ses activités politiques, puis, après un long moment, Laurent en vint à parler de lui.

— C'est totalement raté, tu sais. Je crois que tout le monde avait prévu cela, sauf moi, bien entendu. Mais au moins, je peux l'avouer : j'ai tout raté. J'ai fait une grave erreur en décidant de vivre avec Chantal. Je ne m'en sors plus. Je n'ai plus aucun espoir. C'est fini.

— Il faut jamais rien regretter. Tu as cru à cette relation, tu as cru au miroir de jeunesse qu'elle t'offrait. Tu t'es peut-être trompé, mais faut pas le regretter.

— Tu me surprendras toujours. Tu as toujours été plus fataliste que moi ! Tu ne t'es jamais découragée, toujours à te relever promptement, à rebondir, à entraîner les autres. J'ai beaucoup à apprendre de toi. J'ai besoin de ta détermination, de ton courage.

— N'ajoute rien, je t'en prie. Tu sais que j'ai aussi la fâcheuse tendance à tout faire pour gagner mon point même si je dois pousser, tasser les autres, parler trop fort, interrompre, engueuler, irriter tout le monde. J'ai épuisé un tas de gens en n'étant pas toujours une personne très agréable. J'ai peut-être été fataliste quand tu m'as quittée pour aller vivre ta deuxième jeunesse, mais détrompe-toi, tu veux? J'étais pas aveugle. Je savais fort bien que tu faisais une connerie.

— D'accord, tu es pleine de défauts! Je ne veux pas t'ennuyer avec les détails de ma très petite vie, mais je voulais que tu saches; je vais quitter Chantal et rompre avec l'existence ridicule dans laquelle je me suis enfermé. J'ai aussi failli aller plus loin.

— Plus loin?

— Oui.

— Tu voulais en finir?

— J'y ai pensé longuement. Plus de repères, plus de certitudes, un dégoût de vivre loin de moi, loin de celui que je croyais être. Ne plus m'aimer, ne plus aimer ma vie. Mais t'inquiète pas, maintenant que j'ai décidé de quitter Chantal, ça va mieux. Je respire plus librement.

— Qu'est-ce qui a changé?

— Des rencontres. Avec un adolescent débrouillard, avec une future mère qui paniquait devant une décision difficile à prendre, avec un gardien de musée; puis la rencontre d'une très vieille amie. Un jour, bientôt j'espère, je te la présenterai. Nous avons parlé de toi. Elle m'a traité de con de ne pas chercher à te voir au plus tôt. Elle avait raison.

— Il ne faut pas m'inclure dans tes grands projets, Laurent.

— Pourquoi? Tu vis avec quelqu'un d'autre? Tu as des projets?

— Il ne m'en reste plus pour très longtemps.

— Diane... Qu'est-ce que tu essaies de me dire exactement?

Diane fut lente à répondre, trop lente au goût de Laurent. Il écoutait le silence de Diane, regardait le mouvement de ses yeux, la main qui tenait la fourchette sans conviction. Elle hésita quelques secondes de plus, puis elle décida de tout lui dire.

— J'ai tardé à me faire examiner quand les premiers symptômes se sont déclarés. Je ne parvenais pas à me libérer, je prenais des rendez-vous avec mon médecin, puis je devais annuler à la dernière minute pour une assemblée urgente, tu me connais. Mon cancer ne se soigne pas. Il est trop tard. On a offert de m'opérer, une de ces opérations de la dernière chance, une de ces opérations qui ne mènent à rien. J'ai pas fait médecine mais j'ai vécu assez longtemps avec toi pour comprendre. Tu connais mon médecin, vous communiquerez entre vous si tu y tiens, si tu veux les détails. Je peux pas t'en empêcher, mais ça ne sert à rien. C'est fini. Je me ferai pas opérer pour finir mes jours sur un lit d'hôpital, branchée à tous ces tubes et entourée d'une classe de stagiaires qui tenteront de me tenir en vie de façon artificielle.

— Pourquoi ne pas m'en avoir parlé plus tôt? Tu le sais depuis quand?

— Laurent, on est divorcé, tu te souviens ? On m'a confirmé tout cela la semaine dernière.

— Pour le moment, tu te crois peut-être assez forte pour continuer comme tu le fais. Mais ça ne pourra pas durer éternellement, tu le comprends ?

— Ça ne durera pas, on le sait toi et moi. Mais je continuerai jusqu'à la fin. Sans m'arrêter.

— Il y a présence de métastases ?

Diane lui donna quelques détails additionnels, un peu à contrecœur, mais comment faire autrement devant l'insistance et la précision des questions de Laurent ? Il voulait tout connaître du diagnostic, plus que n'en avait retenu Diane. Il demanda si la moelle épinière était affectée, insista, mais Diane lui dit soudain qu'il n'était pas utile d'ajouter tous les détails. Laurent connaissait fort bien son médecin traitant et pourrait communiquer avec lui dès le lendemain matin. De son côté, Laurent voyait surtout se dessiner l'évidence des gestes à poser. Il ne sentit pas la nécessité d'y réfléchir plus longuement.

— Que dirais-tu d'un infirmier discret ? Qui t'accompagne dans tes déplacements, qui te serve de chauffeur, qui s'occupe de tes médicaments, qui jette tes cigarettes aux poubelles.

— Tu veux en plus que j'arrête de fumer ? Tu veux m'enlever mon seul plaisir ?

— Quelqu'un avec qui tu pourrais parler quand tu aurais besoin de le faire, ou te taire si c'est ce que tu préfères ?

— C'est un peu soudain comme proposition.

— Je ne te l'offrirais pas si je n'y croyais pas.

— J'ai pas besoin de pitié. Surtout pas de la tienne.

— Je ne te prends pas en pitié.

— Et ta clinique? L'hôpital? L'urgence un week-end sur trois?

— La clinique, ce sera difficile, mais l'hôpital et la salle d'urgence, non. J'ai une seule patiente qui demande des soins d'urgence en ce moment.

— L'idée d'une béquille ne me plaît pas. Tu essaierais de me ralentir.

— Non.

— Même quand les forces déclineront?

— Si tu ne peux plus te déplacer, tu pourras toujours te servir d'un téléphone et communiquer par courriels. Une idée est aussi bonne quelle que soit la forme sous laquelle on la présente.

— Je suis pas très bonne avec les ordinateurs. J'ai pas pris le temps d'apprendre.

— Je te présenterai un jeune professeur de dix-sept ans. Il est très doué.

— Je sais pas Laurent. Cinq ans, c'est très long, tu sais. Je crois pas qu'on puisse vivre ensemble à nouveau. Il y a plein de choses dont on n'a jamais parlé comme si elles allaient de soi. Faut pas penser que tout s'est passé comme un charme après ton départ, parce que je parlais de rien. J'en ai voulu à la vie, je t'en ai voulu. Je m'en suis jamais vraiment remise de cette séparation, alors penser que l'on puisse tout effacer,

qu'on puisse remettre les pendules à zéro, comme ça…
Moi je peux pas Laurent. Je peux pas!

— Alors continuons de vivre séparément. Vivons
dans deux appartements, mais côte à côte, ou dans une
maison, mais sur deux étages. Où l'on pourrait s'isoler,
où tu pourrais t'isoler si je te tape sur les nerfs. Trouvons
une solution. Réfléchis et reparlons-en, si tu veux. Moi
c'est tout décidé. Je ne veux pas repartir à zéro comme
tu dis. Je ne te demande rien, Diane. Je ne cherche pas
à me faire pardonner, je ne cherche pas à te faire
oublier, mais je sais que tu auras besoin d'aide. Tu as
déjà besoin d'aide et tu le sais.

— Je vais mourir, je sais bien, mais je sens rien,
pas encore. Pas de vraie douleur, rien qui se compare
à l'absence que j'ai vécue quand t'es parti.

Ils ne parlaient plus. Dans le petit silence qui s'installa, Diane regardait son assiette à laquelle elle avait à
peine touché, à l'écoute de son cœur, à l'écoute de son
corps. Elle s'était entendue prononcer ces trois petits
mots – je vais mourir – pour la toute première fois.
«Pour la dernière fois», se dit-elle.

— Je suis à moitié surprise. À moitié seulement.
Ça te ressemble de prendre des décisions soudaines.
À offrir l'inattendu, à imaginer l'inimaginable. Merci
de me l'offrir. Je devrais refuser, mais regarde-moi. La
maladie m'a changée, tu vois. J'hésite! Faut arrêter de
me mentir. Mes forces déclinent rapidement. Tu es
peut-être la seule personne devant qui je crains pas

d'être totalement faible. Malgré tout. Je me sens vulné-rable, je suis nue devant cette maladie. Il faut que j'apprenne à regarder la mort en face, même si je me dis que j'ai pas de temps à perdre avec la mort, que j'ai encore trop de choses à faire, trop de projets à ter-miner.

— Les filles sont au courant?

— Non. Personne ne sait, à part toi et mon méde-cin traitant.

— Faudra le dire.

— Pourquoi? Me faire emmerder avec ça? Il faut supporter la maladie, ça je comprends, mais si en plus je dois supporter les petits commentaires inutiles de tout un chacun, toutes les petites questions qui n'aident pas, surtout celles de mes princesses. Non merci! On inventera un mensonge quelconque. Puis viendra le jour où je ne pourrai plus garder le secret pour moi. Là je parlerai.

— C'est ton choix.

Laurent n'eut aucun besoin de consulter sa montre. Les traits soudainement tirés de Diane témoignaient de sa fatigue.

— Je crois que ton infirmier «très personnel et parfaitement discret» va se permettre de te ramener chez toi. Ce n'est pas une suggestion.

● ● ●

Pour l'instant, un calme plat régnait dans le commerce du photographe Bernier. Quelques clients viendraient ce midi ou à la fin de leur journée de travail pour chercher leurs photos, pour les montrer à leur blonde, à leur *chum*, aux enfants, pour revivre un moment avec des personnes qu'ils aiment.

Jacques décida de commencer par le développement de la dernière série de photos, celles prises avec Julie. Il développa le négatif, suivant à la lettre la procédure écrite par le fabricant allemand : «Comme un petit étudiant, comme autrefois», se dit-il, minutant ses gestes avec précision. Puis il passa des négatifs à une copie positive comme le faisait son père, une simple épreuve montrant les photos de la taille des négatifs. Avec la loupe, il scruta les images une à une. Parfois incapable de bien voir.

Arrêter. Sécher les yeux. Respirer. Prendre son temps. Bien voir.

«Laquelle choisirais-tu, papa? "Celle où tu as réussi à dire ce que tu espérais dire, me répondrais-tu, car on veut toujours exprimer quelque chose, n'est-ce pas? Sinon, pourquoi prendre tout ce temps, pourquoi développer, agrandir, corriger? Il faut savoir ce que tu veux montrer et pourquoi".

Ici papa, je n'avais rien à dire, je voulais simplement la voir, la voir après tout ce temps, prendre le temps de la regarder, de m'imprégner de la vision de ma fille. "Non, dirais-tu, non. Tu ne serais pas ici pour cela, tu aurais donné le rouleau de négatifs à faire développer par un labo anonyme, tu t'en serais accommodé quel que soit le résultat, tu serais passé à autre chose. Si tu choisis de développer toi-même ces photos, réfléchis, c'est pour dire quelque chose, pour éveiller la conscience de quelqu'un quand il regardera cette photo. Ta fille elle-même ou sa mère, ton frère, ses amies, qui diront : voilà ce qu'elle est devenue ! Et plus tard : voilà qui était Julie à quatorze ans. Il faut s'attarder à bien montrer cette idée. Si ta séance photo est réussie, ou ta façon de développer, de découper, d'agrandir, de donner plus de relief ou plus de flou, quelques-uns de ces clichés nous apprendront quelque chose de plus sur Julie à l'âge de quatorze ans…"

Voilà que je parle pour toi, que je répète tes mots comme tu me les dirais probablement aujourd'hui. Je déraille un peu, mais c'est quand même ce que tu disais autrefois. »

Il choisit celles qui lui parlaient le mieux, il imprima quelques agrandissements 8 x 10, deux de Julie, puis une des photos de Paul-André avec sa nièce, celle où l'on découvrait la naissance d'une belle complicité entre eux. Puis il agrandit les deux clichés le montrant avec sa fille. Les premiers, les seuls qui existaient et à qui il fallait donner une vie.

Quand il alluma la lumière, monsieur Bernier exprima une curiosité évidente et demanda à voir si ce n'était pas trop indiscret : « Je ne vous demanderai pas ça à chaque occasion, mais si vous m'en montriez quelques-unes, pour voir. » Jacques comprit qu'il demandait à être rassuré et lui montra les agrandissements de Julie.

— C'est votre fille? Très jolie. Les photos sont bien réussies. Je vous conseillerai un autre papier pour le noir et blanc. Vous en ferez l'essai, vous verrez par vous-même. Mais bravo, nous pourrons continuer, si vous désirez continuer, évidemment! Vous pourrez revenir quand vous voudrez. Même si vous marmonnez beaucoup en travaillant!

— Dites-moi, vous me suggérez un encadrement qui ne soit pas trop banal? J'aimerais offrir une photo à ma fille.

— Les clients n'investissent pas de grosses sommes dans un cadre pour une simple photo. La durée de vie d'une photo est fort courte, on la montre aux gens intéressés, un tout petit groupe finalement, puis on ne trouve personne d'autre à qui la montrer et on la range. On la regardera une fois tous les cinq ans, par hasard, en cherchant autre chose, on aura la surprise de la voir: «Tiens comme c'était joli, tu te souviens?» Puis on passe rapidement à autre chose. On ne peut vivre avec des images du passé. Ces moments sont morts, on ne peut les faire revivre. Alors vous voyez, les cadres spéciaux, je n'en vends pas beaucoup…

— Mon père n'était pas d'accord avec cette idée, il aimait faire vivre une photo, l'accrocher au mur comme une œuvre d'art. Une photo sur dix mille peut-être, mais il avait la passion de chercher cette image-là, chercher la beauté à travers son objectif, la perfection, la mémoire qui durera. Chercher, chercher, chercher. Il avait par exemple créé un album de photos de ma mère qu'il avait placé au salon, un album qui contenait une vingtaine de photos d'elle, vingt étapes de sa vie, vingt moments de beauté, vingt fractions de seconde volées au temps qui passe, vingt petits instants volés à la mort. Mon frère montre cet album à ses enfants tous les ans. Il leur parle de la grand-maman qu'ils n'ont pas connue, qui continue de vivre un instant bien fragile dans leur mémoire d'enfants.

— Alors, il faudra créer vous-même un enca-drement. Vous reviendrez demain?

— Oui. Je peux laisser sécher les photos, ça ne dérange pas?

— Ne vous inquiétez pas. La porte sera ver-rouillée.

●●●

En milieu de semaine, quand Chantal tenta de faire un retrait, elle crut que la distributrice de billets de banque était vide ou défectueuse; elle passa donc à la deuxième distributrice, mais celle-ci refusa éga-lement de lui accorder la somme demandée, lui propo-sant dans un message de s'adresser à une conseillère de la succursale. Irritée et contrariée, Chantal entra dans la banque où la préposée à l'accueil lui demanda si elle avait pris rendez-vous.

— Évidemment que non, puisque le problème avec ma carte bancaire vient à peine de se produire.

— Puis-je voir votre carte? se fit-elle demander, pour se faire dire ensuite que le solde était négatif et ne pouvait dépasser le montant limite qui avait été atteint. Chantal avait-elle fait un paiement par la poste?

— Je ne m'occupe pas des choses financières, mon conjoint devait s'occuper de cela. Appelez-le.

— Mais la carte est à votre nom, madame. C'est à vous que je dois parler, c'est à vous de régler cette somme. Si un paiement a été fait par la poste, on doit attendre qu'il soit reçu et déposé à votre compte. Puis-je vous dire également qu'il y a une note dans l'ordinateur qui me dit que votre carte de crédit est suspendue pour les mêmes raisons. Cette carte est également à votre nom personnel, et la limite de crédit est dépassée depuis plusieurs jours. Vous voulez prendre rendez-vous?

Chantal ne répondit pas. Elle marcha rapidement vers l'auto stationnée illégalement. La Mercedes n'aurait bientôt plus d'essence et elle ne pourrait en faire le plein. Laurent ne répondait pas à son cellulaire, ne retournait pas les messages laissés à la clinique et ne couchait plus à la maison depuis plusieurs jours. Chantal décida de retourner chez elle et de faire l'inventaire de ses bourses à la recherche de quelques dollars. Elle tenta par la suite de pénétrer dans le bureau de Laurent afin de savoir si une petite somme y traînait. La porte intérieure qui y menait était verrouillée, ainsi que la porte qui y donnait accès de l'extérieur. Chantal n'avait pas de double de ces clés. Elle regarda par la fenêtre ; il lui sembla que le bureau était plutôt nu, mais elle n'y allait jamais et donc elle ne pouvait jurer de rien. Elle ne voyait rien sur les murs, aucun diplôme, aucun courrier, aucun papier sur la table du bureau, mais surtout, Chantal remarqua l'absence de la platine pour les CD. À l'étage, elle se dirigea vers la chambre où Laurent rangeait ses vêtements. La garde-robe et tous les bureaux étaient totalement vides. Ici non plus elle ne venait jamais. Il lui était donc impossible de savoir depuis quand Laurent avait déménagé ses effets.

Elle fit le tour de la maison et inspecta avec soin toutes les autres pièces avant de passer au salon ; elle y trouva une petite liasse d'enveloppes qui lui étaient toutes adressées, ses revues, ses invitations, mais aussi, et au nom de Chantal cette fois, les lettres toujours scellées de la banque contenant les relevés et les demandes de paiement de sa carte de crédit et de sa carte bancaire. Elle trouva enfin une grande enveloppe brune, adressée à son nom. Elle contenait une lettre de Laurent, tapée à la machine ou sur un ordinateur, mais signée de sa main. Une lettre où il l'informait qu'il savait tout, qu'il avait toutes les preuves en main. Il avait demandé à ses avocats de procéder à une demande immédiate de divorce ; il proposait que la maison soit vendue au plus tôt et que le capital non hypothéqué soit divisé en deux. Chantal pouvait garder son contenu si elle en décidait ainsi. Laurent disait ne pas désirer la revoir, mais qu'elle pouvait se mettre en contact avec son avocat, maître Untel, qui avait reçu une copie de cette lettre, qu'il avait lue et paraphée de son côté.

Tout allait vite, très vite maintenant. L'esprit de Chantal hésitait entre la fureur de se faire larguer comme la dernière des dernières, la joie de retrouver subitement une pleine et entière liberté et un blanc de mémoire stupide qui l'empêchait de se rappeler le nom de cet avocat avec qui elle avait couché et qui lui semblait expert en de telles matières. Comment soutirer le maximum de ce médecin de banlieue, voilà tout ce qui lui importait maintenant. Cet homme devait posséder une petite fortune avec toutes ces heures passées en consultation. « Oui bien sûr, il avait quelques obligations envers sa première épouse et ses trois filles, mais passons là-dessus, on verra. »

●●●

Pour Chantal, la vraie surprise ne viendrait que plus tard. Laurent n'avait rien d'un financier, et l'argent n'avait eu qu'une importance fort relative dans sa vie. Aussitôt gagné, aussitôt engagé ! Vinrent ses obligations envers Diane et les filles au moment du divorce, le coût de la clinique de banlieue, les dons aux causes en lesquelles il croyait toujours, tout cela additionné à l'achat de la nouvelle maison, à sa décoration, aux dépenses quotidiennes excessives de Chantal, aux coûts de leurs voyages fastueux.

Il ne restait en fait que la maison avec ses meubles, quelques toiles, une Mercedes fort usagée et une petite japonaise, déjà au nom de Chantal, mais qui lui déplaisait. Pas de capital boursier. Pas de liquide.

La vie que menait Chantal lui faisait espérer bien plus… Avec la cessation de son activité à l'hôpital, les revenus de Laurent se limitaient maintenant aux revenus de la clinique. Il ne resterait que bien peu d'argent sonnant disponible pour fêter la séparation.

Chantal ne se doutait de rien.

●●●

Il avait choisi douze photos agrandies au format 11 x 14. Deux clichés pris à la terrasse l'après-midi où elle lui avait offert la Leica, et un groupe de dix, prises la semaine suivante durant son travail sur sa dernière toile. Il les avait placées dans une chemise cartonnée, séparées par un papier protecteur pour éviter toute rayure.

Sophie ne regardait jamais une photo d'elle; l'image captée par un appareil photo n'avait jamais coïncidé avec la vision de son corps tel qu'elle le percevait de l'intérieur. Mais elle regarda celles-ci patiemment, s'attardant à chacune d'elles comme si elle regardait autre chose qu'elle-même.

— Tu es très belle, tu sais, fit Jacques.

— Je ne me regarde pas. Je te cherche dans ces photos. C'est toi que je cherche.

— Pourquoi refuses-tu de te regarder?

— Je n'aime pas parler de ça.

— D'accord, on n'en parle pas. Mais si tu voyais un portrait de toi peint à l'aquarelle, tu aurais la même réaction ?

— La même. Je m'attarderais sur le travail du peintre, son regard, son approche, sa technique, son choix de couleurs, tout ça. Les vibrations de la toile. Mais pas à moi.

— Tu regarderas une photo ou une peinture de ton enfant de la même façon ?

— Probablement pas. Je verrai. Sûrement pas.

— Regarde les deux premières photos prises au café, et cherche à voir ton enfant.

— Je comprends ce que tu veux dire. Mais je regarde une femme assise à une terrasse qui écoute, qui cherche à découvrir, qui réagit aux soubresauts de son corps, tu vois. Je me souviens très bien de cet après-midi-là ! Mais l'enfant n'est pas là, pas encore. Je sens le regard d'un homme sur une femme qui est à l'écoute de son corps. Voilà. Elles sont très belles, Jacques. Mais attention, je ne suis pas belle en photo. Je me déteste en photo, mais les tiennes sont très belles, je le pense vraiment. Normalement j'aime pas, mais bon, ici peut-être, sur celle-là, oui, je suis pas mal, non ? Ne réponds pas !

— Et dans les autres, celles prises à l'atelier, qu'est-ce que tu vois ? Par exemple, même si je ne la montre jamais, tu vois ta toile sur ces photos ?

— Je regarde les mains, je tente de deviner le mouvement des bras, l'élan du corps dans une direction. Je regarde le côté un peu sombre de certaines photos, comme ici, tu vois, tu as assombri volontairement, tu suggères un moment de réflexion, un moment d'incertitude. Ailleurs… Mais je ne peux pas tout te dire, tu comprends, c'est très intime comme *feeling*. Comment je vais te dire cela ? Ailleurs, je vois de l'amour dans ton regard, ce que j'espère être de l'amour dans le travail de tes yeux, de tes mains, j'espère que tu ne m'en veux pas que je le dise. Et dans le geste de m'offrir ces photos, je vois aussi de l'amour.

— Tu as raison.

— Je regarde et je me demande quelle sera la place de la photographie dans ta vie ? Quelle sera ma place dans ta vie ?

— Je ne sais pas exactement. C'est très tôt pour décider de notre avenir. C'est déjà bien de se concentrer sur le présent.

— Tu as raison.

— J'aimerais te présenter Julië. J'aimerais que tu la découvres avec moi.

— Je serais heureuse de la rencontrer, mais j'imagine que ça ne dépend pas que de nous.

●●●

Lisette marchait vers la maison avec deux sacs d'épicerie en main. Elle revenait de son travail avec la fatigue d'une journée normale et ne pensait à rien de particulier, quand elle le vit du coin de l'œil qui approchait vers elle. « Je ne lui permettrai pas de venir m'emmerder chez moi celui-là», se dit-elle. Elle allait lui dire sa façon de penser, lui crier à la tête, exploser, faire un scandale, qu'importe!

Jacques marchait à pas réguliers vers elle. Il s'arrêta sur le trottoir.

— Bonjour, Lisette. Je peux te parler un moment? Je n'en ai pas pour très longtemps. Je ne voulais pas t'ennuyer par un appel à ton travail alors je me suis permis de venir te parler. On peut marcher ensemble vers chez toi si tu le permets? Je peux t'aider avec tes sacs?

Lisette le regarda avec une certaine surprise, découvrant le passage du temps sur son visage; elle se retrouva sans voix, incapable de prononcer un mot. Aucun son, aucun geste de violence ne se manifestait. Elle était sans moyen. Elle le laissa prendre les sacs.

— Tu vas bien? Il y a très longtemps que je t'ai vue. Tu n'as pas changé.

— …

— Le quartier est calme. Tu dois être bien ici avec Julie. Je te remercie de m'avoir permis de la rencontrer la semaine dernière avec Paul-André. C'était une rencontre très importante pour moi. Elle m'a donné l'impression d'une jeune fille très bien élevée, avec de l'esprit, de l'humour.

— …

— Tu dois bien t'imaginer que j'ai une demande à te faire, Lisette. Je ne sais pas si Julie l'a mentionné, mais je travaille dans un musée. Je pensais y inviter

Julie, elle n'y est jamais allée. Il y a une très belle expo-sition en ce moment. Un dimanche après-midi, peut-être dimanche prochain. Tout ça si Julie et toi êtes d'accord, bien entendu.

— ...

— J'imagine que c'est sans doute difficile pour toi, Lisette. Me voir réapparaître après toutes ces années. Je ne cherche pas à provoquer de désagréments inutiles. Je me disais que ce serait une situation plus normale si Julie pouvait voir son père, pas tous les jours Lisette, bien entendu, mais disons quelques heures aux deux semaines par exemple.

— ...

— Tu vois, j'essaie de mener une vie stable, une vie normale. Je ne proposerai rien avec lequel tu ne seras pas d'accord.

— ...

— Nous sommes arrivés chez toi. Je te rends tes sacs. Écoute Lisette, je sens que ma demande te sur-prend un peu. Je te laisse réfléchir et je te rappelle. Je dois recevoir mon téléphone demain. Si tu permets, je t'appelle pour te demander ton accord?

— ...

— Au revoir, Lisette. Porte-toi bien, lui dit-il avant de repartir vers l'arrêt d'autobus.

Lisette resta sans voix, sans bouger, incapable de réagir. Toutes ces années de rancœur! Tout ce temps à le détester, à détester un homme qu'elle ne connaissait plus. Lentement, elle posa un sac par terre, et ouvrit la porte avant du logement. Elle posa ses achats dans la cuisine sans les ranger, se dirigea dans la chambre sans se dévêtir de son imperméable et s'étendit dans son lit. Les yeux secs.

« Je devrais pleurer, se dit-elle, me tordre de douleur, souhaiter sa mort, vouloir me jeter sous un pont, alerter la police, me trancher les veines ! »

Rien.

Un homme, qu'elle avait aimé autrefois pour ensuite le détester avec fougue, lui avait parlé calmement, et elle n'avait senti aucune haine, aucun dégoût, c'était à n'y rien comprendre. Comment avait-elle pu laisser cet homme lui parler ? Comment pouvait-elle ne ressentir que de l'indifférence ? Le ressentiment semblait s'être envolé, la colère avec lui, toute hostilité s'était évanouie, bien qu'aucun sentiment positif ne les avait remplacés, aucune affection, aucune amitié, même pas de curiosité. Que de l'indifférence.

Terrassée par l'étonnement, elle s'endormit profondément, épuisée par des vagues profondes d'émotions contradictoires. Elle ne s'éveilla que vers vingt heures trente, se leva vivement, enleva son imperméable froissé pour le suspendre à la penderie. Julie s'était fait un souper léger qu'elle avait déjà mangé, elle avait rangé la vaisselle et la nourriture, et regardait une émission de variétés pour adolescents à la télé du salon.

— Maman, ça va ? Tu te sentais mal, genre ?

— Non, pourquoi tu me demandes ça ?

— Je me souviens pas t'avoir vue dormir en fin d'après-midi. T'es sûre que ça va ?

— Oui. Une petite fatigue. C'est tout.

Ce soir-là, elle se retrouva assise devant la télévision, ne prêtant aucune attention à quelque émission qui fut diffusée. Elle mit la sourdine sur le son et fixa un point vague dans la fenêtre du salon. Le rideau était ouvert, mais la noirceur était tombée depuis longtemps sur le quartier Rosemont. Lorsqu'elle sortit de sa torpeur, Julie était couchée depuis longtemps. Lisette éteignit la télé et se dirigea vers sa chambre. Étendue dans son lit, elle fut incapable de fermer l'œil. Elle tourna et se retourna sans réussir à trouver le sommeil. Ses mouvements incessants avaient relevé sa chemise de nuit et sa main glissa sur sa peau, se dirigea vers son ventre et caressa l'intérieur de ses cuisses. Ses doigts agissaient de leur propre volonté, obéissant à une mémoire intérieure. Ils caressaient les lèvres de son sexe depuis à peine quelques minutes que Lisette sentit son dos s'arquer profondément et elle fut saisie par un orgasme violent. Sans se remettre de sa surprise, elle ne retira pas ses doigts qui continuèrent leur lente progression, et une deuxième vague l'emporta bientôt, d'une forte amplitude.

Le souffle court, un long moment passa avant que son cœur ne cesse de battre à tout rompre, avant qu'elle ne desserre l'étreinte de ses mains sur son sexe, avant que sa respiration haletante ne ralentisse et que la chaleur de son corps s'abaisse enfin. Elle ramena le drap sur elle sans ajuster sa chemise de nuit, l'esprit toujours vaguement ailleurs, incapable de dire si elle avait crié au moment où elle avait joui, probablement pas, sinon sa fille se serait éveillée. Elle s'endormit ainsi, profondément.

Dans son rêve, tous les choristes avaient revêtu leur tenue de récital. La chorale chantait tout autour d'elle, et la voix de Lisette au milieu de ces voix chantait avec entrain, avec cœur, avec justesse.

Entourée par les choristes en grande tenue, Lisette se tenait nue sur scène. Totalement nue.

Au matin, alors qu'elle partageait le petit-déjeuner avec Julie, elle lui dit :

— J'ai vu ton père, hier en fin d'après-midi. Il veut t'inviter à visiter le musée où il travaille la fin de semaine prochaine. Si tu veux aller avec lui, je voulais te dire que je suis d'accord. Il doit appeler ce soir avec son nouveau téléphone. Tu lui répondras et tu lui donneras ta réponse. Moi, je ne tiens pas à lui parler.

— Mais t'as rien dit hier soir. Tu l'as vu ? Vous étiez où ?

— Julie. Écoute-moi bien : ton père n'est pas mon sujet favori de conversation. Je n'ai pas envie de discuter des détails, pas parce que j'ai plein de secrets mystérieux à te cacher, mais parce que je n'aime pas parler de lui. Tout simplement. Je veux te dire que si tu es d'accord pour voir ton père sur une base régulière, une fois aux deux ou trois semaines peut-être, je n'ai pas d'objections, pourvu que je sache où tu seras, où tu iras avec lui. Pour autant que tu souhaites le voir.

— Une fois aux deux semaines ou trois semaines…

— Ça dépend de ce qu'il te proposera. Tu n'auras peut-être absolument pas le goût de le voir à certains moments. Il faut que tu y penses. Prends ton temps. Moi, je voulais te dire que ce sera ton choix.

Cet après-midi-là, une enveloppe adressée au nom de Julie Melançon fut déposée dans la boîte aux lettres de l'appartement. Elle contenait une des photos de Julie prises dans le parc.

CHAPITRE 12

Un dimanche au musée

Diane se sentait toute légère. Autrefois, avec Laurent, elle adorait visiter le musée des beaux-arts, et prendre le temps de s'imprégner de la beauté des peintures qu'on lui présentait. Elle fut ravie lorsqu'il l'y invita pour le dimanche après-midi.

Laurent avait tenu parole. Il avait loué un tout petit appartement dans le quartier où habitait Diane. Ils vivaient donc séparément, mais elle lui avait donné une clé de la maison. En dehors des heures à la clinique, il jouait un rôle important pour aider à ses déplacements, pour la préparation des repas. Il répondait pour elle au

téléphone, s'occupait du paiement des comptes routi-
niers, organisait le petit entretien de la maison, veillait
soigneusement à la prise de médicaments, toutes choses
qui laissaient à Diane le temps de s'impliquer dans ses
activités comme elle le souhaitait, tout en prenant les
heures de sommeil supplémentaires devenues subitement nécessaires. Il lui avait demandé de planifier un
temps minimum de repos et une heure très stricte pour
mettre fin à ses activités afin de se coucher tôt chaque
soir. Il arrivait à bonne heure pour lui préparer un
petit-déjeuner, puis l'accompagnait dans ses déplacements
du matin avant de partir pour assurer les heures
d'ouverture de sa clinique de treize heures trente à dix-
sept heures. Laurent avait également tenu parole sur sa
discrétion. Il laissait Diane agir comme elle le désirait
et ne s'interposait vraiment qu'au moment de la prise
de ses médicaments, ce qu'il ne faisait jamais
publiquement. Il se contentait de lui faire un signe
évident que le moment était venu, et son interruption
ne donnait pas matière à discussion.

— Tu aimeras le Renoir, il est magnifique. Tu as
toujours aimé la chaleur des peintures de Renoir.

Diane se laissait guider, laissant à Laurent le soin
de choisir les salles où, disait-il, elle ferait les meilleures
découvertes. Elle avait refusé la chaise roulante choisissant de faire l'effort de marcher pour la visite, malgré
la fatigue évidente qui en résulterait. Ils entrèrent dans
la salle où la peinture de Renoir était exposée et

passèrent de longues minutes à l'admirer. Laurent lui conseilla alors de s'asseoir un moment sur le banc avant de passer à une autre salle. En se retournant, Diane vit le portrait de Virginio Cesarini et fut tout de suite attirée par lui. Elle s'approcha et le regarda avec intensité.

— Tu savais toi aussi. Tu savais que la fin approchait lorsque le peintre a fait ton portrait.

— *Je le savais.*

— Tu le savais peut-être depuis longtemps.

— *Comme vous le savez vous-même.*

— C'était comment ?

— …

— La mort. C'est comment ?

— *Ce fut banal. À travers la douleur intense que j'éprouvais et l'immense fatigue due à mes efforts pour respirer, je ne me suis aperçu de rien.*

— C'est probablement banal à côté de la douleur de rester en vie avec ces organes qui refusent de fonctionner normalement.

●●●

— Tu regardes le Van Dyck. Il est bien aussi, non ?

— Oui. J'aime beaucoup les traits de cet homme.

— Il était très malade. Les poumons, sans aucun doute. Une tuberculose peut-être.

— Qu'est-ce que tu racontes Laurent ? Tu étais son médecin traitant ?

— Viens t'asseoir sur le banc, tu le verras correctement de cette distance.

— Donne-moi un moment avec lui, tu veux?

●●●

— Qu'est-ce que vous faites dans cette salle? Pourquoi je sens votre présence ici? La maladie me donne des hallucinations! Tout de même, ce serait bien si c'était vous!

— *C'est pourtant moi.*

— Toutes ces questions sans réponse. Ça veut dire quoi, mourir?

— *Je ne le sais toujours pas.*

— Vous devez le savoir puisque vous êtes mort. Vous ne pouvez en parler, j'imagine.

— *Si je savais…*

— Vous devez avoir mené une vie très active, je le vois à votre fatigue. J'ai été très active aussi, vous savez. Lorsque l'on croit en certaines valeurs, on doit les défendre. Je crois que vous étiez un homme de cette trempe, un homme qui aimait combattre pour ses idées. J'aurais aimé vous connaître.

— *Je suis heureux de vous connaître.*

— Il y a quelque chose que je dois savoir? Quelles questions dois-je me poser à ce moment-ci? La fin approche. Je n'ai plus de temps à perdre.

— *J'ai lutté pour mes idées jusqu'à la fin. J'ai peut-être oublié d'aimer jusqu'à la fin.*

— Je suis chanceuse. Mon infirmier m'accompagne.

— *Il ne faut pas oublier d'aimer jusqu'à la fin.*

— Je dois m'asseoir. Mon infirmier s'impatiente.

— *Je vous comprends.*

●●●

Jacques souhaitait vraiment présenter sa fille à Sophie, mais elle ne pouvait l'accompagner lorsqu'il se rendrait chez Lisette. Ils en vinrent à la conclusion qu'une rencontre au musée serait l'idéal.

Il se présenta chez Lisette tôt après l'heure du midi, comme convenu. Julie était prête. Elle avait choisi une robe avec sa mère («Maman, pas une autre robe!»), mais lorsqu'elle répondit à la porte, Lisette s'était déjà effacée.

— Tu es très élégante.

— Je l'ai choisie avec maman. *Maman* l'a choisie avec moi.

— Ta mère a toujours été une personne de goût.

Ils prirent l'autobus vers le centre-ville. Julie n'oublia pas de remercier son père pour la photo.

— C'est la plus belle photo de moi qui existe. Merci beaucoup. Même maman l'a beaucoup aimée. Tu nous as surprises toutes les deux.

— Je suis content que tu l'aies aimée.

— Et les autres? Je pourrai les voir?

— Je t'en ferai une copie, je te promets. Ta mère n'a pas d'objections? Faut lui demander.

— Je lui demanderai. Tu me montres ton télé- phone cellulaire?

— Si tu veux. Tu comprends les fonctions sans doute beaucoup mieux que moi. À ce stade, je sais prendre et passer un appel. Voilà l'étendue de mes compétences...

— Il est super *cool*! Tu peux prendre des photos, tu peux aller sur Internet! Tu peux même envoyer un texto!

— Julie! Déjà que je peux prendre et faire un appel, c'est beaucoup, non? Un téléphone sert à ça, cellulaire ou pas!

— Toutes mes amies ont leur cellulaire. Mais maman dit que c'est trop cher.

— Alors, il faut l'écouter. Un jour, tu travailleras et tu pourras en avoir un. Je voulais te demander: ça te plairait de rencontrer cette amie dont je t'ai parlé, tu te souviens? Elle est artiste peintre et elle connaît plein de choses sur la peinture. Elle pourrait nous servir de guide. À moins que ça t'ennuie.

— J'avais pensé qu'on aurait pu passer un peu de temps tous les deux, genre.

— C'est vrai. On peut la voir une autre fois. C'est une personne que j'aime bien. J'avais pensé que tu aurais pu lui envoyer un message par SMS...

— J'ai jamais envoyé de message texto, mais mes amies le font continuellement.

— Je ne sais pas si mon téléphone peut le faire.

— Bien sûr, regarde! Qu'est-ce qu'on lui dit? Elle s'appelle comment?

— Elle s'appelle Sophie. On aurait pu lui dire: «On sera au musée. On serait heureux de faire ta connaissance. Julie et Jacques.» Tu vois?

Mais Julie n'écoutait qu'à moitié, déjà à poinçonner le message, à lui montrer le résultat, à l'interroger sur le numéro de Sophie, étonnée de constater qu'il n'avait toujours pas de liste de numéros importants dans l'annuaire de son cellulaire. Julie y entra le numéro de Sophie et le sien.

— Regarde: les deux premiers noms de ton annuaire!

Une sonnerie se fit entendre.

— Elle a répondu! C'est *cool*!

— Je suis étonné qu'elle sache comment le faire.

— Qu'est-ce que tu racontes, papa? Tout le monde sait comment faire. Regarde: «J'y serai dans une heure. Très heureuse de rencontrer Julie. Vous rejoins devant le portrait du moine! Sophie.» J'ai vraiment hâte de la voir! Mais quel moine? Tu le connais?

— C'est le portrait d'un moine peint il y a très longtemps par un Flamand. Sophie aime beaucoup cette peinture. Elle dit qu'elle parle avec le moine.

— Elle parle avec le moine?

— C'est une blague entre nous. Comme si le moine lui donnait de petits conseils quand elle est dans la même salle que lui.

— Elle est croyante, Sophie?

— Elle croit en la vie. C'est déjà beaucoup.

Ils passèrent d'une salle à l'autre, Jacques un peu étonné de s'entendre décrire les tableaux et les sculptures comme il l'avait si souvent écouté faire par les spécialistes du musée. Julie était présentée à tous. « Ta fille? Mais il était temps que tu l'emmènes nous visiter!» Ils avaient tous un petit mot gentil pour Julie, toujours un peu étonnée d'être présentée comme sa fille, surprise de voir qu'il n'avait jamais parlé d'elle auparavant, heureuse de constater avec quelle fierté évidente il la présentait à tous ses camarades de travail, étourdie par son savoir alors qu'il lui décrivait le détail d'une toile. Tous les gens du musée connaissaient son père et l'aimaient bien.

— Tu veux rencontrer le moine?

Virginio fut vaguement surpris par la présence de Jacques comme il l'avait été quelques minutes plus tôt par l'arrivée de Sophie dans la salle du musée. Jacques n'y était pas que visiteur, il était là en tant que père et en tant qu'amoureux.

Jacques n'eut pas le temps de faire les présentations, car sans l'avoir jamais vue, Julie reconnut Sophie immédiatement.

— Bonjour, vous êtes Sophie ? C'est moi qui vous ai envoyé le texto ; je suis Julie.

Sophie la regarda en souriant et lui fit la bise.

— Bonjour Julie. Merci de m'avoir invitée. C'est très gentil. Ta visite se déroule bien ?

Non sans étonnement, Jacques regarda comment ces deux filles en vinrent immédiatement à se parler en copines, riant et conversant l'une avec l'autre avec entrain et remarquant à peine sa présence.

— Est-ce que Jacques t'a offert quelque chose à boire ? Prendrais-tu un chocolat chaud, un jus de fruits ou une boisson gazeuse ?

— Ma mère n'aime pas ça quand je bois du Pepsi.

— Et toi ?

— Moi j'adore ! J'en prends à l'école, mais jamais à la maison.

— Ma mère me disait la même chose !

Tout à coup, Jacques vit dans la salle le docteur Quintal. Sophie allait entraîner Julie vers le café lorsque Jacques décida d'aller le saluer.

●●●

La jeune mère avait choisi d'emmener ses deux enfants au musée. Son plus vieux, un garçon de cinq ans, et sa petite fille de deux ans et demi. Elle promenait la petite dans une poussette, s'arrêtait, posait un genou par terre et tentait d'attirer l'attention de ses enfants sur une toile particulièrement colorée, sur des détails reconnus par la petite, une maison, l'eau bleue d'un lac, un rayon de lumière. Quand la fillette désirait bouger un peu, elle montrait une patience infinie, la prenant par la main pour l'aider à marcher, mais dans la bonne direction, lui permettant de monter sur le grand banc au centre de la salle, d'en redescendre puis d'y remonter. Diane la regardait avec admiration; jamais elle n'avait eu pareille patience. Puis la mère pointa vers un grand tableau pour montrer à sa petite «une belle grande dame, regarde comme elle est grande!» avant de la prendre dans ses bras et de l'emmener plus près de la toile et de lui en montrer des détails, comme cette lumière dorée dans les cheveux. «Florentin, soit sage, hein, je montre la peinture à Aurélie et je reviens.»

Le garçon que sa mère avait prénommé Florentin s'approcha du portrait de Virginio. Il leva le menton et le regarda droit dans les yeux. La main dans sa poche jouait avec sa petite balle de caoutchouc rouge, serrant la main puis la desserrant. Il était parfaitement conscient de la présence de Virginio, sans en être étonné le moins du monde.

— T'as déjà été petit, toi?

— *Bien sûr.*

— Moi, je suis grand. J'ai presque cinq ans et demi. Tu jouais à la balle?

— *Oui. Mais pas beaucoup. Un ami avait un ballon.*

— Ici, je peux pas jouer. Il y a des gardiens partout qui surveillent les enfants.

— *C'est embêtant.*

— Ma maman nous emmène ici avec ma sœur. Vous avez une maman?

— *Oui.*

— Vous avez une sœur?

— *Non, des frères seulement.*

— Je vais voir tout à côté, s'il n'y a pas de gardien, je pourrai jouer à la balle.

— *Faut pas t'éloigner de ta maman. Je t'en prie, reste près d'elle.*

— T'inquiète pas, j'ai cinq ans et demi.

Florentin sortit de la salle à pas lents, sans éveiller l'attention, pour se retrouver dans le grand hall d'entrée de l'étage où les escaliers conduisaient vers les étages du haut ou du bas. Il sortit la balle de sa poche et la lança doucement sur le mur sans faire de bruit qui eut éveillé l'attention de quiconque. La balle revint lentement vers lui. Il s'agenouilla, lança la balle une deuxième fois et la retrouva à nouveau. Il jeta un regard vers sa mère, toujours dans la grande salle avec sa sœur.

— *Reviens vers ta mère, petit!*

Florentin se sentit plus assuré et lança la balle avec plus de force. Virginio tenta d'attirer l'attention de Jacques.

— *Jacques, le petit!*

Jacques approchait du banc où était assis le docteur Quintal et allait lui serrer la main lorsqu'il entendit clairement et distinctement le tir de Florentin qui avait été un peu trop puissant ; le garçon rata la balle lorsqu'elle revint vers lui et elle roula de façon inattendue vers les marches qui descendaient à l'étage inférieur. Déçu, il se leva et se donna un élan pour courir vers sa balle et éviter de la perdre.

— *Jacques, le petit ! Va vite pour le petit !*

Cette fois, Sophie et Diane entendirent l'appel distinctement, mais Jacques courait déjà vers l'entrée principale.

— Laurent, le petit, là-bas, lui dit Diane.

La balle se mit à bondir d'une marche à l'autre, Florentin tenta de la suivre et descendit une première marche, puis une deuxième, les yeux hésitant entre la balle et la prochaine marche. Son pied voulut se poser sur la troisième quand son regard chercha la balle qui avait soudainement disparu. Il allait chuter quand deux mains solides l'agrippèrent et le ramenèrent vers la salle.

— Ma balle ! cria-t-il.

— Florentin ! lança la mère alors qu'elle comprit la disparition de son fils.

— T'inquiète pas mon grand, je te la ramène, ta balle. Mais d'abord, tu dois retrouver ta maman.

Jacques le ramena vers sa mère alors que le docteur Quintal et Diane s'approchaient.

— Voilà madame, dit-il en souriant. Il n'y a pas de mal. Mais il a failli tomber dans l'escalier. Faut rester avec ta maman, et faut pas jouer à la balle dans un musée! C'est défendu, tu sais!

— Il n'a rien? demanda Laurent.

— Rien du tout docteur Quintal. Je l'ai attrapé au bon moment. Bonjour, ça me fait plaisir de vous revoir.

— Bonjour. Vous avez de très bons réflexes! Aucune hésitation, bravo! Permettez que je vous présente Diane.

— Enchanté madame, mon nom est Jacques Melançon. Je travaille au musée et c'est ici que j'ai fait la rencontre du docteur Quintal. Voici Sophie, mais vous connaissez déjà Sophie, docteur Quintal, et voici ma fille Julie.

Les présentations se poursuivaient dans une certaine euphorie quand Jacques demanda à être excusé un moment pour retrouver la balle rouge. Lorsqu'il revint, il la donna à la mère de Florentin, brossa d'une main la chevelure du garçon lui conseillant: «Tu joueras avec ta balle à la maison!» Puis il passa devant la toile de Virginio. Rien n'avait changé au tableau. Tout était là.

— Merci! murmura Jacques.

Mais il n'entendit aucune réponse. Il s'était installé dans la salle un vague sentiment de paix, de calme serein. Il se tourna et regarda vers Sophie, Diane et Laurent qui se proposaient d'aller prendre un café à l'étage. Finalement vers Julie. Cette dernière parlait avec Florentin alors que sa mère ramassait ses choses et aidait la toute petite à s'installer dans la poussette afin de quitter le musée. Le jeune garçon avait séché ses larmes et parlait avec animation du monsieur dans la peinture qui avait parlé avec lui.

— Maintenant, il n'est plus là. Il n'est plus là.

Trois semaines plus tard

Jacques ajustait la Leica montée sur un vieux trépied en bois qu'il avait emprunté à monsieur Bernier. Il cherchait à prendre des photos de Paul-André.

— Jacques, dépêche-toi, tu veux? Je veux bien que tu prennes ma photo, même avec un chandail noir par-dessus ma chemise blanche, mais dépêche-toi. J'ai chaud avec ce chandail, on n'a pas besoin de chandail dans l'atelier de Sophie! Et toi, Julie, je te défends de rire. Je ne te vois pas, mais je t'entends, tu sais.

Sophie avait donné une tablette à Julie et elles tentaient toutes deux de croquer la scène à la plume noire. Sur le sofa, de l'autre côté, Geneviève, la femme de Paul-André, gardait les deux mains sur la bouche pour s'empêcher maladroitement de pouffer de rire et de contenir l'agitation de ses trois enfants. Les petites filles tournaient autour de leur cousine Julie pour voir son dessin en posant plein de questions. Le garçon demandait à sa mère la permission de jouer à l'extérieur et boudait quelque peu, car Jacques ne le prenait pas en photo et ne lui avait pas encore prêté son appareil afin qu'il puisse aussi en prendre une. De plus, il ne comprenait vraiment pas le fait que Jacques se dise incapable de lui montrer tout de suite les photos qu'il prenait, comme son père le faisait sans difficulté avec sa caméra numérique.

Imperturbable, Jacques demandait à Paul-André de continuer à parler sans lever les bras, de parler du sujet qu'il voulait, mais sans raconter d'histoire drôle ; il ne voulait pas le voir sourire, mais parler, tout simplement.

— De quoi dois-je parler, mesdames ? Sur quel sujet de conversation voulez-vous avoir l'honneur de m'écouter ?

Jacques n'écoutait pas. Il ajustait la lumière, reprenait un cliché, puis un autre, cherchant à retrouver cette composition du peintre flamand, cherchant le secret derrière cette façon surprenante de faire le portrait d'un homme en conversation animée avec quelqu'un que l'on ne voit pas. Un portrait où l'on se concentre sur le mouvement, sur l'animation dans la conversation, sur « le naturel ».

Jacques sentit soudain ce qu'il devait faire : photographier Paul-André dans ses gestes naturels. Il en oublia son imitation de la pose qu'avait choisie Van Dyck pour peindre Virginio Cesarini et dit à Paul-André qu'il pouvait enlever son chandail et revenir à son naturel. Il prit alors une vingtaine d'instantanés de Paul-André assis devant les trois femmes rieuses et ses trois petits, épluchant son répertoire de petites blagues, ne demandant qu'à provoquer le prochain éclat de rire, éprouvant un plaisir immense lorsqu'il y parvenait.

Sophie avait mis sa plume de côté et suivait Jacques du regard. Il posa finalement la Leica, et se permit de rire à la dernière blague de son frère. D'un pas léger, il vint éteindre les lampes, passa près de Julie pour voir son dessin, puis la contourna pour rejoindre Sophie et s'asseoir près d'elle, posant la main autour de sa taille.

— Vous avez faim? On sert le repas?

Pour en savoir plus sur l'auteur :
www.guymouton.com

PORTRAIT DE VIRGINIO CESARINI

Van Dyck, Anthony. *Portrait of a man (Virginio Cesarini?)*. Huile sur toile.
104 x 86 cm. Inv.n° GE-552.
Crédits : The State Hermitage Museum, St. Petersburg.
Photographie : © The State Hermitage Museum.

BIOGRAPHIE SUCCINCTE
VIRGINIO CESARINI

Virginio Cesarini est né à Rome le 20 octobre 1595. Il était le quatrième fils d'une famille de cinq garçons. Son père, le duc Giuliano Cesarini, était le chef d'une famille noble, l'une des dix ou quinze grandes familles de la Rome de cette époque, le centre nerveux de l'Église catholique (ce qu'il en restait suite aux querelles et aux schismes qui se produisirent au moment de la Réforme au XVIe siècle), mais aussi le siège du gouvernement civil de la zone centrale de l'Italie, les États pontificaux s'étendant de Rome à Bologne. La ville de Rome comptait alors environ 100 000 habitants. La mère de Virginio, la duchesse Livia Orsini, était également issue de l'une des grandes familles de la noblesse romaine. Elle avait épousé Giuliano Cesarini en 1589.

Comme c'était le cas d'une grande partie de la noblesse de cette époque, la richesse de la famille Cesarini était fort relative. La famille bénéficiait du revenu de terres acquises au fil des années suite à leur participation à des conflits armés ou à des dons de la papauté, mais elle affichait sa richesse avec démesure et dépensait au point de s'endetter, leurs revenus annuels ne suffisant pas à subvenir à un train de vie aussi fastueux.

Virginio démontra le talent d'un enfant prodige. Doué pour l'étude, il reçut son éducation chez les Jésuites.

L'Histoire remarqua Virginio d'abord pour sa poésie. Membre de l'Académie Umoristi, une académie romaine des belles lettres fondée en 1608, quelques-uns de ses poèmes subsistent à ce jour, écrits soit en langue toscane, soit en latin. Si peu cependant, qu'il est difficile d'apprécier tout ce que put écrire Virginio. Au-delà de la poésie, il devint très jeune un membre reconnu du milieu intellectuel romain de ce début du XVII siècle.

Il fit la rencontre de Galileo Galilei, dit Galilée, en 1615. Galilée, alors âgé de cinquante et un ans, participa dans la demeure de Virginio à une série de débats sur les travaux de Copernic. Dans une des lettres qui suivirent ces rencontres, Cesarini confia à Galilée en

1616 avoir approfondi ses études en mathématiques et qu'il était en mesure de mieux apprécier ses travaux.

Galilée fut élu membre de l'Académie des sciences de Rome (l'Académie des Lynx) en 1611, et Cesarini en 1618.

Les premiers problèmes de santé qui marqueront la suite de la vie de Virginio apparurent autour de cette période. Il sera affligé de rhumes chroniques, de pneumonies (de congestion ou de fluxions pulmonaires), de maux de gorge et de difficultés respiratoires. Graduellement, il développa la réputation d'un jeune homme brillant mais fort sévère, menant une vie un peu stoïque, possiblement marquée de plus en plus par les effets répétés de la maladie.

De 1620 à 1623, Virginio et son ami Ciampoli travaillèrent à la préparation du texte (à sa formulation politique, dirions-nous aujourd'hui) et à la publication du *Saggiatore*, le célèbre texte de Galilée dans lequel celui-ci décrit le résultat de ses études et de ses conclusions sur l'héliocentrisme du soleil. Il faut comprendre que Virginio, en plus de ses activités dans les cercles intellectuels de Rome, s'était rapproché du centre du pouvoir romain. Grâce à la qualité de sa plume et à ses talents littéraires, Cesarini avait d'abord été nommé secrétaire du pape Grégoire XV (de 1621 jusqu'à son décès en 1623). Au conclave suivant, Maffeo Barberini fut élu pape sous le nom d'Urbain VII. Lui-même poète à ses heures, Barberini nomma Cesarini comme chambellan et comme son secrétaire particulier. Virginio devint donc membre du cercle restreint des initiés, et bientôt, celui par qui les rencontres avec le pape étaient décidées… d'une manière ou d'une autre.

En mai 1623 commença l'impression du *Saggiatore*, lequel fut publié sous la forme très particulière d'une lettre adressée à Virginio Cesarini. Le texte de Galilée et sa conclusion voulant que la Terre ne soit pas le centre de l'Univers fut considéré comme éminemment subversif et causa une réaction violente au sein de l'Église (surtout de l'école des Jésuites), puisqu'il contredisait un volet important de son enseignement.

À la même période, en 1622, le jeune Flamand Anton Van Dyck (il avait vingt-quatre ans), un ancien élève de Rubens, fit un premier séjour de six mois à Rome. Ses talents de portraitiste le rendirent immensément populaire. Il revint à Rome pour un second séjour entre mars et octobre 1623 et reçut alors la commande d'un portrait de Virginio Cesarini. Durant cette période, il exécuta de nombreux autres portraits, dont celui de Maffeo Barberini qui allait devenir pape.

Anton Van Dyck devint graduellement l'un des plus talentueux portraitistes de l'histoire de la peinture[4].

---

4. *Van Dyck, a complete catalogue of the paintings*, Susan J. Barnes, Nora de Poorter, Oliver Millar et Horst Vey, Yale University Press, 2004. Publié pour *The Paul Mellon Centre for Studies in British Art*.

Le 1er avril 1624, Virginio décéda à l'âge de vingt-huit ans des suites de sa maladie. On croit qu'il souffrait alors d'une forte pleurésie, mais qu'il fut finalement emporté par une tuberculose. On spécule qu'Urbain VII aurait eu l'intention de le nommer cardinal.

Cesarini eut droit à des funérailles publiques, et un buste fut érigé à sa mémoire dans la ville de Rome.

●●●

Un livre intitulé *Carmina*, comprenant la biographie de Cesarini – «La Vita», écrite en latin par Agostino Favoriti – sera publié vers 1664. Le livre contenait aussi trente-huit poèmes «lyriques» toscans écrits par Cesarini.

À la même époque, en 1672, un livre sera imprimé à Amsterdam. Intitulé *Septem illustrium virorum poemata,* il comprenait quelques poèmes en latin de Cesarini, ainsi que ceux de six autres poètes de l'époque, dont Favoriti, son biographe.

●●●

Dans la ville de Frasso Labino située dans la province du Lazio qui ceinture Rome, un observatoire porte aujourd'hui le nom de Virginio Cesarini.

●●●

La toile d'Anton Van Dyck représentant Cesarini et peinte fin 1623[5] aurait quitté Rome à une date et dans des circonstances qui me sont inconnues, pour se retrouver en 1709 dans la collection de Pierre Jean Boyer D'Aguilles, procureur du roi de France au Parlement d'Aix-en-Provence. À son décès en 1740, le tableau passa entre les mains de son neveu, le baron Antoine Crozat, un banquier vivant à Paris. Après le décès de Crozat en 1770, la toile, avec l'ensemble de sa collection impressionnante, fut vendue par ses héritières en 1772 à Catherine II, l'Impératrice de Russie. Le philosophe Denis Diderot agit alors comme intermédiaire entre la famille et les acheteurs. Le portrait de Virginio fut l'un de six portraits de Van Dyck qui changèrent alors de main. La toile apparaît ensuite dans les inventaires du musée de l'Hermitage de Saint-Pétersbourg, mais le sujet du tableau ne fut identifié avec certitude qu'en 1994.

En février 2006, le Guggenheim Hermitage Museum, un petit musée géré par la Fondation Guggenheim exposant des toiles du musée de l'Hermitage, présenta une collection sur le thème: «Rubens and His Age» comprenant, outre des toiles de Rubens, le travail de quelques élèves du maître, dont Anton Van Dyck. Le portrait de Virginio Cesarini se retrouva ainsi pour

---

5. *Van Dyck and Virginio Cesarini : a contribution to the study of Van Dyck's Roman sojourns*, David Freedberg, Études en Histoire de l'Art, Université Columbia, Éd. Susan J. Barnes & Arthur K. Wheelock, *National Gallery of Art*, Washington, 1994, p.152-174.

quelques mois dans une exposition présentée dans un petit musée du Nevada, aux États-Unis d'Amérique. À ma connaissance, cette toile ne se retrouva cependant jamais à Montréal, sauf dans l'imaginaire qui entoure ce roman.

Pour qui aura la chance de visiter le musée de l'Hermitage à Saint-Pétersbourg, les toiles de Van Dyck se trouvent habituellement dans la salle qui lui est attribuée. L'Hermitage compte vingt-quatre toiles du maître portraitiste flamand[6].

6.   Source : www.hermitagemuseum.org

POURQUOI AVOIR CHOISI
CONFIDENCES EN TROMPE-L'ŒIL ?

Il y a quelques années, Daniel Bélanger chantait « Chacun ses envahisseurs, chacun ses zones sinistrées. Sortez-moi de moi. » Eh bien, c'est exactement le propos du roman de Guy Mouton. Il nous présente trois personnages qui doivent se sortir d'eux-mêmes pour trouver la force de continuer une vie qui semble devoir être privée d'un dénouement heureux. Quand on s'apprête à « frapper un mur », que nous reste-t-il comme option ?

Ici, pas de *deus ex machina*, pas de solution arrangée avec le « gars des vues ». Que du concret, et un concret tout simple à la portée de chacun. C'est tout l'art du romancier que de nous présenter les portraits « publics » de Jacques, gardien de musée, de Sophie, artiste-peintre, et de Laurent, médecin de famille, mais aussi de présenter ce qui se cache derrière. Les tourments qui les animent, les doutes qui les assaillent, bref, l'envers de la médaille. Des gens comme vous et moi, qui vivent des drames à l'échelle de leur intimité.

Mais y a le mystérieux Virginio, ce personnage d'un tableau de Van Dyck, qui veille. Ce lettré du XVIIᵉ siècle est là pour nous rappeler que, peut importe l'époque, les humains ont besoin les uns des autres pour avancer, et cela, bien au-delà de la connaissance sous toutes ses formes.

J'ai donc choisi ce texte parce qu'il représente un souffle d'espoir. Il nous renvoie à l'idée que la solution est parfois juste à côté, tout près, et «que tout autour de notre [mon] nombril se trouve la vie», comme le disait aussi la chanson…

Isabelle Longpré
Directrice littéraire

QUÉBEC AMÉRIQUE

(꠲) PREMIÈRE IMPRESSION

GARANT DES FORÊTS INTACTES | L'impression de cet ouvrage sur papier recyclé a permis de sauvegarder l'équivalent de 12 arbres de 15 à 20 cm de diamètre et de 12 m de hauteur.

Achevé d'imprimer au Canada
en mars 2010
sur les presses de Imprimerie Lebonfon Inc.